Es geschah in
Berlin
1912

Sybil Volks

Café Größenwahn

Kappes zweiter Fall

Kriminalroman

Jaron Verlag

Sybil Volks hat fünf Romane sowie Kurzprosa und Lyrik veröffentlicht. Immer wieder verbindet sie darin historische Berliner Orte mit fiktiven gegenwärtigen Geschichten. Ihr Roman «Torstraße 1» wurde für die Dramaserie «Das Haus der Träume» adaptiert. In «Café Finito» wird der berühmte Dorotheenstädtische Friedhof zu einem höchst lebendigen Ort. «Café Größenwahn» war als bestes Krimidebüt für den Krimipreis Glauser nominiert.

Originalausgabe
4. Auflage 2025
Jaron Verlag GmbH, Erdmannstraße 6, 10827 Berlin
info@jaron-verlag.de, www.jaron-verlag.de
Umschlaggestaltung: Bauer+Möhring, Berlin
Satz: Pinkuin Satz und Datentechnik, Berlin
Druck und Bindung: DZS Grafik, d.o.o., Ljubljana, Slowenien

ISBN 978-3-89773-555-2

«Café Größenwahn» ist Paul und Elisabeth Trümper gewidmet,
Jahrgang 1906 und 1911 – in der Hoffnung, dass es auch im Himmel eine
gut ausgestattete Krimibibliothek gibt.

Mit herzlichstem Dank für Unterstützung und Inspiration
an Anne und Lisa.

Warum es einen so ins Café zieht! Eine Leiche wird jeden Abend
dort in die oberen Räume geführt; sie kann nicht ruhen.
Else Lasker-Schüler, Mein Herz, 1912

IM STROM

«BERLIN!»

Im ersten Moment steht Eugen Hofmann da wie geblendet. Er hält die Hand über die Augen und blickt durch die geöffnete Zugtür in die Bahnhofshalle. Dann tastet er über den Mantel: Eingenäht ins Futter knistern die blauen Hunderter, und obenauf, mehrmals gefaltet, liegt die erste Seite von seinem Theaterstück. Gestern ist er 21 geworden, volljährig. Jahrelang hat er auf den Tag gewartet, an dem man ihm sein Erbe auszahlt, und heute Morgen gleich den ersten Zug nach Berlin genommen. Durch das Bündel Papier und den Stoff des Wintermantels hindurch fühlt er sein Herz schlagen. Er kennt niemanden unter den hastenden Menschen auf dem Bahnsteig, niemanden in der Hauptstadt. Doch er weiß, dass irgendwo in der Menge jemand auf ihn wartet. Jemand oder etwas. Er atmet einen tiefen Zug der neuen Luft ein. Etwas Großes liegt vor ihm in dieser Stadt!

Da fühlt er einen Stoß im Rücken, andere Reisende drängen an ihm vorbei auf den Bahnsteig. Er stolpert die Stufen des Waggons hinab, der Hut fällt ihm vom Kopf und kullert in den Staub. Noch bevor er selbst ihn erreichen kann, hat ein fremder Herr den Hut aufgehoben, wischt mit dem Taschentuch darüber und überreicht ihn mit angedeuteter Verbeugung. In der Hand des Fremden kommt Eugen sein schlesischer Hut noch schäbiger vor. «Danke», sagt er, greift danach und will sich zum Gehen wenden. Doch der Fremde hält den Hut einen Augenblick fest, sodass Eugen ihm ins Gesicht sehen muss.

«Entschuldigen Sie», sagt der Unbekannte mit leiser Stimme, «können Sie mir sagen, wo ich in der Nähe ein solides Logis finde?»

Er trägt einen einfachen Anzug, genau wie Eugen, und einen gelbledernen Koffer, der womöglich noch provinzieller ist als sein eigener. Die leichte Färbung seines Dialekts ist nicht das freche Berlinerisch, das Eugen hier von allen Seiten um die Ohren saust.

Schaffner in Uniform fordern die Passagiere auf, von der Bahnsteigkante zurückzutreten, Obst- und Zeitungsverkäufer preisen ihre Waren an, Reisende werden von Verwandten und Bekannten mit großem Hallo in Empfang genommen. Nur das Stampfen der Maschinen, wenn eine Dampflok anfährt, übertönt hin und wieder das Stimmengewirr. Tauben schwirren durch die Bahnhofshalle.

Eugen umklammert den Griff seines Koffers. «Ich bin fremd hier», sagt er zu dem Fremden.

Der Bahnsteig beginnt sich zu leeren, als eine korpulente Frau auf die beiden zukommt. Dicht vor den Neuankömmlingen bleibt sie stehen und hält ihnen ein Pappschild unter die Nase. «Die Herren suchen een schönet Loschie? Da hab ick was für Sie, solide Jejend, jünstje Preise.»

Der neue Bekannte senkt den Kopf, um das Angebot näher in Augenschein zu nehmen. Eugen zieht ihn am Ärmel zurück. «Besten Dank», sagt er mit fester Stimme zur Zimmerwirtin, «wir sind versorgt.»

Auf dem Bahnhofsvorplatz wird Eugen zum ersten Mal klar, dass er keinen Schimmer hat, wo in Berlin er sich befindet und vor allem: wohin er will. Merkwürdig, dass er daran so gar nicht gedacht hat. Wenn ich erst 21 bin, frei ... Weiter hat er nicht denken können. Doch er ist ganz sicher gewesen, all die Jahre, dass ihm zur gegebenen Zeit das Richtige einfallen würde. Und so war es dann auch.

Während er am Schreibtisch der Amtsstube saß und das Testament seiner verstorbenen Eltern überflog, hörte er genau in der Sekunde, als er zu der ihm auszuzahlenden Summe kam, ein Flüstern:

«Berlin». Berlin, so hell und fein klang das, so klar und deutlich, dass er sich umwandte, um zu sehen, ob tatsächlich jemand gesprochen hatte. Ob Sophie es sich anders überlegt hatte und doch gekommen war zu seinem besonderen Geburtstag? Aber in seinem Rücken kauerte nur der Onkel auf einer Bank, der ihn missgünstig musterte, vor ihm saß der Amtsmann, der mit dem Finger auf die Stelle pochte, an die er seine Unterschrift setzen sollte. Auch dieser Mann hatte – wie vor ihm der Onkel, der Internatsleiter, der Pfarrer – keinen freundlichen Blick, kein menschliches Wort für ihn. Er kannte das Gefühl: nicht vor und nicht zurück. Doch nun gab es für ihn zum ersten Mal einen Ausweg. Zur Annahme des Testaments schrieb er mit Schwung seinen Namen.

«Schmied, Berthold Schmied», hört er neben sich eine Stimme. Die Bahnhofsbekanntschaft streckt ihm die rechte Hand entgegen. Eugen besinnt sich. «Eugen Hofmann», sagt er und schüttelt dem Kameraden aus der Provinz die Hand. Auf dem Bahnhofsvorplatz warten Pferde- und Autodroschken auf Passagiere, doch welches Ziel soll man ihnen nennen? Ohne ein weiteres Wort schlagen Eugen und sein Begleiter die gleiche Richtung ein. Auf der Straße braust der Verkehr um sie herum, Kutschen, Fahrräder, die Elektrische, die sich mit Gebimmel Platz verschafft, hier und da sogar ein Automobil. Berthold Schmied ist immer einen halben Schritt voraus, doch kennt er sich ebenso wenig aus wie Eugen. Alle paar Meter bleibt er stehen und fragt Passanten nach dem Weg, nach einem Platz, den ihm ein Vetter genannt hat, wo man gut unterkommen soll. Man müsse sich in der Hauptstadt in Acht nehmen, habe ihm der Vetter geraten, dürfe nicht blindlings jedem vertrauen.

Eugen denkt an die Wirtin mit ihrem Pappschild und schmunzelt. Auch mich kennt er ja nicht, geht es ihm durch den Sinn. Nein, er kennt mich nicht, klingt es mehrmals wie ein Echo in seinem Kopf, und er schüttelt den Gedanken ab. Ebenso wenig, denkt Eugen, kennt Berthold Schmied all die braven und weniger braven Bürger, die er mit treuherzigem Blick nach dem Weg fragt und denen er sich so unvermeidlich als Provinzler zu erkennen gibt. Nur den Schutzmann, der mit Uniform und Helm an einer Straßenecke steht, fragt er nicht. Auf diesen will Eugen zusteuern, als sein Weggefährte ihn am Arm um die Ecke zieht und ruft: «Wir sind da!»

Das Gasthaus scheint nur von mäßiger Qualität, doch die mit Kreide an die Tafel geschriebenen Speisen klingen vertraut: *Bratkartoffeln, eingelegter Hering, Sülze*. Die Füße schmerzen, und Eugen ist froh, die Beine unter dem Tisch ausstrecken zu können. Sein Bekannter sieht sich suchend im Lokal um, lässt sich von der Wirtin den Weg zur Toilette weisen und salutiert ihr mit zwei Fingern, als er an der Theke vorübergeht. Die Wirtsfrau wischt weiter mit dem Lappen über die Theke, wahrscheinlich ist sie an allerlei Dummköpfe aus der Provinz gewöhnt. Sie kommt an Eugens Tisch und nimmt die Bestellung auf, dann geht sie zu den beiden Gästen am Nebentisch und stellt vor jeden von ihnen einen Krug Bier.

Während Eugen und Berthold Schmied ihre Bratkartoffeln verspeisen, packt einer der Tischnachbarn ein Kartenspiel aus. Schon bald geht es nebenan lebhaft zu. Die Karten werden auf den Tisch geknallt, Münzen und Scheine von einer Seite auf die andere geschoben. Die Unterhaltung mit dem neuen Bekannten kommt nicht recht in Gang, da Berthold ständig nach dem Nachbartisch schielt. Auf Eugens Fragen antwortet er einsilbig. Schließlich geht er, eine Entschuldigung murmelnd, an den Tisch der Spieler herüber, die ihm gleich einen Stuhl anbieten. Eugen ist enttäuscht, ganz froh hat ihn die Aussicht gestimmt, gleich am ersten Tag einen Weggefährten für die Großstadt zu gewinnen. Doch er will kein Spielverderber sein. Als auf ein Zeichen der Spieler ein frischer Krug Bier vor ihn hingestellt wird, prostet er der Runde zu.

Sein Bekannter, obwohl gewiss kein routinierter Spieler, scheint eine glückliche Hand für die Karten zu haben. Beinahe nach jedem Spiel streicht er Münzen und Scheine ein, während sein Gegenüber immer finsterer schaut. Plötzlich steht Berthold auf und winkt Eugen an seinen Platz zu den Karten. Eugen zögert. Da glaubt er ein abschätziges Lächeln über die Lippen des fremden Spielers huschen zu sehen, als würde dieser denken: «Ach was, mit dem Milchbart werden wir fertig.» Dem werd ich's zeigen, denkt Eugen, während er mit kalter Miene nach den Karten greift. Er hat früher im Internat schon gespielt und gar nicht schlecht, auch damals auf dem Ausflug nach Breslau. Glauben die vielleicht, Spielkarten gäbe es nur in der Reichshauptstadt Berlin?

Eine Stunde später sitzt Eugen allein am Tisch. Er stützt den Kopf mit beiden Händen, in seinem Schädel pocht es. Anfangs ist es gut gelaufen, beinahe so gut wie bei Berthold. Doch dann hat sich das Blatt gewendet. Er weiß nicht mehr, wann und warum. Berthold hat ihn angefeuert, ihm ein Glas nach dem anderen auf den Tisch gestellt. Er hat zu viel getrunken, er verträgt es doch nicht. Mit zittrigen Fingern holt er seine Börse hervor, in der er so viel Geld aufbewahrt hat, dass es für die ersten Tage und Nächte reichen sollte. Sie ist leer. Mit einem Schlag ist er nüchtern. Er ruft die Wirtin, die schläfrig in einer Ecke des Lokals hockt, und fährt sie an: «Wer waren die beiden Herren? Wo sind sie hingegangen?»

Sie hält ihm die Rechnung unter die Nase. «Woher soll ick det wissen? Soll ick mir die Jeburtsurkunde jeben lassen, bevor ick n Bier ausschenke?»

«Und der Herr Schmied, der mit mir gekommen ist?»

«Na jedenfalls isser ohne Ihnen jejangen.»

Eugen bittet die Wirtin um ein scharfes Messer. Sie mustert ihn erst misstrauisch, reicht ihm dann aber eines herüber. Er geht zur Toilette und trennt dort das Futter seines Mantels auf, an der Stelle, wo er die Geldbündel aufbewahrt. Das Geld, das noch lange nicht angegriffen werden sollte. Er zieht einen Schein heraus, um damit die Rechnung zu begleichen. Er hat kein Vermögen geerbt, denn von dem, was seine Eltern bei ihrem Tod hinterlassen haben, ging das meiste an Onkel und Tante für die Jahre, in denen er bei ihnen gelebt hat. Das, was für ihn übrigblieb, reicht für ein gutes Jahr, wenn er sparsam ist. Es ist sein Schlüssel zur Freiheit.

Eugen steht vor dem Spiegel. Das Zimmer ist hell erleuchtet. Allein deshalb hat es sich gelohnt, nach Berlin zu kommen. Berlin ist von Kopf bis Fuß elektrifiziert. Und so fühlt auch er sich heute Abend – überströmend von Energie und blendend, von Kopf bis Fuß in neue Kleider gehüllt. Er tritt einen Schritt zurück, hebt das Kinn, sieht der Person im Spiegel in die Augen. Ja, es sind immer noch seine blauen Augen im schmalen Gesicht, das blonde Haar und der Schnurrbart. Und doch: Er kann es kaum fassen, dass der elegante Herr im Jackettanzug, mit modischem Hut, im Hemd mit hohem Kragen, dass dieser Mensch, der sich jetzt eine Zigarre ansteckt und pafft, als hätte er nie etwas anderes getan, derselbe Eugen aus der schlesischen Kleinstadt sein soll, der vor acht Tagen nach Berlin gekommen ist. Der sich gleich am ersten Tag hat übers Ohr hauen lassen, abschleppen und ausnehmen von einem «Bauernfänger» und seinen Komplizen.

«Bauernfänger», eine der ersten neuen Vokabeln, die er hier gelernt hat und gewiss nicht vergessen wird. Bei dem Gedanken verdüstert sich das Gesicht im Spiegel, mit der Spitze eines seiner neuen, blank gewichsten Schuhe tritt er so fest gegen die Kommode, das ein Stück Holz abspringt. Asche fällt von der Zigarrenspitze auf den Holzfußboden, als Eugen im Zimmer auf und ab marschiert. Viel Platz hat er nicht, um auszuschreiten, es ist ein kleines Zimmer in einem einfachen, aber sauberen Gasthof. Er liegt im nördlichen, also im verkehrten Teil der Stadt. Doch man muss Prioritäten setzen, auch das hat er schnell gelernt. Kleider machen Leute, das ist die erste Lektion. Von da aus können die nächsten Schritte geplant werden. Und es plant sich leichter, bedeutend leichter in einem tadellosen Anzug.

Es klopft an der Tür. «Herr Hartwig?»

Eugen zögert, bevor er zur Tür geht. An den neuen Namen – Georg Hartwig – muss er sich erst noch gewöhnen. Das ist vielleicht der berauschendste Zug der neuen Freiheit, dass ihn niemand hier kennt. Man lässt sich unter einem Namen ins Gästebuch eintragen, den man selbst gewählt hat. Auch dazu will niemand die «Jeburtsurkunde» oder Legitimationspapiere sehen. Niemand stellt Nachforschungen an, solange man nichts verbrochen hat. Oder besser gesagt: solange man nicht so dumm ist, Spuren zu hinterlassen.

Es klopft noch einmal, und Eugen öffnet mit einem Ruck die Tür. Die Tochter der Zimmerwirtin steht im Rahmen, eine freche Göre, in deren Augen es spöttisch glitzert. Das Mädchen mustert seinen Aufzug von oben bis unten. «Erwarten Se Besuch?» Sie kichert. «Oder hat Se der Kronprinz jeladen?»

«Ich erwarte ... Ach was, was wollen Sie überhaupt?»

Sie senkt den Kopf, dann sieht sie ihm wieder frech in die Augen. «Die Mutter schickt mir. Ick soll Ihnen sagen, det Se nich so viel Licht machen. Sonst kostet det extra, soll ick vermelden.»

Eugen hat die Tür hinter dem Mädchen geschlossen und die dunklen Vorhänge vor die Fenster zum Innenhof gezogen. Er steht wieder vor dem Spiegel, streckt den rechten Arm aus, schüttelt die Hand. «Hartwig, Georg Hartwig.» Nein, das war noch nicht kaltblütig genug. Der Händedruck muss fest sein, die Bewegungen energisch, aber lässig. Kein unnötiger Kraftaufwand. Kein Grund mehr zu springen. Er ist jetzt sein eigener Herr.

Vorbei die Zeit, als er Onkel und Tante gehorchen musste. Spießbürger alle beide, deren Horizont nicht über ihre Türschwelle und den Ladentisch reicht. Hinter dem sollte auch er noch immer stehen, wenn es nach ihnen gegangen wäre, und Bücklinge vor den Honoratioren des Städtchens machen. Nur weil ihr eigener Sohn gestorben war, kurz bevor er selbst zum Waisen wurde, hatten sie ihn bei sich aufgenommen, und er war als Nachfolger des Onkels vorgesehen – dabei hasste der ihn. Elf Jahre alt war er gewesen, als er in das fremde Haus kam. Man konnte sich in den engen Räumen nicht umwenden, ohne Nippes umzustoßen, Vasen mit künstlichen Zierblumen, Porzellanfigürchen. Abends saß die Tante in ihrem Lehnstuhl, bestickte Kissen und Deckchen, immer noch mehr Kissen und Deckchen. Sie alle wurden darunter begraben. Seine Mutter hatte Klavier gespielt. Debussy, Rubinstein – diese Namen hätte man für Seifenfabrikanten und Herrenschneider gehalten im Hause von Onkel und Tante. Dort hat es auch mit seinem Husten begonnen, der Atemnot. Dieses Asthma, das hat ihn gerettet. Nur weil er so krank wurde, haben sie eingewilligt, dass er in das Internat kam. Herr Binder, der Lehrer, hat ihn empfohlen, sich für ihn eingesetzt, aber sie wollten nicht. Wozu eine höhere Bildung, wenn er doch später im Laden stand? Erst als er sich die Seele aus dem Leib hustete, als der Lehrer es geschafft hatte, ihm wegen besonderer Leistungen zu einem Stipendium zu verhelfen, ließen sie ihn gehen. Schon in der Schule hatte er erste Theaterstücke geschrieben, kindliche Fingerübungen, aber Herr Binder hatte eine Begabung darin gesehen. Der Einzige, der seinen Wert erkannt hat.

Das Asthma ist schnell verschwunden im Internat. Dafür hat es dort mit den Magenschmerzen begonnen, der Übelkeit, die ihn immer wieder überfiel. Nein, es tut ihm nicht leid, dass er ohne ein Wort gegangen ist. Er hat das Testament unterzeichnet, sein Erbe bekommen, noch in derselben Nacht seine Sachen gepackt. Wozu einen Abschiedsbrief schreiben? Verlorene Liebesmüh bei diesen Leuten. Und sie sollten nicht wissen, wohin er gehen würde. Gar nicht auf den Gedanken kommen, ihn ausfindig zu machen. Niemals. Sophie ist die Einzige, der er einen Brief geschrieben hat. Er hat nicht verraten, dass er für immer fortwollte. Nur dass er sie dringlich zu kommen bitte, wenn sie den weiteren Weg mit ihm teilen wolle. Er hat einen Ring beigelegt, das Erste, was er von seinem eigenen Geld gekauft hat. Aber vielleicht war er nicht gut genug für Sophie – der Ring nicht und auch er selbst nicht. Besser so. Nun ist er hier, in Berlin. Allein und frei.

Eugen geht zu seiner Nachtkommode, holt den Schlüssel aus der Jackentasche und schließt die Lade auf. Er zieht einen Stapel beschriebenen Papiers heraus, sein Theaterstück, an dem er seit anderthalb Jahren gearbeitet hat, nachts, wenn Onkel und Tante schliefen. Jede Seite ist bis an die Ränder bedeckt mit durchgestrichenen und überschriebenen Zeilen. Er hat sie sich andressiert, diese kleine, pedantische Schrift. Papier war immer teuer gewesen.

Er setzt sich an den Tisch und holt den Füllfederhalter aus dem Etui. Jetzt fließen die Buchstaben in hohen Bögen und übermütigen Schlaufen auf die weißen Seiten, während sämtliche Lampen im Zimmer brennen.

Über Nacht ist Schnee gefallen und bedeckt mit einer Schicht den Schmutz in den Straßen und Höfen. Kinder lärmen, der Milchwagen bimmelt, und vom Wagen des Kohlenhändlers kullern ab und zu ein paar schwarze Brocken in den Schnee. Im nächsten Moment bückt sich jemand, streckt die Hand aus, die Kohlenstücke sind in den Taschen verschwunden.

Eugen trägt seinen neuen Anzug und Hut, die noch ein wenig drückenden Schuhe. Er will sich umsehen und die ungewohnten Kleider einlaufen. Niemand braucht zu wissen, dass er sie erst vor kurzem erstanden hat. Erst wenn sie sitzen wie eine zweite Haut, will er darin die Schauplätze der Stadt betreten, deretwegen er hergekommen ist. Doch hier im Wedding fällt er auf in den teuren Sachen. Bei jedem Schritt fühlt er sich von Blicken verfolgt. Er will raus aus dem Gewirr der Straßen, Höfe und Hinterhöfe, doch er hat die Orientierung verloren. Wenn er jetzt stehenbleibt und den Stadtplan hervorholt ... Kaum hat er den Schritt ein wenig verlangsamt, läuft ein Trupp schmutziger Kinder neben ihm her. Wind pfeift durch ihre Lumpen, Rotz läuft aus den Nasen, während sie ihm die Handflächen entgegenstrecken und betteln. Ein kleines Mädchen spuckt Blut in den Schnee. Hastig steckt er der Kleinen ein paar Groschen zu. Da reißt ein größerer Junge dem Mädchen die Münzen aus der Hand, und im nächsten Moment hat die ganze Bande Eugen umringt. Sie springen johlend um ihn herum, schütteln die kleinen Fäuste oder strecken die Hände aus. Eine Sekunde steht er nur da, dann begegnet sein Blick über die Kinder hinweg dem einer Frau. Sie zieht eine schwerbeladene Karre mit Brennholz, auch ein kleines Kind sitzt darin, während ihr zwei größere an den Rockschößen hängen. Sie hält inne und betrachtet das Schauspiel, ein schadenfrohes Lächeln zieht durch ihr Gesicht. Da stößt er zwei Knaben beiseite und bahnt sich einen Weg aus der Umzingelung. Während Eugen davoneilt, spürt er einen Hagel kleiner Kiesel im Rücken. Er springt auf eine eben abfahrende Elektrische, die ihn ins Zentrum bringt.

Zum ersten Mal spaziert Eugen die Friedrichstraße und Unter den Linden entlang. Er hat so viel darüber gehört und gelesen. Sophie, die ein paar Mal zum Verwandtenbesuch in Berlin war, hatte ihm mit leuchtenden Augen davon erzählt. Er war sich immer ganz klein und dumm vorgekommen, weil sie ihm dieses Glanzvolle voraushatte. Alle Welt spazierte in der Reichshauptstadt umher, doch für ihn hätte sie in China liegen können. Eine Fahrkarte zu erwerben war so undenkbar wie einen Brillantring.

Nun ist er hier. Er hat ebenso gut das Recht, auf dem breiten Trottoir zu spazieren, wie jeder andere. Mit dem Strom der Passanten lässt er sich treiben, vorbei an eleganten Hotels und Cafés, den Auslagen in den Schaufenstern der Geschäfte. In den Zweigen der Bäume flattern vom Wind zerfetzte Papiergirlanden, die in der Neujahrsnacht aus den Fenstern oder vom Oberdeck der Busse herabgeworfen wurden. Wie tropische Schlingpflanzen hängen sie an den Ästen.

Nach der neuesten Mode gekleidete Damen flanieren untergehakt durch die Straßen, manche führen ein Hündchen an der Leine. An jeder Ecke wachen uniformierte Schutzleute über die Bürger, auf Pferden oder zu Fuß, gestiefelt, mit Säbeln und Schnauzbärten. Auf den schweren Pickelhauben steht zu lesen: *In Treue fest.* Jeder Versuch, den Verkehr zu regeln, ist zum Scheitern verurteilt. Fußgänger und Radfahrer bahnen sich ihren Weg durch die selben Straßenzüge wie Pferde- und Taxameterdroschken, Postwagen, Omnibusse und Automobile, sie alle kreuzen die Schienen der Elektrischen, und über ihre Köpfe donnern die Züge der Stadtbahn hinweg. Die Menschenmassen schieben sich in rasantem Tempo über die Kreuzung Friedrichstraße und Unter den Linden, jeder scheint auf irgendetwas aus zu sein, als warte in einem der

Schaufenster, an einem der Caféhaus-Tische das ganz persönliche Glück.

Eugen hat kein bestimmtes Ziel, doch auch er wird von Unruhe erfasst und fällt ein in den hastigen Schritt der Passanten. Vor der Tür eines Juweliergeschäfts bleibt er stehen. Im hell erleuchteten Laden lässt er sich eine Kollektion Herrenringe vorlegen und sieht sofort, welcher der richtige für ihn ist. Doch er genießt es, wie die Verkäuferin sich um ihn bemüht. Schließlich zeigt er auf den Ring, der einem Siegelring am nächsten kommt. «Ich möchte ihn mit Gravur. G. H., fein geschwungen.»

Eugen leistet die Anzahlung für den Ring und geht dann ins Restaurant Borchardt in der Französischen Straße. Nach dem Essen lässt er sich vom Zeitungskellner mehrere Zeitungen bringen und blättert darin. Die ersten Ergebnisse der Reichstagswahlen von gestern, vom 12. Januar, liegen bereits vor. Der *Berliner Lokalanzeiger* gibt eine Extraausgabe heraus: *Das Gesamtergebnis der Wahlen – nach Privattelegrammen unserer Spezialkorrespondenten zusammengestellt.*

Der Wahlausgang sorgt überall im Deutschen Reich für Aufregung. Nicht nur oppositionell, geradezu revolutionär ist das Ergebnis in Berlin. In der Hauptstadt des Kaiserreichs haben die Sozialdemokraten 75 Prozent der Stimmen erhalten und sieben von acht Mandaten der Großberliner Reichstagswahlkreise gewonnen. Von der gesamten Bevölkerung, liest Eugen, sind nur etwa zwanzig Prozent wahlberechtigt. Frauen sind ebenso ausgeschlossen wie Behinderte oder Bezieher von Armenunterstützung, und Männer sind erst ab 25 Jahren berechtigt, ihre Stimme abzugeben. Ich habe keine Zeit, denkt Eugen, zu warten, bis ich 25 bin und meine Stimme zählt als eine von Millionen. Keine Zeit, mit gefalteten Händen dazusitzen im Wartesaal dritter Klasse.

Er winkt dem Kellner und bestellt ein Glas Sekt. Erst heute, so fühlt er, ist sein eigentlicher Geburtstag. Er hat die ganze Nacht an seinem Stück gearbeitet, der neuen Fassung, die er gleich am ersten Tag in Berlin begonnen hatte. Das alte Stück, an dem er anderthalb Jahre geschrieben hat, ist im Ofen seines Pensionszimmers in

Flammen aufgegangen. Fingerübungen sind es gewesen, die Fingerübungen eines unfreien Geistes. Doch jetzt, als unabhängiger Mensch in der freien Luft dieser Stadt, kann er schreiben. Etwas so Neues und Unerhörtes wird er schaffen wie Gerhart Hauptmanns *Vor Sonnenaufgang*. Er denkt an seinen Ring mit den Initialen G. H. und lächelt.

Ein paar Tische weiter werden plötzlich Stimmen laut. «Mein Herr, ich bitte Sie ein letztes Mal, unser Restaurant zu verlassen!», gibt der Oberkellner einem Mann Bescheid, der in Hemd und einfacher Jacke, ohne dunklen Anzug, an einem Fenstertisch Platz genommen hat. Der Mann ist nicht schmutzig oder abgerissen gekleidet, doch offensichtlich gehört er nicht zur gutbürgerlichen Gesellschaft. Ein Arbeiter womöglich! Er bleibt sitzen und wiederholt laut seine Bestellung. Die umsitzenden Herrschaften unterbrechen ihre Gespräche und schauen herüber. Der Oberkellner geht durch den Raum zum Pianisten, der daraufhin so laut zu spielen beginnt, dass der weitere Wortwechsel untergeht. Endlich steht der Mann in der einfachen Jacke auf und geht hinaus. Am Ausgang dreht er sich noch einmal um, reckt die Faust und ruft: «Ich komme wieder!»

Bald nach ihm tritt auch Eugen wieder auf die Friedrichstraße. Ihn hat man im Borchardt, in dem feine Herrschaften speisen und ihren Wein trinken, zuvorkommend und respektvoll bedient. In einem Lederwarengeschäft ersteht er einen prachtvollen Rindslederkoffer für über hundert Mark. Wenn er mit dem aus einem Zug steigt oder ein Zimmer nimmt, wird man ihn nicht mehr für einen armen Schlucker aus der Provinz halten. Er schlendert Unter den Linden entlang bis zum Pariser Platz. Unter den Linden 1, auf einem der teuersten Pflaster Berlins, steht seit fünf Jahren das Hotel Adlon, in dem das Kaiserpaar seine Gäste einquartiert. Vor dem Hotel parken schwarz glänzende Limousinen. Pagen in Livree flankieren den Eingang und drehen beim Eintreten für die Herrschaften die Drehtüre.

Eugen betritt die Eingangshalle des Hotelpalasts und bleibt

wie geblendet stehen. Er bestaunt die Gewölbedecke und die Säulen aus dunkelgelbem, wolkigem Marmor. Eine breite, geschwungene Treppe führt in die oberen Etagen. Ein Page kommt auf ihn zu und geleitet ihn zur Rezeption. Eugen fragt nach einem Zimmer.

Der Empfangschef mustert ihn. «Bedaure, mein Herr, wir sind belegt», bedeutet er ihm kühl.

Ohne ein weiteres Wort wendet sich Eugen zum Ausgang. «Ich werde wiederkommen», denkt er, «ich komme wieder.» Hat er laut gesprochen? Der Hotelpage sieht ihn so seltsam an, während er ihm die Tür aufhält. Sicher hat es sich angehört wie eine Drohung.

Mitten auf der nächsten Kreuzung bleibt Eugen plötzlich stehen. Eine Pferdedroschke weicht ihm in letzter Sekunde aus, der Kutscher beschimpft ihn. Eugen beachtet ihn nicht. Noch einmal sagt er, diesmal laut: «Ich komme wieder.»

«Erster oder zweiter Rang, Parkett?», fragt die Kartenverkäuferin an der Theaterkasse des Lessingtheaters. Eugen zögert, blickt auf die Preisliste: *Fremden-Loge und Orchester-Loge 10 Mk., 1. Rang Loge u. 1. Rang Balkon 6,50 Mk., Parkett Seitenloge 6,50 Mk., Parkett Mittelloge 6 Mk., Stehparkett 3 Mk., 2. Rang Loge 3 Mk, 2. Rang Tribüne 2 Mk., Galerie 1 Mk …*

Es ist sein erster Theaterabend in Berlin, eine Premiere in vieler Hinsicht. Eugen spürt Ungeduld in seinem Rücken, gleich wird jemand eine Bemerkung machen. «Zweiter Rang», antwortet er. Noch während er das Geld über die Theke schiebt und die Eintrittskarte in Empfang nimmt, ärgert er sich. Warum einen der billigen Plätze wählen zu diesem Ereignis, von dem er seit Jahren geträumt hat? Gut, auch die billigen Plätze hier sind teuer genug, und dennoch – er ist nicht mehr arm.

Kurz darauf ist Eugens Ärger verflogen, er verschwendet keinen Gedanken mehr an die ausgeklügelte Hierarchie der Theatergesellschaft, in der es Stehplätze gibt, abgestufte Ränge, offene und geschlossene Logen, geradeso wie sonst in der Gesellschaft.

Die Hofloge im ersten Rang bleibt auch an diesem Abend leer. Die kaiserliche Familie hat dem Lessingtheater den Rücken gekehrt, seit dort Otto Brahm regiert, Hauptmanns *Vor Sonnenaufgang* zur Uraufführung kam und Stücke von Strindberg, Holz und Schnitzler folgten – «Rinnsteinsprache», die dem Kaiser die Laune trübt, und Erotisches, das die Kaiserin erröten lässt. Heute steht Hauptmanns Stück *Die Ratten* auf dem Programm.

Nach vorn gebeugt, mit zusammengepressten Händen und weiß hervortretenden Fingerknöcheln, verfolgt Eugen Hofmann das Schicksal der Kleinbürgerfamilie John, das unabwendbar auf die Katastrophe zusteuert. Doch nicht so sehr Henriette Johns Versuch, sich ein fremdes Kind anzueignen, fesselt ihn, nicht das Unglück des Dienstmädchens Pauline, das dabei getötet wird – der nie gehörte Ton, der von dieser Bühne dringt, ist es, die Stimmen und Gesten der Schauspieler, das Gefühl, endlich dem wirklichen Leben beizuwohnen und zugleich einer großen Kunst. Eine einzige solche Aufführung in seiner Heimat, denkt Eugen, und über Nacht wäre eine Revolution ausgebrochen.

«Nu nimm doch», zischt in der Reihe vor ihm eine Frau und hält ihrem Nachbarn ein Taschentuch unter die Nase. Der schneuzt sich so laut und ausdauernd, dass Eugen den Dialog auf der Bühne verpasst. Wie durch ein Opernglas sieht er auf einmal die Theaterbesucher um sich herum. Eine junge Frau tuschelt mit ihrer Nachbarin. Eine Dame in violetter Seide nimmt die Garderoben der anderen Damen in Augenschein. Ihr Begleiter faltet Schiffchen aus den Seiten des Programmhefts.

«Bin ick denn hier von Jespenster umjebn?», fragt Paul John von der Bühne in den Zuschauerraum. «Ick weeß nich, sehen kann ick et nich! Det kichert, det wispert, det kommt jeschlichen, und wenn ick nach jreife, denn is et nischt!»

Eugen glaubt nicht, was er da hört. Erst leise, dann ein wenig lauter. Doch als er sich umdreht und dem Zuschauer ins Gesicht sieht, gibt es keinen Zweifel: Der Mann schnarcht. Das Kinn auf der Brust, sitzt er zusammengesunken da, ein kräftiger junger

Mann. Beim Ausatmen zittert der martialische Bart in seinem runden Kindergesicht. Seine Begleiterin stößt ihn an. «Hermann», flüstert sie, und als er nicht reagiert, rüttelt sie ihn an der Schulter. «Mensch, Kappe! Stille, man hört dir schon.»

Mitten in der Aufführung steht Eugen auf und drängt sich durch die Reihen. Unwillig machen ihm die Zuschauer Platz. Da presst er ein Taschentuch vor den Mund, als wäre ihm übel, und tatsächlich steigt im nächsten Moment Übelkeit in ihm auf. Eilig verschafft er sich freie Bahn, zum Ausgang, nur schnell zum Ausgang!

«Ick bin keen Mörder, det wollte ick nich …», ruft Henriette John über die Köpfe des Publikums hinweg, als Eugen den Vorhang zur Seite schiebt und aus dem zweiten Rang hinaustritt. Durch das Treppenhaus gelangt er zum Portal. Die Eingangshalle ist leer, die Kassen sind unbesetzt. Vor einem Spiegel unter einem schweren Kristalllüster bleibt er stehen und betrachtet sein Gesicht, die weiße Hemdbrust, den Frack. Dann steigt er die Treppe zum ersten Rang empor und setzt sich auf den nächsten freien Platz in einer der Logen.

Niemand wendet sich nach ihm um. Vorne an der Brüstung der Loge sitzen drei Damen, flankiert von einem feisten Herrn im Frack und einem Jüngling, der so tief im Sessel hängt, dass nur der pomadisierte Scheitel über die Lehne ragt. Es duftet nach Parfum. Der Duft steigt aus den Nacken der Damen auf, eine Mutter mit ihren Töchtern vielleicht. Der mittlere Nacken, ein wenig faltig, ist mit dicken Perlen behängt, über dem Hals zur Rechten kringeln sich blonde Locken. Der schmale Hals zur Linken aber ist – nackt. Das dunkle Haar endet in einer präzisen Linie mit dem Schädelknochen. So kurze Haare bei einer Frau, einer jungen und schönen Frau, da ist Eugen sicher, hat er noch nie gesehen. Er kann seinen Blick nicht losreißen von ihrem weißen Nacken unter der Kappe schwarzen Haars. Bis ein gellender Schrei ihn auffahren lässt.

Das Schicksal der Johns dort unten auf der Bühne ist so gut

wie besiegelt, Frau Johns Sprung in den Tod erschütternd, doch folgerichtig. Der Blick aus einer der oberen Logen, über die Köpfe Hunderter Zuschauer hinweg, erlaubt eine distanziertere Perspektive auf *Die Ratten*. Dennoch ist Eugen ergriffen von der Gewissheit, endlich echte Schauspielkunst gesehen zu haben. Er steht auf, geht zur Brüstung und applaudiert. Die Zuschauer aus seiner Loge dagegen packen bereits ihre Sachen zusammen und streben zum Ausgang.

Nach der Aufführung steht man im Foyer beisammen, das den Besuchern des Parketts und des ersten Ranges vorbehalten ist. Eugen hält sich in der Nähe der Familie auf, in deren Loge er gesessen hat. Schnell hat sich ein Grüppchen um sie versammelt.

Ein Herr mit Orden am Frack stürzt auf den feisten Familienvater zu und schüttelt ihm die Hand. «Was halten Sie von der Sache, Herr Kommerzienrat?»

«Sie meinen die Reichstagswahlen? Den Proletenputsch?»

«Ach nein, daran will ich gar nicht mehr denken. Das Stück …»

Der Kommerzienrat tupft sich die Stirn mit einem Tuch. «Das geht doch gehörig auf die Nerven. All dieser Schmutz, diese Rinnsteinkunst …»

«Was erwartest du bei dem Titel, Papa?», wirft mit gelangweilter Stimme der Sohn ein. «*Die Ratten* – ein Lustspiel bei Hofe?»

Eine Dame mit Pelzstola schaltet sich ein. «Aber man sagt, der Hauptmann sei zur Vernunft gekommen, hoffähig soll er bald sein.»

«Fünfzig wird er dieses Jahr», meint ihr Begleiter, «und dann immer noch dieser Dreck.»

«Mein Gott, aber es ist ja auch zu furchtbar, diese Mietskaserne, die Ratten. Die arme Mutter, die armen Kinder …» Frau Kommerzienrat zieht ihre halbwüchsige Tochter an sich, die sich aus der Umklammerung zu lösen versucht.

«Mama, was ist eine Morphinistin?», fragt das dicke blonde Mädchen, als ihr die Befreiung gelungen ist.

Herr Kommerzienrat wirft seiner Frau einen Blick zu. «Ich habe dir doch gesagt, das ist nichts für Kinder.»

«In der Tat, ein Stück für alte Leute.» Alle drehen sich nach der jungen Frau um, die ein wenig abseits steht. «Expressionismus, das ist die Kunst der Zeit.»

Eugen starrt sie an, die dunkelhaarige Tochter der Familie, deren Parfum sich in der Loge mit dem ihrer Mutter und Schwester vermischt hat. Er würde gern ihren eigenen Duft kennen.

«Kinder, Kinder», klatscht Frau Kommerzienrat in die Hände. «Was stehen wir noch hier? Heute ist doch bei uns Empfang.»

Als sich die Familie, umgeben von einem Trupp Bekannter, in Bewegung setzt, bleibt die Tochter einen Moment zurück. Sie dreht sich zu Eugen um und sieht ihm in die Augen. Dann winkt sie ihm. «Kommen Sie mit!»

War es ein Traum? Eugen liegt in seiner Kammer, mit geschlossenen Augen, lässt Bilder vorbeiziehen, Empfindungen, von denen er sich noch nicht trennen möchte. Duft, Applaus, Schneeflocken, die gegen die Fenster der Droschke taumeln, eine ausgelassene Gesellschaft, um das Kaminfeuer des Salons versammelt, Platten mit Speisen, Gläserklirren, eine klare Stimme, die sagt ... Eugen setzt sich im Bett auf. Nein, es war kein Traum. Er spürt es noch deutlich, wie er vor Freude und Schrecken erstarrt ist, als sie durch die Gäste auf ihn zukam und ihn ansprach.

«Wurde ja auch höchste Zeit, Sie zu Gesicht zu bekommen. Wo mein guter Vetter Karl» – sie zwinkerte ihm zu – «schon so viel von Ihnen erzählt hat. Von seinem Kommilitonen mit dem schönen Namen ...» Hier machte sie eine bedeutungsvolle Pause.

Eugen verstand. Man hörte ihnen zu, den jungen Leuten, und spitzte die Ohren. Also musste es einen guten Grund geben, warum er heute Abend hier war. Und der Grund hieß eben Vetter Karl. «Georg», sagte Eugen mit angedeuteter Verbeugung. «Georg Hartwig.»

Sie lachte. «Na, ich bin Maxi. Das wissen Sie ja. Aber nur für diejenigen, die ich leiden mag. Für alle anderen: Maximiliane.» Sie warf einen frechen Blick in die Runde der Umstehenden, die ein wenig zurückwichen. Vielleicht hatte man sich doch zu offensichtlich interessiert.

Es gab an diesem Abend keine Gelegenheit zu einer ungestörten Unterhaltung mit Maxi Brückner. Doch das Kaminfeuer, der Champagner – der erste seines Lebens – und die Blicke, die Maxi ihm immer wieder zuwarf, während sie plaudernd an ihm vorüberging, das alles taute ihn so auf, dass er sich mühelos auf dem Parkett des großbürgerlichen Salons bewegte, als hätte er wie Maximiliane dort laufen gelernt. Er parlierte mit Fremden und staunte selbst nicht schlecht über die Anekdoten, die er zum Besten gab. Sein Kommilitone Karl, Maxis Vetter, war wirklich ein famoser Kerl. Ein Freund, wie er ihn sich immer gewünscht hat. Verflixt, er muss sich Notizen machen. Alles aufschreiben, was er zu wem gesagt hat. Er wird sich sonst noch um Kopf und Kragen reden.

Eugen springt aus dem Bett, läuft barfuß zum Schreibtisch, auf dem sein Notizbuch liegt. Wo hat er bloß den Füllfederhalter hingetan? Er öffnet Schubladen, kramt in Taschen. In der Manteltasche berühren seine Finger einen Zettel, ziehen ihn heraus. Das Papier verströmt Duft. Sein Herz beginnt jäh zu hämmern. *Wir treffen uns im Größenwahn*, steht darauf. *Morgen Abend um acht.*

Einen Moment überlegt Eugen, ob er es mit einer Verrückten zu tun hat. Ob sie ihn zum Narren halten will. Oder ihm eine Aufgabe stellt, die er ritterlich lösen soll. Doch sein Gefühl sagt ihm, dass nichts davon zutrifft. Dass alle Welt weiß, was es mit dem «Größenwahn» auf sich hat. Nur er nicht.

Nach längerem Suchen hat er es herausgefunden: Das «Größenwahn» findet sich am Kurfürstendamm. Im Reiseführer *Berlin für Kenner – ein Bärenführer bei Tag und Nacht durch die deutsche Reichshauptstadt* ist er unter «Nachtcafés» auf einen Eintrag gestoßen:

Café Größenwahn, d. i. Café des Westens, Kurfürstendamm 18/19, Ecke Joachimsthaler Str. Das Café der Uebermenschen, der Revolutionäre des Geistes, der Dichter und Künstler mit dem langwallenden Haupthaar und der Schriftstellerinnen und Künstlerinnen mit dem kurzgeschorenen Haar. Gleichwohl ein gemütliches Café mit Wiener Bedienung. Viel Zeitungen. Die Nacht hindurch billige warme Küche. Im ersten Stock Spiel- und Billard-säle. Musik bis 4 Uhr.

Eugen fährt sich mit der Hand durch die blonden Haare, damit sie nicht so glattgekämmt am Kopf liegen. Es wird ein paar Monate dauern, bis sie die richtige Länge haben fürs Café der Dichter und Künstler. Doch schon heute Abend, denkt Eugen, trifft in diesem Café Maximiliane Brückner auf Eugen Hofmann alias Georg Hart-wig. Wie gut, dass der neue Name ihm inzwischen so in Fleisch und Blut übergegangen ist, dass er ihr in der Überraschung nicht seinen richtigen genannt hat. Dann würde er in ihrer Gegenwart dabei bleiben müssen, sie würde ihn anderen als Eugen Hofmann vorstellen. Das wäre viel zu riskant. Zu riskant wozu? Das weiß er selbst nicht so genau. Aber dass er seinen Namen in Berlin nicht mehr benutzen wird, ist gar keine Frage. Es ist ebenso notwendig wie das Kappen aller Verbindungen zur Heimat, das Verbrennen seines ersten Stückes im Ofen.

Es ist bitterkalt, der Schneematsch auf den Bürgersteigen über-froren. Eine finstere Januarnacht im Norden und Osten der Stadt, doch die Stadtmitte und der Westen bieten alles an Lichtern auf – Gaslaternen, erleuchtete Schaufenster und Restaurants, blinken-de Lichtreklamen –, um die Nacht zum Tag zu machen und den Winter zu etwas Vergnüglichem. Ein heller Schein liegt über der Friedrichstraße, Paare strömen in Abendgarderobe in die Cafés und Theater, Varietés und Konzerthäuser. Weiter im Westen geht es ruhiger zu, doch auch hier folgt die Stadt dem beschwingten Rhythmus von Menschen, die sich amüsieren wollen und die Mit-tel dazu haben. Eugen spaziert über den Kurfürstendamm und nähert sich mit klopfendem Herzen der Joachimsthaler Straße. Da, über dem Eingang des fünfstöckigen Eckhauses mit der Hausnummer 18/19, steht es: *Café des Westens*. Die Terrasse vor dem Café ist mit einem schmiedeeisernen Zaun umgeben und leer bis auf ein paar übereinandergestapelte, schneebedeckte Tische.

Eugen zögert, es ist noch zu früh, und er fühlt sich unsicher. Was zieht man an, wenn man in ein Künstlerlokal geht? Macht man sich zum Gespött, wenn man im Jackettanzug dort aufkreuzt, mit Hut und elegantem Shawl? Maxi, die würde es wissen, aber sie kann er nicht fragen. Und sie braucht auch nicht zu erfahren, dass er den halben Tag rastlos nach der Lösung ihres Rätsels gesucht hat, nach der Gleichung des Größenwahns.

Er hat sich dem Café auf wenige Meter genähert, will gerade umkehren, um noch eine Runde zu drehen, da hält eine Autodroschke dicht neben ihm, bremst und bespritzt seine Hosenbeine mit Schneematsch. Eine Tür wird geöffnet, und eine Frau springt heraus, ihm geradewegs vor die Füße. Unter dem breitkrempigen Hut ist ihr Gesicht kaum zu erkennen, doch ihr Lachen klingt ihm schon vertraut. Maxi eilt auf den Eingang zu, reißt die Tür auf, dreht sich zu ihm um und sagt mit einladender Geste: «Willkommen im Größenwahn!»

Gemeinsam treten sie über die Schwelle des Kaffeehauses, das zu Eugens Erstaunen schlicht und gemütlich ist, geradezu altmodisch im Vergleich zu den umliegenden Lokalen, Klubs und Bars. Die Wände sind mit der gelbbraunen Patina ungezählter Rauchwolken überzogen, warmes Licht fällt auf Gobelins, falschen Barockstuck und Goldleisten. Die Besucher sind um die frei im Raum und in Nischen verteilten Marmortische versammelt, paarweise, in Gruppen, allein. Doch trotz der Gemütlichkeit der Einrichtung und der ungezwungenen Kleidung und Haltung der Besucher liegt heute Abend etwas Drückendes in der Luft.

Maxi bedeutet Eugen, ihr zu folgen, und geht zielstrebig auf einen Tisch zu. Ein Mann und zwei Frauen erheben sich, doch statt einer Begrüßung sagt eine von ihnen: «Georg ist tot!»

Maxi fasst Eugen alias Georg am Arm. «Nun mal langsam, verehrte Genossen! Er hat gestern ein Schlückchen zu viel gehabt, das ist wahr. Doch zum Totsein fehlt ihm noch Lebenserfahrung!»

Niemand lacht. Auch Maxi begreift, dass es ihren Freunden ausnahmsweise ernst ist. Sie steht sekundenlang in der Stille, dann reißt sie die Augen auf. «Georg – der Heym?»

Die anderen nicken.

«Aber wie, wann?», stammelt sie.

«Vorgestern schon», bringt der Mann heraus. «Beim Eislaufen. Eingebrochen. Ertrunken. Die Polizei war hier, sie wollten …»

Eine der Frauen unterbricht ihn. «Ihr wisst ja, seine Familie, die würden hier keinen Fuß reinsetzen. Durch die Polizei mussten wir's erfahren. Oh mein Gott …»

Sie beginnt laut zu schluchzen. Da fallen sich alle in die Arme, auch Maxi ziehen sie in ihren Kreis, weinen, klopfen sich auf die Schultern, den Rücken. Eugen steht abseits, und es quält ihn nur eine Frage: Wer ist Georg Heym?

Noch ein G. H., denkt Eugen auf dem Heimweg, mit einer Bitterkeit, die ihn selbst überrascht. Er hat sich allein davongemacht aus dem Café. Und nicht nur das, er hat mit Maxi gestritten, bei ihrer ersten Verabredung, die er sich als Rendezvous erträumt hat. Wäre er nur ein paar Minuten früher gegangen, während sie sich in den Armen lagen, sie hätte seinen Aufbruch nicht bemerkt, wäre ihm nicht vor die Tür gefolgt, er hätte die dummen Sätze nie ausgesprochen.

«Wo willst du hin?», wollte Maxi wissen, Tränen liefen ihr über die Wangen, verschmierten Lidstrich und Puder, es kümmerte sie nicht. Doch die Tränen galten nicht ihm und seinem Fortgehen, nicht ihrem verdorbenen ersten Rendezvous.

«Wer ist denn der tragische Held?», hat er gefragt.

Da hat sie ihn angesehen, erstaunt zuerst und dann voller Wut. Nun weiß er es, wer Georg Heym war, sie hat es ihm laut genug entgegengeschleudert. In der Tat, ein Held. Ein Dichter, der die ihm vorgezeichnete Bahn verlassen, auf Geld und Gut der Familie verzichtet hat. Der Größe und Mut für die Kunst bewiesen hat, die wahrhaftige Kunst, von der er, ein verwöhntes Bürgersöhnchen, gewiss nicht den blassesten Schimmer habe! 24 Jahre sei Georg Heym nur geworden, ein Mensch wie er, so jung – und ein sinnloser Tod unterm Eis!

Da hat er mit ruhiger Stimme erwidert, dass dieser Georg doch ein glücklicher Mensch sei, so von allen Freunden geschätzt und geliebt, seine Werke gedruckt und gelesen, aufbewahrt für die Zukunft. Wenn er selbst es in ein paar Jahren so weit bringen könnte, dass er geachtet und gelesen würde, dass Menschen wie sie um ihn weinten, wie willkommen wäre ihm dann ein kühler, schmerzloser Ort wie das Eis …

«Verdammt!» Kriminalwachtmeister Kappe schlägt die Hand vor den Mund, um ein Würgen zu unterdrücken. Das, was die Kollegen da aus dem Eisloch im Müggelsee hervorgezogen und am Ufer abgelegt haben, ist nicht seine erste Leiche. Nicht einmal seine erste Wasserleiche, solche fischte man von Zeit zu Zeit auch aus den heimatlichen Gewässern um Wendisch Rietz. Aber an Wasserleichen gewöhnt man sich nicht.

«Nur bei krassen Wasserleichen lass er sich vom Nass erweichen», sagt in munterem Ton Kollege Gustav Galgenberg, als er Hermann Kappes grün verfärbtes Gesicht sieht.

Kappe bringt nicht einmal die Andeutung eines Grinsens zustande. Mein Gott, die Frau muss lange im Wasser gelegen haben! Und selbst in dem aufgedunsenen Körper erkennt man noch den geschwollenen Bauch, der sich auf charakteristische Weise hervorwölbt.

«Die is noch von vor Weihnachten, würde ich sagen», meint Galgenberg, nun auch ein wenig erschüttert. «Warte mal, wann sind die Seen hier zugefroren? So richtig tief und fest gefroren und nicht mehr aufgetaut?»

Kappe ist nicht zum ersten Mal froh über seinen kräftigen

Bartwuchs. Er hat das Gefühl, als ob seine Lippen zittern. «Das kann ich dir sagen. Am ersten Weihnachtstag war's. Klara hat mich gezwungen, den ganzen Tag mit ihr Schlittschuhlaufen zu gehen. Du weißt ja, sie ist ganz verrückt danach.» Klara. Er sieht ihr fröhliches Gesicht vor sich, die von der Kälte rot glühenden Wangen. Und hier liegt eine andere Frau, tot und vom Wasser entstellt. Vielleicht hat sie Weihnachten schon hier gelegen, unter dem Eis, und Klara und er sind auf dünnen Kufen über sie hinweggesaust.

Die Leiche wird zur Obduktion in die Pathologie abtransportiert. Kappe und Galgenberg sollen mögliche Spuren am Fundort sichern, aber es gibt keine Spuren. Zu viel Eis ist über diese Leiche gewachsen. Ob man sie jemals identifizieren wird?

«Selbstmord, würd ich drauf wetten», reißt Galgenberg Kappe aus seinen Gedanken. «Ist doch immer dasselbe. Sitzengelassenes Dienstmädchen. Wusste nicht, wohin mit ihrem Gör. Da hat se's mit sich ins Wasser genommen. Wer weiß, vielleicht sogar in der Christnacht.»

Kappe denkt an *Die Ratten*, die Aufführung, die er mit Klara vor kurzem gesehen hat. Auch hier hatte ein Dienstmädchen nicht gewusst, wohin mit dem unehelichen Kind. Und eine andere Frau wollte es unbedingt haben, als eigenes Fleisch und Blut ausgeben.

Es gluckert im Eisloch, breite Risse ziehen sich über die gefrorene Fläche des Sees. Man kann beinahe zusehen, wie das Eis taut. Wer weiß, was da noch alles an die Oberfläche kommt.

«Dieser verrückte Dichter, der da neulich ertrunken ist ... Wie hieß der noch?» Galgenberg stochert mit einem Ast in der Uferböschung herum.

«Warte mal ... Heym, Georg Heym. Aber das war ein Unfall.»

«Wie man's nimmt», entgegnet Galgenberg, der den Ast herauszieht, an dem dunkle Klumpen kleben. «In der Dämmerung auf dem Eis herumrasen, wo man doch weiß, dass es dort überall löchrig ist. Er soll ja sturzbetrunken gewesen sein.»

«Ich hab gehört, es war Kokain.»

«Tatsächlich?» Galgenberg pfeift durch die Zähne. «Ja ja,

diese Künstler ...» Er wirft den Ast weit fort, um den sich nichts als vermoderte Blätter und Ranken vom letzten Herbst gewunden haben. «Geh'n wir.»

Auch wenn der erste Abend im Café Größenwahn vom Tod und vom Streit mit Maxi überschattet war, hat Eugen in den folgenden Tagen mit dem wachsenden Verlangen gekämpft, beide wiederzusehen – das Café ebenso wie Maxi. Heute Abend ist es so weit. Er kann sogar zu Fuß gehen. Um ihnen und allem, was Glanz und Gloria hat in dieser Stadt, näher zu sein, hat er ein möbliertes Zimmer im Westen gemietet, in einer der gerade noch erschwinglichen Gegenden. Im Nordosten kann man unmöglich leben, wenn man nicht dazugehört, einer von den Arbeitern ist oder den Arbeitslosen, dem Proletariat. Tagsüber wird man angebettelt, im Dunkeln muss man fürchten, überfallen zu werden. Und dann ist es so niederdrückend: die Schäbigkeit, das Elend – unmöglich, hier an eine Zukunft zu glauben, den Aufstieg der Stadt, den eigenen Stern! Die Menschen schuften, zwölf Stunden am Tag, sechs Tage die Woche, und wissen doch nicht, womit sie ihre überfüllten Stuben heizen und ihre Kinder satt bekommen sollen.

Eugen öffnet den steifen weißen Hemdkragen ein wenig und bindet sich eine Fliege um. Locker muss sie sitzen, wie nachlässig gebunden, und trotzdem halten. Es erfordert einige Übung, bis er den Dreh heraus hat. Er kann verstehen, dass so viele der Armen der Trunksucht verfallen oder dem Verbrechen. Wahrscheinlich sind das die Klügsten unter ihnen, denkt er, die Mutigsten, die es wagen, sich aus ihrem Joch zu befreien – zur Not mit Gewalt.

Er betrachtet sich im Spiegel, noch nicht ganz zufrieden. Georg Hartwig ist ein junger Mann aus gutem Haus. Er verfügt über Bildung, Vermögen und Kontakte. Aber er ist kein Spießer. Auch kein verwöhntes Bürgersöhnchen, merk dir das, Maxi! Georg Hartwig ist einer, der die ihm vorgezeichnete Bahn verlassen hat. Der Größe und Mut beweist für die wahrhaftige Kunst. Mit einem Ruck reißt er einen Knopf vom Jackett. Ja, so ist es richtig. Bereit zur Eroberung des Größenwahns, verlässt Eugen Hofmann das Haus.

Wärme und Stimmengewirr empfangen ihn, als er die ersten Schritte allein in das Café setzt. Es ist am frühen Abend schon voller Menschen. Ein Kellner im Frack begrüßt ihn mit freundlichem Nicken, weist ihm den Weg zu einem freien Tisch. Eugen sieht sich unauffällig um. Ein wenig von der Anspannung weicht, als er den ersten Schluck Pilsner trinkt – das haben hier die meisten vor sich stehen, Pilsner oder Kaffee. Das Buch, das er dabei hat, um beschäftigt zu wirken, falls er an diesem Abend allein bleibt, wird er nicht brauchen. Er ist nicht der Einzige, der allein am Tisch sitzt, doch liest man hier offenbar Journale und nochmals Journale. Eugen hat noch nirgends so viele Zeitungen und Zeitschriften gesehen, auf manchem Tisch stapeln sie sich, während vom Gast nur die Finger und ein Haarschopf oder Hut hinter der ausgebreiteten Zeitung zu erkennen sind. Nackt kommt man sich hier vor ohne eine Hülle bedruckten Papiers.

Eugen greift nach einer Zeitung, sein Blick fällt auf den roten Stempel, der hier auf allen Journalen prangt: *Gestohlen im Café des Westens*. Dann liest er einen Bericht über Georg Heym mit dem Titel *Tragischer Tod eines jungen Dichters*. Darin wird von Waldarbeitern berichtet, die am Vortag aus der Ferne gesehen hatten, wie zwischen fünfzehn und sechzehn Uhr unterhalb der Insel Lindwerder im Wannsee zwei Schlittschuhläufer ins Eis einbrachen. Sie hatten kein Boot und wussten nicht, wie sie helfen sollten. Fast eine halbe Stunde lang hörten sie gellende Hilfeschreie. Die offenen Stellen im Havel-Eis, die Löcher, die man dort für Fische und Wasservögel schlug, machten das Eis unbegehbar. Nach einer halben Stunde sei es still geworden auf dem Eis.

«Guten Abend, der Herr.» Mehrere halb entrollte Journale werden ihm von einem buckligen rothaarigen Mann kredenzt, dem Zeitungskellner, den hier alle zu kennen scheinen. «Wie wäre es mit der *Schaubühne* oder dem *Neuen Theater*?»

Eugen ist so verblüfft, dass er nur nickt. Woher weiß der

Mann ...? Er kann den Gedanken nicht zu Ende denken und kommt auch nicht dazu, sich den Theaterkritiken zuzuwenden. Noch bevor er sie sieht, fühlt er es: Maxi steht in der Tür. Er schaut auf, ihre Blicke begegnen sich. Ein Leuchten huscht über Maxis Gesicht, als sie ihn erkennt. Im nächsten Augenblick setzt sie die gewohnte spöttisch-kühle Miene auf, aber er hat es doch gesehen. Die Angst, sie könnte ihn nicht mehr mögen, fällt von ihm ab. Er winkt ihr zu – und sie kommt an seinen Tisch.

Zwei Teller des berühmten Größenwahn-Gulaschs dampfen vor ihnen. Maxi hat darauf bestanden, das Gericht mit ihm gemeinsam zu essen, als Initiation in den «Gulaschstil» des Cafés. «Wiener Küche», meint die höhere Tochter kauend mit vollem Mund, «ist genau das Richtige für Berliner Schnauzen.» Sie schüttet Pfeffer auf das Gulasch, nimmt einen kräftigen Schluck Bier und sieht Eugen fragend an. «Sag mal, Georg, wieso warst du eigentlich noch nie hier? Haben Papa und Mama dich nicht gelassen – in die Lasterhöhle der Verkommenen und Abseitigen, der Anarchisten und» – mit aufgerissenen Augen – «Expressionisten?!»

«Ich bin erst seit kurzem in Berlin. Man hat es leider vor mir verborgen, dass es hier schöne, verkommene Frauen wie dich gibt.»

«Komplimente machen musst du auch noch lernen. Hübscher Ring übrigens.» Sie nimmt seine Hand und betrachtet den Ring mit dem eingravierten G. H. «Wo pflegt Er denn herzukommen, Georg von und zu Unbekannt?»

«Max!» Ein junger Mann mit wehendem Mantel stürzt auf Maxi zu, drückt ihr ein Küsschen auf jede Wange. Ohne weiter zu fragen, setzt er sich an ihren Tisch. Ist das nun sein Retter, fragt sich Eugen, weil er ihn vor einer unbedachten Antwort bewahrt hat, oder doch eher ein Rivale?

«Fritzi! Küss die Hand, küss die Hand», begrüßt Maxi den Störenfried und haucht ihm einen angedeuteten Kuss auf den Handrücken, den er der Freundin entgegenstreckt. Auch dieser Fritz ist, wie Eugen, von eher schmaler Gestalt, blond und blauäugig. Nur trägt er keinen Schnurrbart und hat längeres und leicht lockiges Haar. Vielleicht doch kein Rivale, denkt Eugen, aber was dann? Hier benahmen sich alle so seltsam, dass er einiges gegeben hätte für einen Reiseführer wie *Sitten und Gebräuche des Archipels Größenwahn*.

Auch für Fritz wird nun Gulasch bestellt, und für alle drei eine weitere Runde Pilsner. Sie stoßen an. Fritz betrachtet Eugen aufmerksam und nicht unfreundlich. Doch Eugen wird unbehaglich. Er senkt als Erster den Blick.

«Georg ist neu im Club Größenwahn», stellt Maxi ihren Bekannten vor, «sogar neu in Berlin! Also, wir beide müssen auf ihn aufpassen, dass er nicht in schlechte Gesellschaft gerät.» Maxi und Fritz kichern. «Übrigens», Maxi nimmt Fritz die Zigarette aus dem Mund und zündet sich damit eine eigene an, «hast du das versprochene Kokain dabei?»

Eugens erschrockener Blick reizt beide noch mehr zum Lachen. Dann wird Maxi ernst. «Weißt du, es gibt wirklich solche und solche Cliquen hier. Siehst du, da links in der Ecke braut sich jeden Abend der *Sturm* zusammen. Der Mann mit dem wallenden Blondhaar ist Herwarth Walden, der Herausgeber. Ein gefragter Mann, denn um den *Sturm* wird in letzter Zeit reichlich Wind gemacht. Die Zeitschrift der Avantgarde, sagt man.»

«Ja, aber nicht, wenn man am Tisch gegenüber in *Aktion* tritt.» Fritz zeigt mit dem Finger auf das Grüppchen heftig diskutierender Zeitgenossen. «Das sind die wahren Revolutionäre, *Die Aktion* ist ihre Bibel und *Der Sturm* für sie nur ein Spießerfurz.»

Maxi schlägt Fritz auf die Finger. «Und dem *Sturm* und auch sonst allem, was sich nicht wehren kann, einen Namen gegeben, das hat die dunkle Dame dort im Mittelpunkt ihrer Novizinnen und Pagen – na, die wirst du ja kennen.»

Das Gesicht unter dem Turban wird von großen, dunklen Augen beherrscht. Ihre Rede unterstreicht die Frau mit ausladenden Gesten und klirrenden Armreifen. Nein, Eugen kennt sie nicht. «Ach, die Diva des Orients», wirft er leichthin ein.

«Richtig, Else Lasker-Schüler alias Prinz Jussuf von Theben.

Dichterin, Mutter der Boheme sowie des verzogenen Söhnchens Paul, Exfrau des Berthold Lasker und bald auch des Herwarth Walden.»

Fritz seufzt theatralisch. «Ja, in Bälde schon feiern wir Scheidung. Auch Elses Ex-Schwager ist übrigens hier, der Mann, der gerade eine Partie gegen sich selbst spielt: Schachweltmeister Emanuel Lasker.»

«Und wer ist der Herr dort mit der eisernen Miene, allein in der Nische?», will Eugen wissen.

«Ein Jahr Größenwahn-Gulasch umsonst, wenn du das herausfindest!», ruft Maxi. «Mit dem ist es immer dasselbe: Er kommt, sieht und sagt nichts.» Halb empört, halb resigniert fährt sie fort: «Wir wissen nichts über ihn.»

«Aber er weiß alles über euch?», sagt Eugen.

Statt einer Antwort zieht Maxi ihn zu einem Tisch, der mit Zeichnungen bedeckt ist, Porträts, über die eine Glasplatte geschraubt wurde. «Da sind sie festgehalten für die Ewigkeit: die Stammgäste des Größenwahn, die Bekannten», sie tippt auf mehrere Köpfe, «und der Unbekannte.» Dann zeigt sie auf ein Wandbild: «Hier ein Zeugnis für kommende Generationen. Beim Abendmahl: Erich Mühsam, der Wollhemdanarchist, Schnorrer und Feind aller Friseure, im Kreis seiner Jünger. Apropos Schnorrer: Kannst du mir für heute Abend auslegen?» Ihre Stimme und ihr Gesichtsausdruck nehmen einen mädchenhaften Zug an. «Meine Eltern ... Ach verdammt, es wird Zeit, dass ich volljährig werde und ihr schmutziges Geld nicht mehr brauche.»

«Selbstverständlich, Maxi», beeilt sich Eugen. «Ich wollte dich ohnehin einladen. Dich und Fritz.»

Maxi drückt Eugen einen Kuss auf die Wange. Er verschwindet in Richtung Waschkabinett und zählt dort unbeobachtet das Geld, das er für diesen Abend eingesteckt hat. Ja, es wird schon reichen. Auch für weitere Runden, die da kommen mögen. Aber nächstes Mal muss er mehr einstecken!

Die nächste Runde kostet Eugen kein Geld, sondern führt

ihn in weitere Nischen und Winkel des Cafés. Maxi zeigt auf das Telefonhäuschen, auf dem eine Gipsbüste von Kaiser Wilhelm II. thront. Im Ton einer Reiseleiterin erklärt sie: «Und hier sehen Sie ein Sinnbild des heutigen Berlin: das Zusammenspiel von moderner Technik und Tradition.» Dann fügt sie hinzu, beiseite gesprochen: «Mit anderen Worten: Quasselkopp auf Quasselkasten.»

Unwillkürlich sieht Eugen sich um, ob sie jemand gehört hat. Majestätsbeleidigung – dafür kann man ins Zuchthaus wandern! Auf dem Weg ins Obergeschoss des Cafés kommen sie an Fritz vorbei, der derweil einen nicht unbeträchtlichen Beitrag zur immer dicker werdenden Luft geleistet hat. Maxi nimmt ihm die Zigarette aus der Hand und drückt sie im Aschenbecher aus. «Los, Zeit für musikalische Unterhaltung!»

Bald darauf sind die Tische zur Seite gerückt, Herwarth Walden gibt den Mann am Klavier, und Fritz bläst die Klarinette. Dann spielen Walden und Fritz vierhändig ein rasantes Klavierstück. Jakob van Hoddis, einer der lyrischen Avantgardisten, steuert einen krächzenden Gesang bei und schlägt mit dem Löffel im Takt gegen ein Glas. Else alias Jussuf von Theben schreitet auf die Tanzfläche und windet sich zur Musik. Bald folgt ihr der gesamte *Sturm*, und auch die *Aktion* will nicht hintanstehen. Ebenso wenig Maxi und Eugen. Nur einer räumt rasch die Journale in den Ständer und behält würdevoll vom Rand des Geschehens den Durchblick: der bucklige Zeitungskellner Richard.

Eugen spaziert pfeifend durch die nächtlichen Straßen, angeheitert in jeder Beziehung. Ein wunderbarer Abend war das! Maxi ist ihm wieder gut, wird ihm vielleicht noch viel besser werden. Auch der Fritz ist ein lustiger Bursche, wenn auch hundertprozentig – wie nennt man das? – homosexuell. Soll ihm recht sein. Leute hat er getroffen an diesem Abend, so interessante Leute wie sein ganzes bisheriges Leben nicht. Das gibt ein Personal für sein Stück! Allein der Zeitungskellner, der «rote Richard», bucklig, belesen, der gute Geist des Cafés, der jedem mit unfehlbarer Intuition und Diskretion die passende Geistesnahrung serviert – besser kann man sich einen solchen Typus nicht ausdenken. Maxi gibt die perfekte Hosenrolle, apartes Mädchen, verkleidet in raue Schale. Weibliche Hauptrolle: Prinz Jussuf von Theben.

Eugen schließt die Haustür auf, stolpert die Treppe zu seinem Zimmer hoch. Dann die Statisten: Jünglinge mit langen Haaren, verachtungsvollen Mienen, Mädchen mit dämonischen Hüten und Blicken ... Die braven Bürger nicht zu vergessen, die zur Stunde der Eisgetränke in Smoking und Abendkleid hereinschneien. Sich umblicken mit aufgesperrten Augen und Schnäbeln, als säßen sie ein zweites Mal an diesem Abend im Varieté. Nur dass dies alles echt ist, das wirkliche Leben, Menschen aus Fleisch und Blut. Die er, Eugen Hofmann, zu Papier bringen wird. Und von diesem Papier werden sie wiederauferstehen, lebendig auf die Bühne steigen, verkörpert von den hervorragendsten Schauspielern der Stadt, in Szene gesetzt vom begnadeten Regisseur und Intendanten ... Und alle werden fragen: Wer ist der Autor des Stücks?

Vor seiner Zimmertür macht sein Herz einen Sprung. Drinnen wartet sie auf ihn, seine neue Geliebte. Ohne Schuhe oder Mantel auszuziehen, stürzt er auf sie los: Erika! Eilig, doch zärtlich streift er ihre Hülle ab, legt die Hände an ihre kühlen Seiten. Dann spannt er ein Blatt Papier ein und tippt in die Tasten. Eine Schreibmaschine – fabelhafte Erfindung! Aus Dresden, eine Novität. Hat ein Vermögen gekostet, seine Erika. Aber so ist es eben: Man muss investieren. In die Zukunft. Jeder Buchstabe, den er wie gedruckt aufs Papier bringt, trägt ihn näher an sein Ziel.

Ein Hämmern weckt Eugen aus dem Schlaf. Zuerst weiß er nicht, ob das Hämmern in seinem Kopf ist oder von außen kommt. Das monotone Geräusch passt zu dem Schmerz in seinem Körper. Sein Kopf liegt auf hartem Holz, nur an der Stirn ist es metallisch kühl. Eugen öffnet die Augen und blickt auf Erika. Er lächelt. Er erinnert sich wieder: Noch in der Nacht, als er vom Café Größenwahn nach

Hause gekommen ist, hat er angefangen zu schreiben. Dann den ganzen Tag. Und noch eine Nacht. Oder eine halbe. Irgendwann muss er eingeschlafen sein. Seine linke Hand liegt noch auf den Tasten. Immerhin ist er nicht vom Stuhl gefallen. Das Hämmern wird jetzt von einer schrillen Stimme begleitet, unterstrichen von einem Schlag gegen die Tür. «Herr Hartwig! Ich weiß, dass Sie da sind! Ich muss mit Ihnen sprechen. Machen Sie auf!»

«Einen Augenblick», antwortet Eugen Hofmann matt. Er geht zur Waschschüssel, spritzt sich kaltes Wasser ins Gesicht. Steif vom Schlafen auf dem Stuhl, schlurft er zur Tür.

Die Zimmerwirtin beäugt ihn. «Es ist zwölf Uhr Mittag! Habe ich Sie geweckt?»

«Was ist so dringend?»

«Ihr Zimmernachbar, der Herr Handelsvertreter Kramer, das ist ein anständiger Mann. Er nimmt seit Jahren bei mir Quartier, wenn er in der Gegend ist.» Sie sieht Eugen vorwurfsvoll an.

«Und?» Eugen hält sich am Türrahmen fest, da ihm flau ist.

«Heute Morgen wollte er abreisen. Er konnte zwei Nächte kein Auge zutun, hat er gesagt. Noch nie hat sich der Herr Kramer über irgendetwas in meinem Hause beschweren müssen. Und jetzt das!», jammert die Zimmerwirtin. «Sie wären nebenan auf und ab gegangen. Hätten gesprochen. Hatten Sie nachts Besuch?»

«Ich konnte nicht schlafen.» Eugen setzt zu einer Entschuldigung an, räuspert sich. «Ist das ein Vergehen in Ihrem Haus, wenn man nach Mitternacht noch nicht schläft? Hören Sie, ich zahle ebenso Miete wie der Herr Kramer. Ich werde in Zukunft leiser gehen. Wenn Sie mich jetzt …»

Die Wirtin schiebt einen Schuh in die Tür. «Und dann wäre da immerzu so ein Klopfen gewesen. Ein rasendes Klopfen und Ticken wie … wie …» Ihr Blick fällt auf die schwarz glänzende Schreibmaschine. Sie reißt die Augen auf. «Was ist das?!»

«Oh, Verzeihung.» Eugen dienert. «Ich habe Sie noch nicht vorgestellt. Das ist Erika. Erika, das ist Frau Mirwinski, unsere Zimmerwirtin.» Da diese die Maschine weiterhin voller Misstrauen mustert, fügt er hinzu: «Eine Schreibmaschine. Eine Maschine, mit der man schreibt.»

«Aber ... so etwas gehört doch in ein Büro! Ich meine, Sie sind angestellt im Handelskontor Schuster & Söhne, oder?»

«Ganz richtig. Und für Schuster & Söhne schreibe ich auch. Überstunden. Dazu hat man sie mir mitgegeben.»

«So.» Die Wirtin tritt einen Schritt näher, um das unbekannte Gerät in Augenschein zu nehmen und einen Blick auf das eingespannte Blatt Papier zu erhaschen.

Oben auf der Seite steht: *Prinz Jussuf von Theben, sich schlangengleich* ... Eugen tritt zwischen Erika und die Zimmerwirtin. «Nun, das wäre ja dann geklärt, nicht wahr?»

Aber es ist keineswegs geklärt. Herr Kramer hat inzwischen ein anderes Zimmer bezogen, doch auch anderen Mietern kann man, bedeutet ihm Frau Mirwinski, die nächtliche Ruhestörung nicht zumuten. Entweder das Umhergehen und Tippen hat nach zehn Uhr abends ein Ende, oder er muss sich ein neues Quartier suchen. Doch keins von beiden kommt für Eugen jetzt in Frage. Er kann nicht zulassen, dass sein Drama, das gerade Fahrt aufgenommen hat, gleich wieder ins Stocken gerät. «Nun, da wir zu zweit sind», sagt Eugen mit einer Kopfbewegung zu Erika, «ist es nur recht – wenn auch nicht billig –, zwei Zimmer zu mieten.»

Frau Mirwinski lächelt. Für sie ist es nur gut, wenn der junge Mann beide Zimmer mietet. Ein weiteres liegt nicht auf dieser Seite des Ganges, also kann er niemanden stören. Und wenn er es sich leisten kann – sie hat auf dem Papier etwas von einem Prinzen gelesen, ein orientalischer Name. Wenn man Herrn Hartwig bei Schuster & Söhne solche Korrespondenz anvertraut und eine so teure Maschine! Vielleicht würde er es schon bald weit bringen, weiter als der gute alte Herr Kramer. «Das Zimmer ist geputzt», sagt sie, «Sie können gleich einziehen, Herr Hartwig. Die Miete für beide Zimmer hätte ich gerne im Voraus.»

Eugen nickt. Ihm ist alles recht, wenn die Frau ihn nur endlich allein lässt. Allein mit seinem Stück und mit Erika.

Der vertraute warme Caféhausdunst empfängt Eugen, als er die Türe des Größenwahn öffnet. Unaufgefordert bringt Richard die *Schaubühne* an seinen Tisch. Eugen schlägt die Seite mit den Theaterkritiken auf. In den Feuilletons der kaisertreuen und konservativen Blätter werden die modernen Stücke, Dramatiker wie Strindberg, Schnitzler und Wedekind, als krankhafter Abschaum verrissen. Doch in den fortschrittlichen Zeitschriften, und nur die zählen in den Kreisen des Café Größenwahn, werden dieselben Künstler und ihre Werke euphorisch besprochen. Unter den gefeierten Theaterregisseuren und Intendanten sticht ein Name hervor: Johannes Ritter. Und ebendieser Ritter ist einer der Stammgäste im Größenwahn. Seit Eugen davon gehört hat, wandert sein Blick immer wieder verstohlen zum runden Tisch an der Fensterseite des Cafés. Mehrere Tische stehen zwischen ihnen, sodass er nur aus der Ferne einen Blick auf Ritter und seine Begleiter erhascht.

«Warum setzen wir uns nicht mal auf die andere Seite?», will Eugen von Maxi wissen.

«Kannst du schwimmen?» Sie lacht über sein verblüfftes Gesicht. «Da, wo es dich hinzieht, ist das Schwimmer-Bassin. Max Liebermann hat dort hinten seine Insel, Alfred Kerr gleich nebenan. Dazusetzen nur mit gültigem Passierschein.»

«Nicht ganz so streng ist der Komponistentisch: Paul Lincke, Walter Kollo. Hier genügt eine diplomatische Note», wirft Fritz ein.

«Ja, aber am Fenster ist das gefährlichste Terrain: die Ritterrunde des Intendanten.» Maxi senkt die Stimme. «Eindringlinge werden ertränkt. Wir normalen Sterblichen dümpeln im Nichtschwimmer-Bassin.»

«Erstaunlich, dass sie keine Schnur zwischen den Becken gespannt haben», findet Fritz. «Oder einen Bademeister postiert, der bei Überschreitung zurückpfeift.»

«Ach nein, es ist viel amüsanter, wenn ein Neuling über die unsichtbare Schnur stolpert», sagt Maxi. «Überhaupt ist es im

Nichtschwimmer-Bassin viel schöner. So angenehm lau und warm, nicht, Fritzi?» Sie tätschelt die Hand von Fritz, beide strahlen sich an.

Eugen schiebt ruckartig den Stuhl zurück und verlässt den Tisch. Im Waschkabinett ist er zum Glück allein. Beim Blick in den Spiegel zuckt er vor dem eigenen Bild zurück. Wut steht in seinen Augen. Er dreht das heiße Wasser auf, schrubbt sich die Hände. Es ist überall dasselbe, denkt er. Geschlossene Gesellschaft, Reviere und Schranken. Keinen Schritt kann man gehen, ohne dagegen zu stoßen. Selbst hier, in diesem Café. Unter Freunden. Was sind das überhaupt für Freunde? Dümpeln im seichten Wasser und sind zufrieden. Kein Ehrgeiz, keine Ziele. Werden auch ihn nicht weiterbringen. Die Hände sind krebsrot vom heißen Wasser, aber er spürt nichts.

Er hört Schritte, dreht den Hahn zu, flüchtet in eine der Toiletten. Jemand löscht beim Hinausgehen das Licht. Lange steht er da, im Dunkeln, mit dem Gesicht zur Wand. Er weiß nicht, wie er wieder herauskommen soll. Er will nicht zurück an den Tisch zu den Freunden. Kann nicht an die Tische von Liebermann, Kerr und Ritter. Ritter, auf den kommt es an, nur auf den. Du gehst jetzt zu Maxi und Fritz zurück, zischt es in seinem Kopf. Du lachst über ihre Scherze, du amüsierst dich. Plötzlich spürt er seine Hände wieder, als der Schmerz hineinfährt. Und wenn du allein bist, lernst du schwimmen. Im kalten Wasser. Wenn es sein muss, unter dem Eis.

Heute, am 27. Januar, ist ein Feiertag im Deutschen Reich und die Reichshauptstadt im Zentrum ein Fahnenmeer: Kaisergeburtstag. Militärmusik spielt, Festreden werden geschwungen, Menschen säumen in Scharen die Straßen, um dem Kaiser zuzujubeln. Eugen hat Wilhelm II. bisher noch nicht gesehen. In den Reiseführern wird den Besuchern der Hauptstadt empfohlen, zuerst nachzusehen, ob auf dem Schloss die Kaiserstandarte weht. Dann ist der Kaiser im Lande und reitet zuverlässig um zehn Uhr vormittags «die Linden» entlang und kehrt um halb zwölf zurück. Ebenso regelmäßig fährt er um zwei Uhr nachmittags dort im Automobil vorbei und kehrt um drei Uhr zurück. So auch am Kaisergeburtstag, an dem sich noch mehr Menschen als sonst am Straßenrand versammelt haben.

Ein Raunen geht durch die Menge, als weithin hörbar ein Hupensignal ertönt. Schaulustige drängen sich um die vorderen Plätze. Die ausladenden Hüte ausladender Damen versperren den hinter ihnen Stehenden die Sicht und führen beinahe zu Handgreiflichkeiten. Väter nehmen ihre Kinder auf die Schultern. Ernst blickende kleine Jungen in Matrosenanzügen schwenken ihre Fähnchen. Eine Gruppe Schulmädchen in Reih und Glied wird von der Lehrerin dirigiert. Laut stimmen sie an: «Heil dia im Siejakrans, Herrscha des Vatalans, Heil, Kaisa, dia!»

Da nähert sich das kaiserliche Automobil, und alles steht still. Spaziergänger reißen ihre Hüte herunter und nehmen Hab-Acht-Stellung ein. In mörderischem Tempo rast der Kaiser an ihnen vorbei Richtung Potsdam. Der Schneematsch spritzt von den Reifen auf die Schaulustigen in der ersten Reihe.

Eugen spaziert weiter zu seinem Café und setzt sich an seinen Tisch. Oberkellner Hahn, ein Dicker mit kugelrundem Kopf und kurzgeschorenem Haar, bringt ihm unaufgefordert einen Mokka. Beinahe jeder Tisch im Café ist ein Stammtisch, reserviert für eine bestimmte Clique. Zwischen manchen gibt es Austausch, andere bleiben strikt voneinander getrennt. Eugen ist inzwischen selbst Stammgast im Café, wird hier und da mit einem Nicken begrüßt. Doch die unsichtbare Linie zwischen «Schwimmern» und «Nichtschwimmern» hat er nicht überschritten. Es ist noch nicht so weit. Sein Stück wächst und mit ihm die Zuversicht, dass er eines Tages aus eigener Kraft die Linie überwinden kann. Weil er jemand ist. Weil er etwas geleistet hat. Die erfolgreichen Maler, Musiker, Dichter und Dramatiker – das ist der Adel im Café Größenwahn. Nicht Vermögen und Abstammung zählen hier, sondern Genie und Erfolg. Doch solange er nicht bewiesen hat, dass auch er Genie besitzt, schadet es nicht, wenn er wenigstens Geld hat. Oder zumindest für jemand, der Geld hat, gehalten wird.

Am späten Nachmittag ist die Stimmung ruhig und friedlich. Draußen stürmt es, immer wieder klatscht Regen an die Scheiben, doch im Café bollern die Öfen und verströmen Wärme. Der Unbekannte mit der eisernen Miene sitzt wie immer allein in der Nische, Else Lasker-Schüler illustriert an ihrem Tisch die eigenen Gedichte. Kaum jemals sieht man sie etwas essen, sie lebt von Kaffee und Nüssen, heißt es. Ihr Sohn Paul dagegen bedient sich im Café an den Kuchenschüsseln, man gibt vor, dies nicht zu bemerken. Die Rechnung der Dichterin wird nicht selten von einem ihrer Mäzene beglichen, ohne dass sie diese überhaupt zu Gesicht bekommt. Oberkellner Hahn weiß genau, wer für wen zuständig ist im Größenwahn, wer zu den Mäzenen zu rechnen ist, wer zu den Künstlern und wer zu den Schnorrern. Und der rote Richard weiß es als Erster, wenn wieder irgendeine Zeitung ein Gedicht der Lasker-Schüler oder eines anderen abgedruckt hat, ohne dafür zu zahlen. Er überreicht die Botschaft mit dem Beweisstück, der Zeitung, sticht mit dem Zeigefinger auf die Stelle und teilt die gerechte Empörung des Künstlers.

Eugen schreibt nicht im Café, wie manche andere, er hätte das Gefühl, sich preiszugeben. Er liest Journale, trinkt Kaffee, treibt Konversation.

Nicht einmal Maxi und Fritz wissen von seinem Drama. Sie glauben, dass er nur deshalb in die Premiere geht, die Kritiken liest, sich für Intendant Ritter interessiert, weil er ein passionierter Theaterliebhaber ist, wie so viele Müßiggänger unter den wohlhabenden Bürgern. Und in diesem Glauben will er sie lassen, bis … die Bombe platzt. Bis sie seinen Namen in den Zeitungen sehen, auf den Plakaten. Verstohlen wandert sein Blick zum runden Tisch an der Fensterseite des Cafés. Intendant Ritter ist heute nicht da.

Am Abend hat sich eine lustige Gesellschaft an Eugens Tisch eingefunden. Maxi hat die rothaarige Lotte mitgebracht, die in Varietés und Kabaretts auftritt, in Lottes Schlepptau sind eine Tänzerin und zwei Musiker hereingesegelt. Nur Fritz fehlt in der Runde.

«Na, beim Rinkomm' dacht ick im ersten Moment, det is Fritz», sagt Lotte zu Maxi mit einem Nicken in Eugens Richtung. Sie mustert ihn, zieht die Stirn in Falten und meint: «Irjendwie seht ihr euch janz schön ähnlich. Und irjendwie auch wieda nich.»

Maxi zieht Lotte auf den freien Stuhl an ihrer Seite. «Und irjendwie redest du janz schönen Unsinn. Trink erst mal 'n heißen Tee und begrüß unseren Freund Georg.»

«Entschuldigen Sie die Unterbrechung», tönt es in ihre Unterhaltung, «doch ich muss für heute abkassieren. Schichtwechsel.»

Maxi und Eugen kennen den Mann mit dem Monokel am Seidenband, angeblich ein Maler, der allabendlich nach festgesetztem Ritus seinen Obolus kassiert – wofür, bleibt sein Geheimnis –, zwanzig oder fünfzig Pfennig, je nach geschätzter Liquidität. Eugen ist der Einzige am Tisch, von dem fünfzig Pfennig erwartet werden. Das ärgert ihn, doch er will es nicht zeigen. Vermutlich hat der Mann zu Hause mehr in Reserve als er. Sein bescheidenes Erbe schmilzt in erschreckendem Tempo dahin.

«Ist der Mensch wirklich Maler?», fragt Eugen und hört selbst den scharfen Unterton in seiner Stimme. «Hat schon mal irgendjemand irgendwo ein Bild von ihm gesehen?»

«Er ist ein Einzelexemplar», antwortet Maxi, als wäre damit alles gesagt.

«Pst», Lotte klatscht in die Hände. «Es geht los!»

An einem der Dichtertische steigt ein junger Mann mit breitkrempigem Hut auf den Tisch. Im Café wird es still. «Verehrtesten Abend, meine Damen, Herren und Transvestiten» – er breitet die Arme aus – «ich lade Sie ein, im heutigen Dichterwettstreit Ihre geistigen Kräfte zu messen. Wettkampfdisziplinen: Versakrobatik, Schüttelreim, Spottvers. Freiwillige vor!»

Beim Schüttelreimen wird auf Zuruf aus dem Publikum ein

Thema genannt. Dann haben die Wettdichter wenige Minuten, um sich die Verse aus den Ärmeln zu schütteln. «Unglück!», brüllt jemand aus den hinteren Reihen. Da erscheint wie aufs Stichwort Erich Mühsam im Lokal, der inzwischen in München lebt und nur noch selten sein altes Stammcafé in Berlin besucht. Die Wettdichter stöhnen auf. Mühsam, gleich im Bild, setzt sich und kritzelt aufs Papier. Er ist als Erster fertig und deklamiert: «Sie brauchten gar nicht umzusteigen, / Drum gab sie sich ihm stumm zu eigen. / Doch da verkehrt die Weichen lagen, / Fuhr man sie heim im Leichenwagen.»

Nachdem weitere Mutige ihre Reime zum Vortrag gebracht haben, wird Mühsam der Orden des preußischen Schüttler-Regiments in Form eines Pilsnerkronkorkens an das fleckige Hemd geheftet.

Vor dem Aufbruch am späten Abend bittet Eugen um die Rechnung, die ihm von Oberkellner Hahn diskret serviert wird. Seine Augen wandern über die schier endlose Zahlenreihe. Er hat sonst nie kleinlich nachgerechnet, doch hier stehen ihm ein paar Posten zu viel. «Ich kann mich nicht erinnern, dass jemand an unserem Tisch Schokoladen-Cakes hatte», bemerkt er. «Und Zigaretten? Wir haben alle unsere eigenen dabei.»

Der Oberkellner räuspert sich. «Selbstverständlich, Herr Hartwig. Aber der kleine Dichtertisch nebenan in der Nische nannte Sie mir als ihren Mäzen und bat mich … Falls das ein Missverständnis sein sollte …»

«Nein, nein, lassen Sie nur. Ihr Mäzen … Vermutlich haben sie recht. Es sind ja alles Einzelexemplare, nicht wahr?» Wenn das so weitergeht, denkt Eugen, brauche ich bald selbst einen Mäzen.

Eugen, Maxi, Lotte und die anderen holen ihre Mäntel und Schirme von der Garderobe, als Fritz zur Tür hereinstürmt. Er ist von Kopf bis Fuß triefend nass, Wasser läuft ihm vom Hut in den Mantelkragen. Eine kleine Pfütze bildet sich um seine Schuhe. Doch er strahlt, als sei er selbst ein einziges Kaiserwetter.

«Fritzi!» Maxi und Lotte flankieren ihn zur Rechten und

Linken, reden gleichzeitig auf ihn ein. «Wo kommst du denn noch her? Willst du dir den Tod holen? Ab an den Ofen und einen Grog!»

Fritz lacht nur. «Ach was. Ich werde bald noch viel mehr Wasser sehen. Stellt euch vor, ich fahre zur See.»

«Zur See?» Lotte reißt den Mund auf. «Du willst doch nicht der Musik untreu werden?»

«Und uns?», fügt Maxi entrüstet hinzu.

«Der Musik – niemals. Ich fahre als Musiker zur See, was glaubt ihr denn. Euch – nur ein Weilchen. Ich komme ja wieder.»

«Und dem Größenwahn?», will Eugen wissen.

Fritz überlegt einen Moment. Dann lächelt er. «Dem bleib ich auch treu, schätze ich mal. Das Schiff heißt *Titanic*.»

Die Ladenglocke läutet, als Eugen die Tür aufdrückt. Der Klang erinnert ihn an das Geschäft von Onkel und Tante. Auf der Stelle fühlt er sich klein, nichtswürdig.

«Tag.» Mürrisch sieht der Mann ihn durch seine Brillengläser an.

Auch diesen Ton kennt er – der Ton seines Onkels für Kunden, die nicht genug kauften. Eugen lässt das schwere Paket, das er unter dem Arm getragen hat, auf die Theke fallen. «Ich möchte den Inhaber sprechen.»

«Steht vor Ihnen, junger Mann. Was gibt's?»

Statt einer Antwort wickelt Eugen die Decke ab. Nackt und schwarz glänzend steht sie da, im Licht, das auf die Theke fällt.

«Ah!» Der Pfandleiher kann einen Ausruf nicht unterdrücken. Überraschung liegt darin, Bewunderung, Gier. Im nächsten Moment setzt er die alte mürrische Miene auf. «Eine Schreibmaschine, so so. Haben Sie eine Quittung über den Kaufpreis?»

Eugen schiebt sie über den Tisch. «Erika 2», ein brandneues Modell, hat er beim Generalvertreter in der Kurfürstenstraße zum Preis von 210 Mark erstanden. Der Pfandleiher beäugt die Summe, ohne eine Miene zu verziehen. «Dreißig Mark als Darlehen.»

«Fünfzig Prozent», sagt Eugen. «Darunter gebe ich sie nicht her.»

«Wenn Sie die nicht selbst wieder auslösen, bleibe ich darauf sitzen. Kein Mensch braucht so ein Ding!»

Die abfällige Geste, mit der er die Behauptung begleitet, kommt Eugen bekannt vor. Er wickelt die Schreibmaschine wieder ein.

«Warten Sie doch, junger Mann. Ich will Ihnen ja eine Chance geben.»

Selbst die Stimme des Mannes, das Krächzen darin, erinnert Eugen an seinen Onkel. Er nimmt Erika unter den Arm. «Auf Wiedersehen.»

Beim Verlassen des Ladens läutet wieder die Glocke.

Keuchend trägt Eugen die Schreibmaschine die steile Treppe hoch in sein Zimmer. Er hat den Weg nach Hause im Laufschritt zurückgelegt. Wie konnte er daran denken, Erika wegzugeben. Er braucht sie doch! Das zweite Zimmer musste er wieder aufgeben und damit auch das nächtliche Tippen. Ohnehin ist er jetzt fast jeden Abend bis spät in die Nacht im Café. Er muss ja dort Personen und Ort für sein Stück studieren. Manchmal, wenn er bei der Heimkehr noch sehr wach ist, macht er sich nachts Notizen in sein Schreibheft und tippt die Szenen am folgenden Tag. Er steckt jetzt mitten im vierten Akt. Fünf Akte wird das Stück haben, ein klassisches Drama. Aber nur in dieser Hinsicht – alles andere ist neu, nie da gewesen. Es wird der Durchbruch sein! Er muss nur noch einige Wochen durchhalten. Aber selbst das wird schwierig, wenn er so weitermacht wie bisher.

Die Vermieterin ist misstrauisch geworden, seit er das zweite Zimmer wieder gekündigt hat und tagsüber stundenlang zu Hause ist und tippt. Immer wieder stellt sie ihm Fragen nach der Firma Schuster & Söhne. Ob die in ihrem großen Kontor keinen Platz für ihn hätten? Inzwischen versucht er, jede Begegnung mit Frau Mirwinski zu vermeiden. Der Tag wird kommen, an dem sie ihn mit der Bemerkung begrüßt, sie habe sich bei Schuster & Söhne nach ihm erkundigt. Es gebe dort keinen Georg Hartwig.

Die Ringbahn fährt in den Bahnhof Wedding. Eugen betrachtet die Hinterhäuser, in denen man den Leuten von der Bahn aus in die Wohnung sehen kann. Die Mauerwände sind bemalt mit Reklamen für billige Seifen, Tinten und Fahrräder. Eugen steigt aus und verlangsamt seine Schritte, als der Schriftzug immer näher rückt: *Schuster & Söhne* steht in goldenen Lettern über dem Firmenportal. Bis eben noch ist es ihm als eine gute Idee erschienen, die Lüge in Wahrheit umzumünzen und damit zwei Sorgen auf einmal loszuwerden: die immer drückendere Geldknappheit und die lächerliche Angst vor der Vermieterin. Als er ihr beim Einzug Schuster & Söhne als Arbeitgeber genannt hat, dachte er nicht daran, sich einmal dort um Lohn und Brot zu bewerben. Es war nur das Erstbeste gewesen, was ihm in den Sinn kam. Vielleicht, weil ihm am Tag zuvor im Vorüberfahren der Schriftzug ins Auge gefallen war. Und jetzt geht er Schritt für Schritt auf diesen Schriftzug zu.

Mit dem Hut in der Hand steht Eugen vor dem Portier. Wie ein Bittsteller. Er setzt den Hut wieder auf. Der Portier blickt ihn missbilligend an. Er nimmt den Hut ab, dreht ihn in der Hand. «Ich suche Arbeit.»

Der Portier gähnt. «Zeugnisse? Referenzen?»

«Ich habe sie nicht gleich mitgebracht. Ich dachte, ich könnte ... zuerst mit Herrn Schuster sprechen.»

«Mit Herrn Direktor Schuster? Wo denken Se hin!» Der Portier betrachtet Eugen genauer. Ein gutgekleideter junger Mann. Womöglich aus gutem Hause. «Kennen Se Direktor Schuster?»

«Nicht persönlich. Herr Kommerzienrat Brückner lässt ihn grüßen. Ich komme mit Empfehlung des Kommerzienrats.»

Kurz darauf sitzt Eugen im Vorzimmer des Direktors. Der Name Brückner hat ihm die erste Tür geöffnet. Aber was, wenn Direktor Schuster in dieser Minute bei Kommerzienrat Brückner anruft und zur Antwort bekommt, man kenne keinen Georg Hartwig und könne ihn deshalb auch nicht empfehlen? Fürchtet er es oder wünscht er es? Da ist es wieder, das flaue Gefühl im Magen.

Wenn man ihn noch lange hier sitzen lässt ... In diesem Moment öffnet sich die Tür, und er wird hereingebeten.

«Was können Sie denn?», kommt Herr Schuster zur Sache.

«Latein, Altgriechisch ...»

Direktor Schuster lacht schallend. «Das sind nicht gerade die Sprachen, in denen wir unsere Korrespondenz führen. Maschineschreiben?»

Eugen nickt und wird vom Direktor in einen Saal geführt, der vom Klacken der Schreibmaschinen erfüllt ist. Die Tische stehen in langen Reihen, Aufseher marschieren die engen Gänge auf und ab. Keine der teuren Maschinen darf stillstehen. Die meisten Schreibmaschinen werden von Frauen bedient, jungen Frauen in adretten Blusen und langen Röcken. In wahnwitzigem Tempo schlagen sie in die Tasten. Im Gang an der Fensterfront sitzen die Männer. Unter ihnen auch ältere, die früher als Schreiber an den Stehpulten per Hand geschrieben haben, erklärt Direktor Schuster beim Rundgang durch den Saal. Nach und nach werden die Männer durch Frauen ersetzt. Die Frauen sind schneller – und billiger. Doch ihm wolle er eine Chance geben. Er weist Eugen einen Tisch am Ende der Fensterreihe zu und legt ihm handschriftliche Akten vor. Nun soll er zeigen, was er kann.

Eugen, schon wieder auf der Straße, hat noch das Klingeln der Schreibmaschinen im Ohr. Das Blaffen der Aufseher, wenn jemand einen Augenblick innehielt. Die Frauen tippten wie die Furien und lächelten dazu. Die Frau im Gang neben ihm hat ihm aufmunternd, beinahe mitleidig zugenickt. Da ist er aufgestanden und gegangen. Aus dem Raum, am Portier vorbei, ohne zu grüßen, und aus dem Gebäude hinaus. Er sieht wieder den Stapel Akten vor sich, die er abtippen sollte. Zahlenreihen, Geschäftsvorfälle, die vielleicht Schuster & Söhne etwas angingen, aber sicher nicht ihn. So schnell hastet Eugen durch die Straßen, dass er den anderen nicht erkennt, der ihm entgegenkommt und plötzlich stehenbleibt, um ihn zu begrüßen. Sie stoßen zusammen.

«Mensch, Georg, ist dir der Teufel auf den Fersen?»

Eugen blickt in Fritz' lachendes Gesicht. Er will ihn jetzt nicht sehen. Will überhaupt niemanden sehen. Verflucht noch mal, ist diese Stadt nicht groß genug, als dass man sich aus dem Weg gehen kann? Gibt es nicht genügend Straßen und Plätze für sie alle? «Ich bin in Eile, entschuldige bitte. Geschäfte.»

Er setzt seinen Weg fort, doch so schnell wird er Fritz nicht los. «Scheint, wir müssen in dieselbe Richtung.»

Schweigend laufen sie eine Weile nebeneinander, dann bleibt Fritz stehen. «Hier trennen sich unsere Wege», sagt er. «Wir müssen unsere lebhafte Unterhaltung ein anderes Mal fortsetzen.»

Eugen ist erleichtert, Fritz loszuwerden. Aber eigentlich mag er ihn ja. «Was hast du vor?»

«Geschäfte.» Fritz lacht. «Bürgerkinder beim Klavierunterricht mit Quinten und Terzen quälen. Zur Hundertjahrfeier der Laubenkolonie Wiedehopf pfeifen. Dann Militärparade aus Anlass … ach, hab ich vergessen.» Er wirft sich in die Brust, zwirbelt den nicht vorhandenen Schnurrbart. «Jedenfalls: Blasen der kaiserlichen Klarinette. Rum, Ehre und Dienst am Vaterland!»

Eugen läuft alleine weiter. Auf der Eisenbahnbrücke vor dem Bahnhof Beusselstraße steht ein Pavillon mit Ausschank. Abgerissene Gestalten lungern davor herum. Als Eugen an ihnen vorbeigehen will, schwankt ein kräftiger Mann auf ihn zu und hält ihm eine Schnapsflasche unter die Nase. «Trink, Bruder, trink, solange du noch 'n freier Mann bist!»

Der Betrunkene haucht Eugen seinen Atem ins Gesicht und legt ihm einen Arm um die Schulter. Eugen versucht vergeblich, sich loszumachen. Da ruft eine Frauenstimme aus dem Pavillon: «Nu lass doch den feinen Pinkel in Ruhe!»

«Nee, Marie, dit is mein Bruder!», lallt der Mann und kommt Eugen mit seinem Fuselatem so nahe, als ob er ihn küssen wolle.

Mit aller Kraft stößt Eugen ihn von sich und läuft weiter über die Brücke. Von hier kann er die hohen Mauern der Strafanstalt Plötzensee erkennen, aus der zwei spitze Kirchtürme ragen.

Hat er denn nicht irgendetwas gelernt, womit sich Geld verdienen lässt? Eugen steht am Fenster seines Pensionszimmers und blickt in das trübe Licht, das im Februar in den Hinterhof fällt. Was soll er tun? Hauslehrer werden, verzogene Söhne unterrichten? Nie wird er Ingomar von Bräseritz vergessen und dessen Freund Friedhelm. Er hatte ihnen und anderen Mitschülern im Internat Unterricht gegeben. Das Stipendium allein reichte nicht, deshalb musste er selbst zu den Kosten beitragen. Dämlich waren die beiden gewesen, so geistlos, dass es einem weh tat, wenn sie den Mund aufmachten. Und das taten sie nur zu oft, vor allem, um ihn und ein paar andere «Proleten» zu verspotten. Während er versuchte, ihnen lateinische Grammatik einzupauken, erzählten sie schmutzige Witze und lachten sich halb tot. Ja, leider immer nur halb. Da sich ihre Leistungen nicht verbesserten, beschwerten sich die Eltern über seine Unfähigkeit und das herausgeworfene Geld. Niemand hätte es gewagt, die beiden zur Rechenschaft zu ziehen. Heute kommandierten sie als junge Herren auf den Gütern ihrer Väter andere Menschen herum. Diener, ihre Schwestern – Hauslehrer. Nein, das mit dem Hauslehrer braucht er gar nicht erst zu versuchen. Noch ein einziger Ingo von und zu, und er wird zum Mörder werden. Was dann? Verkaufen, Bücklinge machen wie im Laden des Onkels? Auf keinen Fall, das alles liegt hinter ihm. Was dann?

«*Faites vos jeux.*» Auf dieses Signal hin zucken die Hände mit den Jetons und bewegen sich Richtung Tableau. Herrenhände, Damenhände, faltige und glatte, dick beringte und nackte Hände. Sie setzen die Jetons, einzeln, eine ganze Handvoll, hastig oder zögernd. «*Rien ne vas plus.*»

Eugen, Lotte, Maxi und ihr Bruder Leopold stehen um den Spieltisch und schauen zu. Nur Leo hat schon öfter gespielt, die Eltern wissen nichts davon. Glücksspiel um Geld ist im Deutschen Reich in jeglicher Form verboten. Wer ein offizielles Casino besuchen will, muss ins Ausland fahren, am besten nach Monte Carlo. Dennoch wird auch in Deutschland überall um Geld gespielt,

Kartenspiele, Poker, Hazard, Roulette, vom Hinterzimmer der Kaschemme bis zum großbürgerlichen Salon. Dass man zum eingeweihten Kreis gehören muss, um eine verschlüsselte Einladung zum *Jour* in den Salons zu erhalten, erhöht nur den Reiz. Ebenso das Bewusstsein, etwas Verbotenes zu tun und gegen das Gesetz zu verstoßen. Doch in den privaten Spielsalons der guten Gesellschaft kommt eine Polizeirazzia äußerst selten vor. Und steht man erst am Spieltisch, hat man andere Sorgen.

Leo hat schon einen Haufen Geld verspielt und muss sich den Eltern gegenüber immer neue Ausreden einfallen lassen, warum er mit ihren Zuwendungen zu seinem Jura-Studium nicht auskommt. Es hat Maxi einige Überredungskunst gekostet, ihren Bruder zu bewegen, sie in die «Spielhölle» mitzunehmen. Schließlich hat er beim Köder «Lotte» angebissen. Ausgerechnet an der frechen, rothaarigen Lotte hat Leo einen Narren gefressen. Dass er bei ihr nicht auf Gegenliebe hoffen kann, verschweigt Maxi ihm lieber. Wenn Lotte mitkommt, wenn Leo sich vor ihr in Szene setzen kann, dann nimmt er sogar die kleine Schwester in Kauf, hat Maxi gehofft, und ihre Rechnung ist aufgegangen. Sein Spielergeheimnis hat sie ja ohnehin gelüftet. Aber auch er hat gewisse Dinge gegen sie in der Hand, woran er sie vorsichtshalber erinnerte. Gegenseitige Verschwiegenheit liegt in gegenseitigem Interesse.

An diesem Morgen ist der Brief mit der verschlüsselten Einladung für den jungen Herrn Brückner eingetroffen, aus dem dieser entnehmen konnte, dass bei gewissen Herrschaften ein Bankhalter auf «Gäste» wartete. Am Abend hat sich Maxi mit Leo im vereinbarten Café getroffen und außer Lotte noch einen Bekannten mitgebracht, den sie ihrem Bruder als Georg vorstellte. Eugen erinnerte sich noch gut an den blasierten jungen Mann aus dem Lessingtheater, doch dieser besah ihn ohne einen Funken des Wiedererkennens. Leo verbiss sich seinen Ärger über den unangekündigten Vierten im Bunde und ließ eine Autodroschke bestellen.

Sie sind in gemächlichem Tempo den breiten Kurfürstendamm entlanggefahren. In dieser Straße ist man noch unter sich in den Prunkpalästen der Gründerzeit. Es gibt kaum Laden-geschäfte, und der Trubel der City ist zwar in erreichbare Nähe gerückt, verschont jedoch die Herrschaften vor der eigenen Haus-tür. Die Balkone werden von marmorierten Herkulessen aus Gips gestützt, und über den Eingangsportalen steht zu lesen: *Nur für Herrschaften*.

Der Fahrer hat bei der angegebenen Adresse vor einer Villa ge-halten. Gemeinsam mit den Vieren sind andere elegant gekleidete Gäste eingetrudelt. Hausdiener haben Mäntel und Hüte in Emp-fang genommen und die Besucher durch einen langen Gang in einen abgelegenen Raum geführt. Mehrere Damen haben auch im Haus ihre Hüte mit dichten Schleiern nicht abgelegt.

Man nickt sich flüchtig zu, plaudert ein wenig, tut so, als wäre man auf einer der ungezählten Abendgesellschaften, die nun ein-mal zu den Verpflichtungen der gehobenen Kreise gehören. Und doch ist es beinahe hörbar, das Knistern in der Luft.

«*Faites vos jeux*», ruft der Croupier.

Leo verteilt seine Jetons zielstrebig auf die gerasterte Spielflä-che, auf vier benachbarte Zahlen, ein Carré. «Acht zu eins», sagt er in fachmännischem Ton zu Maxi und Lotte, die neben ihm stehen. Maxi setzt mit den Worten «*Fifty, fifty*» auf *Noir* und *Impair*. Eugen wählt *Passe* und hat mit den Zahlen in der oberen Hälfte ebenfalls eine Chance von eins zu eins. Lotte setzt alles auf eine Zahl, die Zwölf. Leo schaut sie von der Seite an, besorgt – und bewundernd.

«*Rien ne vas plus.*» Der Croupier setzt die Roulettescheibe in Bewegung und wirft die Kugel gegen die Drehrichtung in den Zylin-der. Die kleine Kugel rollt, springt über die sich unter ihr drehenden Zahlen hinweg und bleibt endlich in einem Nummernfach liegen. «32, *Rouge, Pair, Passe.*» Der Rechen harkt die verlorenen Einsätze zugunsten der Bank vom Tableau. Eugen bekommt als Einziger von den Vieren etwas ausgezahlt. Leos Miene verdüstert sich.

Bald haben sie mehrere Runden gespielt. Leo hat die anderen in die Tricks und Kniffe der «mehrfachen Chancen» eingeweiht:

Cheval, Douzaines, Colonnes … Hier wachsen die Gewinnchancen, aber auch das Risiko des Verlusts. Leo selbst scheint sein Wissen nicht viel zu nützen, er verliert Einsatz um Einsatz. Doch bei jedem «*Faites vos jeux*» wirft er mit glänzenden Augen seine Jetons ins Spiel.

Auch Lotte hat verloren, dreimal hintereinander auf die Zwölf gesetzt, die nicht kam. Dann hat sie den anderen ihre leere Geldbörse unter die Nase gehalten und lachend verkündet: «Das Spiel ist aus.» Sie will sich von Leo weder einladen noch zu einer vernünftigeren Spielweise überreden lassen. «Alles oder nischt, wat andret bringt mir keen Plaisir.»

Bei Maxi halten sich Gewinn und Verlust die Waage. Sie hat ihren Spaß gehabt und beschließt, Lottes Beispiel zu folgen. «Mir reicht's für heute. Kinder, lasst uns aufhören.»

Doch Leo und Eugen hören gar nicht hin. Sie starren auf die gerasterte Spielfläche, als ob sie diese durch bohrende Blicke dazu bewegen könnten, zu ihnen zu sprechen.

Maxi wirft ihrem Bruder besorgte Blicke zu. So kennt sie ihn gar nicht! Zu Hause und auf den Gesellschaften gibt er den gelangweilten Mann von Welt, den nichts erschüttert. Der nichts verabscheut, sich für nichts begeistert. Weder Politik noch Kunst oder Liebe haben ihn bisher aus der Reserve gelockt. Seine Gesellschaft wirkt so ernüchternd, dass Maxi sie sonst meidet. Aber dieser Leo, der mit fiebriger Stirn sein Geld, das Geld ihrer Eltern und damit auch ihres verspielt, ist ihr so unheimlich, dass sie sich den alten blasierten Bruder zurückwünscht. Auch ihr Freund Georg, dem das Glück an diesem Abend gewogen war, scheint am Spieltisch ein anderer zu sein, fixiert auf den Lauf der Kugel und blind für alles andere.

Nachdem weder Scherzen noch Bitten noch Drohen es vermögen, die Männer vom Roulette loszueisen, machen sich Maxi und Lotte zum Aufbruch ohne sie bereit. Die beiden sehen den Frauen nicht einmal nach, als diese den Raum verlassen.

Kriminalwachtmeister Kappe läuft in der Amtsstube des Polizeireviers auf und ab. In den nächsten Stunden steht ihm ein ganz besonderer Einsatz bevor. Kollege Gustav Galgenberg ist gut gelaunt und gelassen wie immer. «Mensch, Kappe, wat raste denn hier rum wie ne wildjewordene jrüne Minna?»

In diesem Moment wird das Signal zum Aufbruch gegeben. Ein gutes Dutzend bewaffnete Kriminalbeamte machen sich einzeln und zu zweit auf den Weg. Sie versammeln sich in einem Restaurationslokal, das in Fußnähe zu jener Kaschemme liegt, auf die sie es heute abgesehen haben. Die heißt nach ihrer Wirtin «Mutter Schultze», und Kriminalwachtmeister Kappe hat dort schon ein paar Mal sein Feierabend-Bier getrunken. Hoffentlich erkennt mich die Schultze nicht wieder und grüßt mich vor den Kollegen, denkt Kappe. Zum einen ist diese Art von Lokal nicht gerade standesgemäß für einen Kriminalbeamten. Zum anderen ist es ihm unangenehm, eine Frau zu verhaften, die ihm reines Bier eingeschenkt und tadellose Spiegeleier gebraten hat.

Je weiter die Uhrzeiger auf die Zehn vorrücken, desto angespannter werden die Mienen der Kriminalbeamten, die auf das Startsignal warten. Um zehn vor zehn heißt es «Uhrenvergleich». Endlich gibt um fünf vor zehn der Einsatzleiter, Kriminalinspektor Waldemar von Canow, das erlösende Signal: «Los!»

Im Laufschritt geht es zum Lokal «Mutter Schultze». Einige Kriminalbeamte stürmen durch den Vordereingang an der verdutzten Wirtin Schultze und ihren Gästen vorbei durch den Schankraum zur Wendeltreppe. Diese führt in die im Keller gelegene Destille. Die Tür zur Destille ist stets gut verschlossen, zweimal in der Woche stehen zusätzlich Posten davor. Sie lassen gerade noch – zu spät – ihre Notsignale ertönen, dann werden sie von mehreren Kriminalbeamten überwältigt und zur Herausgabe des Schlüssels gezwungen. Als die Beamten die schwere Tür zum Kellerraum öffnen, dringen zeitgleich ihre Kollegen durch den Hintereingang im Hof in den Keller, nachdem sie ebenfalls mehrere Posten festgenommen haben.

Während ein Teil der Beamten die Posten in Schach hält, widmen sich die anderen den überrumpelten Gästen der Destille.

Kriminalinspektor von Canow ist auf den mit Münzen, Scheinen und Karten bedeckten Tisch gesprungen und ruft: «Im Namen des Gesetzes! Das Geld ist konfisziert! Alle Anwesenden sind verhaftet!»

Rufe der Überraschung und des Schreckens erfüllen den Raum. Hier und da versucht jemand, den Augenblick zu nutzen, um rasch etwas Geld oder einen Satz gezinkte Karten verschwinden zu lassen. Oder eines der gefalteten Papierchen mit Namen, mit denen die Spieler aus den hinteren Reihen ihre Einsätze auf den Spieltisch geworfen haben. Doch es hilft ihnen nichts, auf Anordnung von Kriminalinspektor von Canow werden sie ausnahmslos verhaftet und zur Wache gebracht: acht Posten und 44 Zocker, Arbeiter und Handwerker, darunter sechs Frauen.

Alle Kollegen wissen, dass Waldemar von Canow selbst leidenschaftlich Billard und Karten spielt – allerdings nicht «zu Gewinnzwecken» und somit auf der gesetzmäßigen Seite. Obwohl er als Sprössling verarmter Adeliger und vierfacher Vater durchaus Geld gebrauchen könnte – ebenfalls ein offenes Geheimnis.

Auch die Wirtin Mutter Schultze wird in Handschellen abgeführt. Laut beteuert sie, nicht zu wissen, was im Keller ihres Lokals gespielt worden ist. Bevor sie in die grüne Minna steigt, wirft sie Kappe einen verächtlichen Blick zu. Jetzt hält sie mich natürlich für einen Polizeispitzel, denkt Kappe. Am liebsten würde er ihr zurufen: «Frau Schultze, ick war wirklich nur wejen Ihre Spiejeleier da!»

«Zurück an den Anfang!», denkt Eugen, während er seinen teuren Lederkoffer auf das abgewetzte Sofa legt. Das mondäne West-Berlin hat ihn aufgenommen und wieder ausgespuckt. Er konnte Frau Mirwinski die Miete für März nicht im Voraus geben, prompt hat sie ihn auf die Straße gesetzt. Hier im Wedding zahlt er viel weniger, aber dafür hat er auf eigene Kosten ein neues Schloss an der Zimmertür angebracht. Was er jetzt noch an Wertvollem bei sich hat, braucht er: die guten Kleider und Schuhe, um den Gentleman zu spielen, und Erika, um sein Stück fertigzuschreiben. Er ist im fünften Akt, bewegt sich auf das Ende zu. Doch das Ende sieht er noch immer nicht vor sich.

Eugen hat es geschafft, sich auch ohne Leo Zutritt zu einem Spielerkreis zu verschaffen. Er bekommt nun selbst die Einladungsbriefe, adressiert an Herrn Ingo von Bräseritz. Es geht Leo und vor allem Maxi nichts an, dass er inzwischen regelmäßig spielt. Mal hat er mehr, mal weniger Glück, doch alles in allem hat er viel mehr verloren als gewonnen. Viel mehr verloren vor allem, als er sich leisten kann, und das in erstaunlich kurzer Zeit. Die letzten Male sind verheerend gewesen. Aber gerade deshalb wäre es dumm, jetzt aufzuhören. Es ist nur logisch, dass auf eine Pechsträhne das Glück folgen muss. Eine Frage der Zeit, bis das Blatt sich wendet. Nur: Er hat nicht mehr viel Zeit. Seine Reserven sind so gut wie erschöpft.

«*Faites vos jeux.*» Eine Hand setzt zielstrebig, eine andere wirft die Jetons lässig aufs Tableau, eine dritte zittert ein wenig. Eugen starrt auf die Spielfläche, den rotierenden Zylinder, die rasende Kugel. Wenn er seinen ganzen Willen konzentriert, sein ganzes Leben in diese Sekunde legt, so muss es doch möglich sein …

Das Blatt hat sich nicht gewendet. Wieder hat er verloren. Die beiden Jetons, die seine eiskalte Hand umklammert, sind die letzten für diesen Abend. Die letzten für immer, wenn er jetzt nicht gewinnt. Eugen setzt einen auf *Rouge* und einen auf *Impair*.

«*Rien ne vas plus.*» Die Kugel rast über die Zahlen, springt aus dem Zylinder. Eine Frau unterdrückt einen Schrei. Ein Mann stöhnt auf. Er will seinen Einsatz ändern, er weiß jetzt, dass er falsch gesetzt hat, die herausspringende Kugel hat es ihm gesagt! Der Croupier fasst sein Handgelenk in der Luft, um ihn am Umsetzen der Jetons zu hindern.

Der Mann schreit: «Ich weiß jetzt die Zahl! Ich sehe sie, ich sehe sie!» Zwei Hausdiener kommen dazu und führen ihn vom

Spieltisch, während er schluchzt: «Ich bin ruiniert, meine Frau, meine Kinder ... So lassen Sie mich doch!»

Der Croupier hebt die Kugel auf, wirft sie noch einmal in die Roulettescheibe. Schnell fällt sie in ein Fach. «Zwanzig, *Noir, Pair, Passe.*»

Eugen steht noch einige Minuten am Spieltisch. Die Einsätze werden vom Tableau geharkt, die Gewinne ausgezahlt, neue Einsätze gemacht. Doch ohne ihn. «*Rien ne vas plus.*» Genau so ist es. Aber das weiß nur er. Die anderen dürfen es nicht merken. *Rien ne vas plus. Rien ne vas* ... Eugen kann nichts anderes mehr denken.

Endlich erwacht er aus seiner Starre, durchquert mit steifen Schritten den Salon Richtung Garderobe, bahnt sich einen Weg durch die vielen ihm unbekannten Menschen.

«Herr Herwig?!» Eugen fährt zusammen. Eine Frauenstimme schreit ihm hinterrücks ins Ohr, und eine faltige, beringte Hand legt sich von hinten auf seine Schulter. Eugen dreht sich um.

«Nein, warten Sie ... Hartwig!», fährt die ältere Dame triumphierend fort. «Georg, der Drachentöter. Nicht wahr? Mein Gedächtnis lässt mich noch nicht im Stich.»

Wie in einem Angsttraum nähern sich die scharfe Nase und durchdringend hellblaue Augen Eugens Gesicht. In rasender Geschwindigkeit spult er Ereignisse und Begegnungen der letzten Wochen ab, doch er erinnert sich nicht an die Frau.

Die Dame scheint seine Verwirrung zu genießen. «Milly», sagt sie in neckischem Ton. «Aber nur für diejenigen, die ich leiden mag. Für alle anderen: Mildred. – Sie waren doch bei den Brückners, nicht, nach dem Theater? Es gab vorzüglichen Wein, Escherndorfer Lump, Jahrgang 1893, und Austern. Auf das Essen ist bei Kommerzienrat Brückner Verlass. Aber die Gäste, puh – immer dieselben alten Kameraden. Da ist man froh über jedes neue Gesicht. Nun, Sie waren wohl kaum wegen der Austern da.» Sie schaut ihm forschend ins Gesicht.

«Nein, nein, ich ...», beginnt Eugen und weiß nicht weiter.

«Natürlich», ruft die Dame. «Sie sind doch ein Kommilitone

von Karl! Und wissen Sie was, er ist auch hier! Haben Sie ihn denn noch nicht entdeckt? Eben war er dort hinten …» Sie blickt sich suchend um und hebt den Arm, um zu winken.

Eugen treten Schweißperlen auf die Stirn. Er greift nach dem Arm der Dame, umklammert ihr Handgelenk. «Warten Sie.»

Sie schüttelt Eugens Hand ab, lässt den Arm sinken und schaut ihn erstaunt an. Eugen beugt sich zu der Dame und flüstert: «Er soll nicht wissen, dass ich hier bin.»

Sie musterte ihn spöttisch. «Wir sind hier unter uns und in bester Gesellschaft. Ein Spielchen in Ehren – daraus müssen wir doch kein Geheimnis machen, oder?»

Eugen lacht. «Ach nein. Es ist nur, ich … äh … schulde ihm noch einen Batzen Geld. Von einer Wette, verstehn Sie.»

Sie lächelt und nickt. «Ach ja, die Herren Studenten.»

«Ja, mein Plan ist, hier heute Abend eine Menge einzustreichen.» Er grinst sie verschwörerisch an. «Ich freu mich schon auf Karls Gesicht, wenn ich morgen mit den Dukaten vor ihm stehe.»

«Na, dann viel Glück!» Die alte Dame klopft ihm auf die Schulter. Er spürt ihre dicken Ringe durch den Stoff seines Jacketts.

Nach wenigen Schritten wird er aufgehalten. «Herr von Bräseritz?» Einer der Hausdiener überreicht ihm seine Geldbörse, die er am Spieltisch hat liegenlassen. Sie ist ohnehin leer.

Das Gehör der alten Dame ist noch ebenso scharf wie ihr Gedächtnis. Von Bräseritz? Da muss sie zu Hause mal in ihrem Gotha nachschlagen. Dieser junge Mann mag ja alles Mögliche sein, denkt Mildred von Falkenfeld, aber ein Adeliger ist er nicht. Vielleicht ein Spitzel, der die Spielsalons an die Polizei verpfeift? Oder ein Schlepper, der für Geld unbescholtene Bürger an die Spieltische bringt? Mildred von Falkenfeld wundert sich sehr.

Irgendwie schafft es Eugen, zu Fuß durch die halbe Stadt und in sein Zimmer zu kommen. Er liegt im Bett, angekleidet auf der Bettdecke. Vor seinen Augen dreht sich die Scheibe mit den roten und schwarzen Zahlen, dreht sich und dreht sich.

Auf der etwa zur Hälfte mit Buchstaben bedeckten Seite steht in der Mitte der letzten Zeile ein einziges Wort: *Ende*. Nach dem Desaster am Spieltisch hat Eugen tagelang wie besessen geschrieben. Nun ist es fertig, sein Stück *Im Größenwahn. Nachtaufnahmen der Berliner Boheme.*

Eugen öffnet die Tür zum Größenwahn. Die Luft im Café ist womöglich noch verqualmter als sonst. Vor Stunden ist er schon einmal hier gewesen, mit der Aktentasche unter dem Arm, und hat nach dem Tisch des Intendanten gespäht. In der Tasche liegt das Manuskript. Doch Ritter ist nicht da gewesen, nur ein einzelner Herr aus der «Ritterrunde» saß mit missmutiger Miene am Tisch. Jetzt haben sich zwei weitere Männer dazugesellt, deren Gesichter er von früheren Besuchen im Größenwahn kennt. Mit keinem von ihnen hat er bisher ein Wort gewechselt. Unschlüssig setzt sich Eugen an den Tisch, der inzwischen so etwas wie ein Stammtisch für Maxi, Fritz, Lotte und ihn geworden ist. Zeitungskellner Richard legt mit gleichbleibender Höflichkeit «seine» Theaterzeitschriften vor ihn auf den Tisch, bald darauf bringt Oberkellner Hahn ihm unaufgefordert einen Mokka. Eugen wird dafür sorgen, dass die beiden Ehrenplätze bekommen in der teuersten Loge, wenn sich der Vorhang zur Premiere öffnet. Zur Premiere seines Stückes! Niemand ahnt etwas, doch es wird nicht mehr lange dauern.

In der *Schaubühne* ist auf der ersten Seite, groß aufgemacht, wieder ein Bericht über die Theaterzensur: Eine eigens zu diesem Zweck eingerichtete Abteilung der Polizei widmet sich der Zensur aller Theaterstücke, Lieder, Vorträge und kinematographischen Bilder. Sie überwacht die Stellenvermittlung für Bühnenangehörige und die Theatervereine. Fast fünfzig Beamte durchforsten im Auftrag Seiner Majestät, des deutschen Kaisers, Stücke nach «Verstößen gegen die Sittlichkeit und die gottgewollte politische Ordnung». Politisch oder moralisch anstößige Stellen werden gestrichen, manche Stücke gleich ganz verboten. So war es vor zwanzig Jahren zunächst auch Hauptmann mit seinen *Webern* ergangen. Noch im vergangenen Jahr, berichtet der Artikel voller Spott, musste Carl Sternheim den Titel seines Stücks *Die Hose* ändern, da es sich um eine Damenhose und damit um etwas Unaussprechliches handelte.

Sicher wird auch sein Drama von der Zensur verboten, denkt Eugen, das ist er seinem guten Ruf schuldig. Doch ebenso wie bei Hauptmann wird es sich gegen alle Widerstände durchsetzen und sein Ruhm am Ende umso heller erstrahlen. Kein Polizist wird die Massen aufhalten können, die sich vor dem Theater drängen, um sein Stück zu sehen, nachdem der Intendant so mutig war, es auf den Spielplan zu setzen.

Noch immer ist Intendant Ritter nicht eingetroffen. Eugen legt die Zeitungen beiseite. Hin und wieder öffnet er die Aktentasche und späht hinein. Es kommt ihm vor, als wenn durch das Leder der Tasche eine Hitze strahlt, an der man sich die Finger verbrennen könnte. Fünf Akte, die die Welt verändern! Und niemand von den Menschen, die hier um ihn herum die Nasen in die Journale stecken und ihren Kaffee schlürfen, hat auch nur die geringste Ahnung davon! Ihre Gesichter und Gespräche kommen ihm heute unerträglich belanglos vor. Eugen zahlt und verlässt das Café.

Er fährt mit der Elektrischen zum Theater, an dem Ritter Regie führt. Auch hier gelangt er, wie bei der Firma Schuster & Söhne, ins Vorzimmer. Doch ein Kommerzienrat Brückner kann ihm in diesem Fall nicht helfen. Ritter persönlich ist für ihn nicht zu sprechen. Die Sekretärin muss Eugen mehrmals versichern, dem Herrn Intendanten das Manuskript zu übergeben.

In den nächsten Tagen wagt Eugen es nicht, das Café Größenwahn zu besuchen. Wenn er Ritter begegnete, würde er sich verraten, auf ihn losstürzen, ihn fragen: «Und?!» Nein, er muss dem Intendanten etwas Zeit lassen. Wenigstens ein, zwei Wochen. Ritter ist ein gefragter, vielbeschäftigter Mann. Es wird ein wenig dauern, bis er in das Manuskript hineinschaut. Doch dann wird er keine Minute zögern, bis er dem Autor Eugen Hofmann – ein Name, unter dem ihn niemand kennt in Berlin – antwortet, postlagernd, wie angegeben.

Eugen hat Maxi im Café eine Nachricht hinterlassen, dass er für mehrere Tage verreisen wird. Er spart auch Geld, wenn er nicht ständig abends im Größenwahn sitzt, wo man von ihm erwartet, dass er als Gentleman und Mäzen seine Runden gibt. Wenn sie wüssten! Sein Erbe, das doch ein gutes Jahr hätte reichen sollen, ist aufgebraucht. Das, was nach all den teuren Anzügen, Hemden und Schuhen, nach Koffern, Taschen und Erika übrig war, ist ins Größenwahn und in die Spielsalons geflossen. Lotte hat einmal behauptet, der Pump würde beständig durch den Kreislauf des Cafés und der Boheme gepumpt, doch an diesen Kreislauf ist er nicht angeschlossen.

Durch das Fenster zum Hinterhof dringt trübes Licht in Eugens Kammer. Er sieht der vormittäglichen Geschäftigkeit zu: Seine Zimmerwirtin schleppt zwei Körbe voller Einkäufe in die Küche, ihre beiden Jungen schippen Kohlen in den Keller. Wieder steht Eugen vor derselben Frage: Hat er denn nicht irgendetwas gelernt, womit sich Geld verdienen lässt? In Berlin, seit er hier ist? Er geht zum Ofen und stochert in der nur noch schwachen Glut. Laut spricht er zu sich selbst: Habe ich etwas gelernt?

Ein langgezogenes Pfeifen, dann fährt der Zug in die Bahnhofshalle ein. Das Stampfen der Maschine und das Kreischen der Bremsen übertönen das Stimmengewirr. Die Zugtüren werden geöffnet. Eugen nimmt die Aussteigenden ins Visier. Schon nach wenigen Tagen hat er Routine darin, die Provinzler unter den Reisenden auszumachen. Diejenigen, die eine leichte Beute sind. Es ist ihre Kleidung, mit der sie in der Hauptstadt auffallen, ihr Gepäck. Die ungelenke Art, das Zögern, die Ängstlichkeit. Das ideale Opfer erkennt man an seinem Blick. Unsicherheit liegt darin, aber das allein genügt nicht. Im Gegenteil, mit den vorsichtigen, misstrauischen Menschen ist kein Geschäft zu machen. Die Suchenden sind es, die Hungrigen, Hoffnungsvollen – kurz und gut: die Dummköpfe. Ja, Eugen erkennt sie. Wie sollte er nicht.

Da ist sein Mann! Er steht in der offenen Zugtür und hält

die Hand über die Augen. Andere Reisende drängen hinter ihm aus dem Zug, er stolpert die Stufen hinab. Fehlt nur noch, dass ihm sein Hut in den Staub kullert. Eugen lacht auf. Dann fängt er sich wieder. Nicht direkt auf die Beute zugehen, man muss sie umkreisen. Los geht's! Eugen geht mit unsicheren Schritten durch die Menge, sieht sich zögernd, doch neugierig um. Er trägt einen einfachen Anzug, einen gelbledernen Koffer. Mit diesem stößt er versehentlich gegen den Koffer des Fremden.

«Entschuldigen Sie vielmals», sagt er mit leiser Stimme zum Unbekannten. Dann, als fasse er sich ein Herz, lüftet er den Hut zur Begrüßung und fährt fort: «Schmied, Berthold Schmied. Können Sie mir vielleicht sagen, wo ich in der Nähe ein solides Logis finde?»

Eine Stunde später sitzt Eugen allein am Tisch. Er holt seine Geldbörse hervor, zählt die Münzen und Scheine. Die Beute ist mittelmäßig. Ein paar Tage wird es zum Leben reichen. Ein paar Tage weniger für den Fremden, ein paar Tage mehr für ihn selbst. Eine einfache Rechnung. Er ruft die Wirtin, die hinter dem Tresen hockt. «Bratkartoffeln mit Wurst und danach einen Schnaps.»

Der Postbeamte schüttelt den Kopf. Kein Brief für Eugen Hofmann, postlagernd. «Juter Mann, wirklich nich! Ick hab doch keene Klötze vor den Augen!» Armer Kerl, denkt er, als der junge Mann niedergeschlagen das Postamt verlässt. Er ist heute schon zum dritten Mal da gewesen. Ja ja, die treulosen Weiber, davon kann er selbst ein Liedchen singen. Aber dieser Milchbart wird schon drüber wegkommen, nur weiß er es selbst noch nicht.

Als Eugen das Postgebäude verlässt, kommen ihm auf der Treppe zwei Geldbriefträger entgegen. Sie tragen Uniform, blau mit roten Litzen, Mützen mit Schirm sowie Geldtaschen. Bewaffnet sind sie mit Schlagstöcken. Was die wohl täglich so an Werten mit sich herumtragen, fragt sich Eugen. Wahrscheinlich ist es manchmal an einem einzigen Tag mehr, als sie selbst in Jahren verdienen. Dafür laufen sie tagein, tagaus bei jedem Wetter die Schuhsohlen durch, liefern alles brav bei den Empfängern ab und kehren mit leeren Taschen ins Postamt zurück. Nach dreißig Dienstjahren kriegen sie vielleicht einen Orden – wenn sie nicht vorher überfallen und totgeschossen werden.

Beim Einbiegen in die Joachimsthaler Straße verlangsamt Eugen seine Schritte. Ein Blick durchs Fenster des Größenwahn – und seine Kehle ist wie zugeschnürt. Die Ritterrunde ist heute an ihrem Stammtisch versammelt, Intendant Ritter hebt gerade sein Glas. Eugen läuft, ohne sich umzusehen, weiter zur Straßenecke und über die Kreuzung. Dann bleibt er stehen. Wie war das? Du wolltest doch schwimmen lernen – schwimmen oder untergehen! Zurück ins Café, an deinen Platz. Und wenn sich ein guter Moment ergibt, sprichst du ihn an.

Zum Glück sind Maxi und Fritz nicht da, auch sonst niemand von den Bekannten. Ein Tisch, der noch im «Nichtschwimmer-Bassin», aber in Hörweite der Intendantenrunde steht, ist frei. Eugen setzt sich mit dem Rücken zu Ritter und seinen Begleitern. Zeitungskellner Richard und Oberkellner Hahn bringen ihm das Übliche, ohne ihn nach dem Warum seines Tischwechsels zu fragen. Eugen gibt vor, sich in ein Journal zu vertiefen. Doch er ist nicht in der Lage, einen einzigen Satz zu lesen. Am Intendantentisch geht es laut und feucht-fröhlich zu. Immer wieder gibt jemand eine Runde.

«Mein Gott», stöhnt Ritter in gespielter Verzweiflung. «Warum wollen bloß alle zu mir? Wozu gibt es die Neue Freie Bühne, gegründet zur ‹Förderung unzureichend beachteter Dramatiker und Schauspieler›?»

«Ich hab's!», ruft einer der Jünger und schlägt mit der Faust auf den Tisch. «Wir gründen einen neuen Verein: zur Weit-weg-Beförderung zu Unrecht beachteter Dramatiker und Schauspieler.»

Erst als Ritter lacht, stimmen auch die anderen ein. Sie heben die Gläser und prosten sich zu.

«Ihr glaubt nicht, was ich alles angeboten bekomme», ergreift wieder der Intendant das Wort. «Hört euch das an: *Im Größenwahn. Nachtaufnahmen der Berliner Boheme. Drama in fünf Akten.*»

Eugen erstarrt. Die Titelseite der Zeitung verschwimmt vor seinen Augen. Da sitzen sie über ihn zu Gericht. Er besteht nur noch aus Ohren, Ohren, die er nicht schließen kann.

«Hoho!», rufen mehrere, «kommen wir auch vor? Lass hören!»

Ritter lässt hören, liest hier einen Absatz und da einen Absatz, springt von Seite zu Seite in parodierendem Ton. Eugen erkennt sein eigenes Stück nicht wieder, alles hört sich auf einmal ganz falsch an. Als ob es eine andere Sprache wäre.

Die Ritterrunde amüsiert sich köstlich. Je ironischer ihr Meister vorträgt, desto schallender lachen seine Jünger. Als er geendet hat, schnappen ein paar schon nach Luft.

«Der Mann weiß ja gar nicht, worüber er schreibt!», wirft nun einer in ernsterem Ton in die Runde. «Da spricht doch der Kleinbürger aus jeder Zeile.»

«Das Stück ist so harmlos – das würde glatt durch die Zensur gehen», lässt sich ein anderer vernehmen, und schon schlägt man sich wieder auf die Schenkel.

«Nun ja», wirft einer mit leiser Stimme ein, «aber ihr müsst zugeben, es hat Ansätze ...»

«O ja, es hat sogar Sätze und Absätze!» Der Sprecher leert sein Glas mit einem Zug.

«Auch Einsatz sucht man – hicks – nicht vergebens. Doch reißenden Absatz wird es nicht finden.»

«O doch!» Ritter wirft das Manuskript auf den Boden und trampelt mit den Schuhen darauf herum.

Die Ritterrunde johlt. Gläser klirren. Man stößt an und stimmt ein: «Das ist die Berliner Luft, Luft, Luft – das ist sie mit ihrem Duft, Duft, Duft – wo nur selten was verpufft, pufft, pufft ...»

Endlich erwacht Eugen aus seiner Erstarrung. Mit äußerster Kraft gelingt es ihm, nicht aufzuspringen und hinauszurennen. Er zwingt sich, langsam, unendlich langsam zum Tresen zu gehen. Das vertraute Gesicht des Oberkellners taucht vor ihm auf, verschwommen, wie unter Wasser. «Schreiben Sie … heute … für mich an», sagt er. «Ich muss gehen, kein Aufschub.»

Noch ehe der andere antworten kann, ist er draußen. Mantel, Hut und Schirm bleiben im Café an der Garderobe zurück. Eisiger Wind bläst um die Straßenecken, Regen prasselt herab. Eugen marschiert los, in rasendem Tempo, doch ohne Ziel. Wasser läuft ihm in den Hemdkragen und über das Gesicht. Einen Augenblick steht ihm Fritz vor Augen, Fritz, wie er triefnass ins Café kam und strahlte. Ja, der hat es geschafft: Musiker im Orchester der *Titanic*, schon bald weit fort von hier. Auf dem Weg in die Neue Welt.

Der strahlend illuminierte Westen liegt lange schon hinter ihm. Jenseits der Weidendammer Brücke wird es eng und dunkel in den Straßen. Kein Mensch ist bei diesem Wetter zu Fuß unterwegs. Eugen ist nass bis auf die Haut, doch es stört ihn nicht. Im Gegenteil, er sehnt sich nach Wasser. «Mal wieder in die falsche Richtung unterwegs, lieber Freund», sagt die Stimme im Kopf, «oder willst du dich im Häusermeer ertränken?»

Als ob dort eine Antwort auf ihn wartete, tritt Eugen durch das nächste offene Hoftor, das hinter ihm zufällt. In keinem der Fenster zum Hof brennt Licht. Auch der zweite Hinterhof liegt dunkel und verlassen, bis auf eine schwächlich flackernde Gaslaterne. Im dritten Hof ist auch diese erloschen, nur zwei grüne Augen leuchten aus einer der Häuserecken. Die Augen folgen Eugen, als er an ihnen vorbei in den nächsten Hof geht. Und von dort in den folgenden Hof und von da in den nächsten. Es kommt Eugen vor, als könne es nun bis an sein Lebensende immer so weiter gehen, von einem dunklen Hof in einen noch dunkleren. Da stößt er im lichtlosen Durchgang zwischen zwei Höfen an etwas – Großes. Etwas Schweres, das von der Decke baumelt.

Eugen stößt einen gellenden Schrei aus, der von den Wänden widerhallt. In einzelnen Fenstern geht Licht an, jemand öffnet das Fenster und schimpft. Er rennt den langen Weg durch die Höfe, einen nach dem anderen, zurück auf die Straße.

In der Nacht wacht Eugen mehrmals auf von seinem eigenen Schrei. Immer wieder geht er durch die menschenleeren, regennassen Straßen. Rechts und links ragen schwarz die Häuser in die Höhe, grüne Augen leuchten aus den Fenstern. Dann betritt er die Höfe, und von Hof zu Hof wird es dunkler und enger. Die Häuserwände rücken zusammen, die Durchgänge zurück zur Straße füllen sich mit Ziegeln und schließen sich. Der Durchgang zum letzten Hof ist so eng, dass er gerade hineinpasst zwischen die feuchten Wände. Er will nicht weiter, doch es ist, als würde ihn jemand schieben. Dann stößt er, mit dem Gesicht zuerst, gegen den baumelnden Körper. Leblos, wie ein schwerer Sack, hängt der Körper am Strick. Eugen kann es im Dunkeln nicht sehen, doch er weiß, dass der Tote sein Gesicht hat.

UNTER WASSER

GELDBOTEN. EINAKTER, tippt Eugen in die Schreibmaschine.

Personen:
Geldbriefträger Kramer, 55 Jahre
Zimmerwirtin Eckart, 63 Jahre
Kunstmaler Heinrich, 21 Jahre
Kriminalkommissar Tietz, 43 Jahre
Zeit: März 1912.
Ort: Berlin.

Erster Aufzug: Alles ist dunkel. Atelier und Schlafkammer des Malers …

Das neue Stück wird wahrhaftig sein, denn er selbst wird jede einzelne Szene erproben. Vielleicht hatte dieser Ritter ja recht, dass er von der Berliner Boheme nicht genug verstand, um ein Stück über sie zu schreiben. Aber das Drama, das sich nun in seinem Kopf entrollt, wird so fassbar und wirklich sein wie die blutunterlaufene Beule an seiner Stirn. Mit dem Kopf ist er in der Nacht gegen das geschlossene Tor gelaufen, als er durch die Flucht der Hinterhöfe rannte, erfüllt von einem Gedanken: Raus hier!

Der Erhängte im Hofdurchgang hat ihm das Leben gerettet. Jeglicher Gedanke an Selbstmord ist seitdem verschwunden. Er, Eugen Hofmann, wird leben. Er wird sich die nötigen Mittel verschaffen. Und er weiß jetzt auch wie. Er wird zum Hauptpostamt gehen und sich unter den Geldbriefträgern seinen Geldbriefträger auswählen. Ihn beobachten und verfolgen, bis er jeden seiner

Schritte kennt. Wenn der Tag gekommen ist, wird er ihn in einen Hinterhalt locken. Er wird ihn ausrauben und unerkannt mit der Beute entkommen. Und von da ab ein freier Mann sein. Alles steht glasklar vor ihm.

So hellwach und ruhig zugleich wie an diesem Vormittag hat Eugen sich seit Ewigkeiten nicht gefühlt. Nach jener Nacht in den Höfen muss er mehrere Tage und Nächte im Fieber gelegen haben. Immer wieder war da dieser Traum. Darin war er durch die Höfe abwärts gegangen, erst auf abschüssigem nassem Pflaster, dann Stufe um Stufe. Die Luft war wie schwarze Tinte, die in Kehle und Lungen drang, wenn man atmete. Mit jedem Schritt hinab war es kälter geworden. Und doch ging er, ein ums andere Mal, Stufe für Stufe hinab bis ans Ende. Bis zu jenem Körper, der am Strick schaukelte, als habe noch vor einem Augenblick Leben in ihm gezuckt.

Dann kam der Schrei, von dem er erwachte. Es war stockdunkel im Zimmer, ein anderes Mal dämmrig, dann hell. Mit allen Kräften hat er sich gewehrt, wieder in Schlaf zu fallen. Hat sich aufgesetzt, obwohl es ihn schwindelte, und bis hundert zu zählen versucht. Sich aus dem Bett geschleppt, seine Sachen aus den Laden auf den Boden gekippt und wieder einsortiert. Vieles war liegengeblieben, manchmal auch er selbst. Beim nächsten Schrei war er auf dem Holzboden aufgewacht. Er hat die Augen geöffnet, auf die Dielen gestarrt. Plötzlich sah er ihn vor sich, riesengroß, den Absatz des Intendanten, der auf seinem Manuskript herumtrampelt. Vor seinen Augen, während er dort lag, am Boden, bohrte sich der Absatz in das Papier. Er streckte die Hand aus, um das Geschriebene zu schützen, und fühlte einen bohrenden Schmerz.

Langsam kommt die Erinnerung an diese Stunden zurück, in Stücken, deren Ränder nicht immer zusammenpassen. Jetzt fällt ein mattgelber Widerschein der Morgensonne auf die Wand des gegenüberliegenden Hauses. Ein Stuhl ist umgeworfen, das Bett verschwitzt und zerwühlt. Papiere liegen über den Tisch verstreut. Doch in ihm ist es hell und klar wie nach einem Sturm.

Mehrere Geldbriefträger in Uniform kommen vormittags aus dem Eingang des Hauptpostamts Spandauer Straße. Eugen erkennt ein paar von ihnen wieder, denen er bereits in den vergangenen Tagen gefolgt ist. Noch hat er sich für keinen von ihnen entschieden. Heute wird er seine Wahl treffen!

Er verlässt seinen Beobachtungsposten gegenüber dem Postamt und folgt zwei ihm noch unbekannten Geldboten, die das erste Stück gemeinsam gehen und sich unterhalten. An der nächsten Kreuzung trennen sich ihre Wege. Eugen muss sich entscheiden, welchem der Boten er weiter in unauffälligem Abstand nachgeht. Der eine ist untersetzt und kräftig, der andere ein eher schmaler Bursche, dessen rote Haare im Nacken unter der Botenmütze hervorleuchten. Ja, das ist sein Mann, dieser Rothaarige. Auch beim Roulette hat er, wenn auf Farbe, immer auf Rot gesetzt. Viel Glück hat es ihm allerdings nicht gebracht. Soll er sich schnell noch umentscheiden? Wenn der andere schwarze Haare hat ... Doch der zweite Bote ist bereits um die nächste Straßenecke verschwunden. Noch einmal also auf *Rouge*.

Der Bestellgang des Geldboten beginnt in der Neuen Friedrichstraße Nr. 5 in einem Geschäftshaus mit Läden in mehreren Stockwerken. Der Bote betritt den Juwelierladen im Erdgeschoss, Inhaber ist laut Inschrift über dem Schaufenster Paul Weiss. Eugen folgt dem Boten nicht in den Laden, sondern nimmt das schmale, vierstöckige Haus in Augenschein. Im ersten Stock betreibt Uhrmachermeister Isaak Weiss, der Bruder des Juweliers, eine Uhrmacherwerkstatt. In der zweiten und dritten Etage befinden sich die Büroräume der Gebrüder Weiss.

Dieses schmucke Haus, denkt Eugen, wird bald der Schauplatz eines Verbrechens. Denn er muss den Geldboten möglichst am Beginn seiner Tour ausrauben, wenn er noch den Großteil der Beute bei sich hat.

Als der Bote aus dem Geschäft wieder auf die Straße tritt, will Eugen sich an seine Fersen heften. Da fesselt ein Aushang im Hauseingang seine Aufmerksamkeit. Er kann dem Boten auch morgen noch folgen. Sein Entschluss, gleich hier an der ersten Station zuzuschlagen, steht fest. Deshalb betrachtet er es als ein Zeichen des Schicksals, als er auf dem angepinnten Zettel liest: *Möblierte Wohnung zu vermieten. IV. Stock. Melden bei Brinkmann in der Nr. 22, Erdgeschoss.*

«Guten Tag, Frau Brinkmann.» Eugen nimmt vor der älteren Frau den Hut ab, verbeugt sich und deutet einen Handkuss an. «Heinrich Kruse. Ich komme wegen der Wohnung.»

Die Vermieterin in dunklem Rock und heller Bluse, mit um den Kopf gelegten grauen Zöpfen, lächelt geschmeichelt. Ein ordentlich gekleideter und gutaussehender junger Mann. Und so gute Manieren! Sie bittet ihn an den Esszimmertisch und bietet ihm eine Tasse Bohnenkaffee an. Eugen bedankt sich so höflich, dass sie gleich noch den selbstgebackenen Kuchen vom Küchenbüfett holt und ihm zwei dicke Stücke auf den Teller legt. Schon bald sind Frau Brinkmann und der junge Handelsvertreter Kruse in eine lebhafte Plauderei vertieft. Er ist neu in Berlin und gerade dabei, hier gemeinsam mit dem älteren Schwager die Geschäfte aufzubauen. Sie handeln mit Büromaschinen, er überreicht ihr eine Visitenkarte.

Kurz nachdem Herr Kruse gegangen ist, wischt Frau Brinkmann die Krümel des Kuchens vom Tischtuch, den der junge Mann so begeistert verputzt hat. Dann läuft sie zum Haus Nr. 5 in derselben Straße schräg gegenüber, wo sie die obere Etage vermietet. Sie nimmt den Zettel mit dem Mietinserat ab. Für sie ist die Sache so gut wie entschieden. Eine Monatsmiete im Voraus, zur Sicherheit – das war ihre einzige Bedingung. Herr Kruse hat versprochen, gleich morgen das Geld zu bringen.

Eigentlich hatte sie an ein junges Ehepaar vermieten wollen oder vielleicht zwei alleinstehende Damen. Ein unbekannter Mann – davor wurden Zimmerwirtinnen gewarnt. Aber sie wird ja nicht die Wohnung mit ihm teilen. Und er ist so ein fleißiger junger Mann, keiner von den Bummelstudenten mit Schmissen auf den Wangen, die nichts können als sich schlagen und das Geld ihrer Väter vertrinken. Und keiner von den langhaarigen Künstlern, die man jetzt manchmal in den Illustrierten sieht.

Die Ladenglocke des Leihhauses läutet, als Eugen die Tür aufdrückt. Der Klang erinnert ihn wie beim ersten Mal an das Geschäft von Onkel und Tante, doch er löst kein Gefühl mehr in ihm aus.

«Tag.» Mürrisch wie damals sieht der Mann ihn durch seine Brillengläser an.

Eugen stellt das schwere Paket auf die Theke und wickelt die Decke von der Schreibmaschine. Dann legt er die Quittung über den Kaufpreis dazu. «Fünfzig Prozent», sagt er, noch bevor der Inhaber des Leihhauses einen Vorschlag machen kann. «Oder ich bringe sie jemand anders.»

Kurz darauf steht Eugen wieder auf der Straße. Mit genügend Geld in der Tasche, um Frau Brinkmann die Miete für die Wohnung im Voraus zu zahlen. Und genügend Geld, um es per Postanweisung sich selbst zu schicken. Doch ohne Erika, seine treue Gefährtin in guten und in schlechten Zeiten. «Ich löse dich wieder aus», flüstert er, während er sich mit schnellen Schritten vom Leihhaus entfernt. «Es dauert nicht lange.»

Eugen trägt seinen schweren Lederkoffer in die neue Wohnung, in den alles hineinpasst, was er noch besitzt, Kleider, Zahnbürste, Seife, ein Stapel beschriebenes Papier. Niemals hätte er sich in seiner Situation diese Zweizimmerwohnung in der Stadtmitte geleistet, wenn sie nicht strategisch so ideal gelegen wäre. Die einzige Wohnung im Geschäftshaus, ohne neugierige Zimmerwirtin und Nachbarn, ohne potentielle Zeugen – und am Beginn des Bestellgangs seines Boten. Sein eigenes Kommen und Gehen kann er auf die Abendstunden beschränken, wenn die Geschäfte im Haus geschlossen sind. So wird er niemandem begegnen, und niemand kann sich später an ihn erinnern.

Außer Frau Brinkmann. Die Vermieterin stellt eine Gefahr dar, auf die er noch keine Antwort hat. Auch ihr wird er von nun an aus dem Weg gehen. Die Miete ist bezahlt, es gibt keinen Grund mehr, sich ihrer Geschwätzigkeit und ihrem überzuckerten Kuchen auszusetzen. Stundenlang hatte er nachher Magenschmerzen davon. Und dann die geschmacklosen Möbel, mit denen sie die Wohnung zu Tode staffiert hat, Nippes, Kissen und Deckchen. Die Tante hätte ihre Freude daran.

Er nimmt das Kruzifix von der Wand über dem Esstisch und wiegt es in den behandschuhten Händen, bevor er es in der Ecke hinter der Tür verschwinden lässt.

Mehrere Tage hat Eugen den rothaarigen Geldbriefträger beobachtet, ist ihm gefolgt, hat sich die Läden auf seinem Bestellgang angeschaut. Heute lässt der Bote auf seiner Tour das Haus Nr. 5 und die Gebrüder Weiss links liegen. Einige Häuser weiter zögert er, bleibt stehen und nimmt etwas aus seiner Geldtasche, scheint zu lesen. Dann wendet er sich abrupt um und kommt auf Eugen zu. Ohne zu zögern, reißt Eugen die nächstbeste Ladentür auf, dass die Glocke scheppert. Die Dame hinter dem Empfangstresen schaut ihn mit hochgezogenen Augenbrauen an. «Sie wünschen?»

Eine Verkäuferin zieht schnell den Vorhang zu, hinter dem eine Frauenstimme hervordringt. «Ach, dieses Korsett, nein wirklich – man kann kaum atmen!»

«Ich … ich … suche meine Frau», stammelt Eugen und geht wieder hinaus. Der Bote ist verschwunden, und Eugen beschließt, ihn nicht länger zu verfolgen. Die Gefahr, von ihm entdeckt zu werden, ist zu groß. Er fährt mit dem Omnibus nach Tegel und gibt auf dem Postamt mit verstellter Schrift und fingiertem Absender eine Postanweisung an den Handelsvertreter Heinrich Kruse auf. Wie steht es in seinem Stück *Geldboten*? Er erinnert sich des Wortlauts genau: *Wenn der Tag gekommen ist, wird er ihn in einen Hinterhalt locken.* Morgen ist dieser Tag.

Eugen betrachtet sein Spiegelbild durch die Augenschlitze der Maske. Er ist zufrieden. Das Spiegelbild trägt einen weiten Nadelstreifenanzug, Lederhandschuhe, eine Melone. Eine Maske mit aufgemaltem schwarzem Schnurrbart, verwegen im Mundwinkel hängender Zigarre und diabolischem Lächeln. Durch die Augenschlitze wirken seine hellblauen Augen eisblau und kalt. Er würde sie selbst nicht als seine erkennen. Zu guter Letzt steckt er eine Pistole griffbereit in die vordere rechte Hosentasche, verdeckt vom Jackett, und macht sich auf den Weg.

Die Straßenbahn fährt bis zum Pariser Platz, von da geht Eugen zu Fuß. Er macht einen kleinen Abstecher zum Hotel Adlon, vor dem sich die Droschken und Limousinen stauen. Dann schlendert er weiter die Königgrätzer Straße am Tiergarten entlang. Sein Ziel ist das brandneu eröffnete Piccadilly am Potsdamer Platz, der Trumpf der Saison, von dem alles spricht. Eugen ist schon einige Male an diesem Amüsiertempel vorbeigelaufen, hat ihn aber bisher nicht betreten. Von der Mitte des Platzes aus betrachtet er das langgestreckte Gebäude mit den Arkaden im Erdgeschoss und den hohen, schmalen Fenstern über mehrere Stockwerke, gekrönt von einer Kuppel. Es beherbergt die Kammerlichtspiele und das größte Caféhaus der Welt mit Platz für mehr als zweitausend Gäste. Heute gehört er zu den geladenen Gästen, dank Fritz, der in einem der Orchester spielt und Freikarten für Maxi, Lotte und ihn organisiert hat. Das Piccadilly lädt zum Kostümfest. Motto: Ganovenball.

Eugen nimmt die für ihn hinterlegte Eintrittskarte in Empfang und betritt den riesigen Prunksaal im Parterre. Marmor und Mosaiken erstrahlen im Licht der vielarmigen Kronleuchter. Der Saal vibriert von Menschen und Stimmengewirr. Gentleman-Ganoven und Rinnstein-Gauner, Piratinnen und Räuberbräute, Zuhälter und Freudenmädchen, sogar ein paar mutige Kriminalbeamte und Schutzleute finden sich unter den Kostümierten. Und wer weiß, denkt Eugen, vielleicht ist unter den Gesetzeshütern sogar der eine oder andere echt? Auch die echten Ganoven der Berliner Halbwelt laden ja den Polizeipräsidenten zu ihren Bällen. Er ist jedenfalls froh, eine Maske zu tragen.

Wie in der Oper oder in einem großen Theater sind über dem weitläufigen Restaurant auf einer zweiten Ebene Balkone und Galerien eingezogen, auf denen bis sechs Uhr morgens Orchester spielen. Eugen hält unter den Musikern Ausschau nach Fritz. Ob Maxi und Lotte schon da sind? Maxi wollte nicht, dass sie einen Treffpunkt vereinbaren. Es sei doch viel spannender, meinte sie, wenn sie sich trotz Maske im Gewimmel finden mussten.

Eugen ist schon eine Weile durch die Hallen gewandert und hat die kostümierten Damen in Augenschein genommen, ohne Maxi oder Lotte zu entdecken. Um kurz vor zehn strömen die Menschen zu den Kulissen der Rheinterrasse. Hier wird stündlich ein kunstvolles Gewitter entfesselt, und zum Ganovenball bekommen die Gäste ein besonders schauerliches geboten. Mit dem ersten Donnergrollen verlöschen die elektrischen Lichter. Dann folgt ein Donnerschlag auf den nächsten, Blitze durchzucken den Saal.

Auf einmal schwappt Eugen Flüssigkeit in den Nacken. Er dreht sich um und sieht sich einem groben Kerl gegenüber, mit Schiebermütze, ausgebeulter Jacke und Hose, der noch das leere Glas in der Hand hält. Die Zigarette schief im Mund hängend, um den die Bartstoppeln sprießen, sieht der Mensch ihn herausfordernd an. Rote Locken hängen ihm unter der Mütze hervor in die Stirn. Der Bote! Der Bote, den er morgen überfallen will! Wieder erhellt ein Blitz den Raum, der Widerschein flackert über das bleiche Gesicht seines Gegenübers. Eugen sucht Halt an einem der Tische.

«Wat is, haste 'n Jespenst jesehn?», fragt eine Stimme, die ihm bekannt vorkommt. Er kennt die Stimme des Boten doch gar nicht!

Da ertönt ein glucksendes, unverkennbares Lachen – Lottes Lachen! Eugen fühlt, wie ihm die Röte ins Gesicht steigt. So eine Maske, die sollte man immer tragen, nicht nur zum Fasching.

«Woran hast du mich erkannt?», fährt er Lotte an.

«Na, wenn du nach jemand auskiekst, machste so 'n langen Hals und reckst 'n Kopp vor wie 'n Vogel.» Sie ahmt ihn nach.

So vieles, denkt Eugen, worauf man achten muss, um unerkannt zu bleiben.

Lotte schlägt ihm kräftig auf die Schulter. «Jestatten, Lügen-Lothar. Darf ick vorstellen? Meine Valobte.»

Da stakst eine Frau hinter einer Säule hervor, auf hochhackigen Schuhen, im enganliegenden, tiefdekolletierten Kleid, mit Federboa und falschen Brillanten behängt. Zwischen den grellroten Lippen steckt eine Zigarettenspitze. Nein, sie sieht heute Abend nicht wie Maximiliane Brückner aus, eher wie die Lulu von Wedekind: mörderisch schön.

Eugen als Gentleman-Ganove in Nadelstreifen zieht eine rote Stoffrosette aus der Jackentasche und überreicht sie der Halbweltdame. Die steckt sie in den Ausschnitt ihres Kleides und wirft ihm eine Kusshand zu. Eine Weile stehen die drei schweigend beisammen, während das Gewitterschauspiel ausklingt. Die Lichter im Saal gehen wieder an. Sie suchen sich einen freien Tisch, Eugen bestellt eine Runde.

Wie praktisch, dass die Maske auch einen Schlitz für den Mund hat, so dass er damit trinken kann und sie den ganzen Abend nicht ablegen muss. Auch die aufgemalte Zigarre kommt ihm gelegen, so braucht er keine teuren echten zu rauchen. Allein der Champagner hier wird ihn restlos ruinieren. Aber was soll's, schließlich feiert er heute eine Art Junggesellenabschied, nicht wahr? Der letzte Tag meiner Unschuld, denkt Eugen und lächelt hinter der Maske. Und ausgerechnet heute ist der Ganovenball, zu dem sie schon so lange verabredet waren – als er noch gar nicht wusste, dass es dieser Abend sein würde, die Nacht vor der Tat. Er hebt das Glas und nickt Maxi und Lotte zu: «Prosit!»

«Wie heißt denn unser Ganovenboss hier?», will Maxi von Eugen wissen. «Georg geht nicht, Georg heißen die Guten.»

«Wenn die Kriminalpolizei in solchen Klischees denken würde», antwortet Eugen, «würde sie nie einen Verbrecher fangen. Es gibt blonde, blauäugige Mörder, Mörder mit rosigen Wangen. Sie heißen Sigismund, Gottlieb und sogar ...» Hier macht er eine Pause und fügt dann mit honigsüßer Stimme hinzu «... Eugen.»

Maxi und Lotte lachen. «Überzeugt», sagt Maxi, «aber Sie wollen doch nicht, dass ich Sie den ganzen Abend Eugen nenne?»

«Um Gottes willen», wehrt Eugen lachend ab. Schnell fügt er hinzu: «Sie heißen heutzutage auch immer häufiger Maria und Magdalena, die Räuber und Mörder.»

«Ja», sagt Maxi, «Maria-Magdalena ist der richtige Name für ein Freudenmädchen wie mich. Und keine Abkürzungen bitte. Sie dagegen, wie ein Pistolenknall: Boss. Wo ist übrigens Ihre Waffe?»

Eugen zieht die Pistole aus der Hosentasche und zielt damit auf einen der Kronleuchter. Maxi lacht, doch Lotte kneift die Augen zusammen. «Sieht verdammt echt aus. Fast wie ne Luger. Wo kriegt man denn so wat her? Darf ick mal?»

Lotte will nach der Waffe greifen, aber Eugen steckt sie schnell wieder ein. «Leider nichts zum Spielen. Die ist echt.»

Beide lachen, Maxi und Lotte. Eugen stimmt erleichtert ein.

Das Bühnenprogramm mit Kabarett und Chansons endet mit der Nummer, mit der die Reinhardt-Schauspielerin Tilla Durieux im Kabarett *Die Bösen Buben* 1904 das Publikum überrascht hat.

Eine Gaunerin und zwei Gauner in geduckter Haltung, die Hände tief in den Taschen vergraben, singen in Leierkasten-Manier: «Wir haben neulich eingebrochen / und ausgeraubt ein Kassenspind / und dennoch sind wir freigesprochen, / weil wir minderwertig sind – du guter Himmelsvater, beschütz die Psychi-aha-ter!»

Nach weiteren Strophen schlurfen die drei unter dem Gejohle des Publikums von der Bühne. Die Tanzkapelle spielt auf. Der letzte Schrei ist ein ganz neuer Tanz: Tango. Die wenigsten können ihn, aber alle tanzen ihn voller Hingabe. Als Gangster und Prostituierte hat man auch gleich viel weniger Skrupel, beim Tanzen in die Knie zu gehen und über das Parkett zu schleichen oder sich beim Wiegeschritt an unschicklichen Stellen viel zu nahe zu kommen.

Eugen will möglichst viele Tänze mit Maxi tanzen. Daher ist er froh, dass Lotte alias Lügen-Lothar bald mit einer Blondine poussiert und davonrauscht. Maxi alias Maria-Magdalena nennt ihn den ganzen Abend nur Boss, macht ihm schöne Augen und lacht über seine Scherze, die ihm ohne größere Anstrengung über die Lippen kommen. Auch seine Beine gleiten wie von selbst über den Tanzboden. Er fühlt sich berauscht, doch nicht vom Alkohol. Schon mehrere Gläser hat er halbvoll stehen lassen, als die anderen gerade nicht hinsahen. Beim Tanzen liegt ihm Maxi in den Armen, und ein Duft steigt ihm in die Nase, der ihn an den Abend in der Theaterloge erinnert, als er sie zum ersten Mal gesehen – nein, gerochen hat. So nah wie in diesem Moment ist er Maxis eigenem Duft noch nie gekommen.

Um vier Uhr morgens verlassen Lotte, Lottes Blondine, Maxi und Eugen das Piccadilly. Maxi flüstert Lotte ins Ohr, und diese zieht mit ihrer neuen Eroberung singend davon: «Und so jehn wa, und so jehn wa, aus dem eenen Restorang mang det andre Restorang.»

Eugen schwankt beim Gehen und wäre auf einer Treppenstufe beinahe gestürzt. Maxi hat sich bei Eugen eingehakt und kichert. Arm in Arm stehen sie auf der Straße und frieren in der kalten Nachtluft. Was nun? Er muss nach Hause, er hat in etwa fünf Stunden eine wichtige Verabredung. Noch einmal schwankt er in Maxis Arm hin und her. Nur für den Fall, dass man irgendwann seine Freunde nach seinem Alibi für den nächsten Morgen fragt. Der und ein Überfall? Nie im Leben. So betrunken, wie er in der Nacht nach Hause gefahren ist – es war ja schon Morgen –, war der zu nichts anderem fähig, als seinen Rausch auszuschlafen. Das würden Lotte und Maxi unisono beschwören, ebenso Fritz, der später noch zu ihnen gestoßen ist. «Ausjerechnet Georg», würde Lotte ein wenig verächtlich sagen, «der vaträgt doch jarnischt.» – «Und wer keinen Rotwein trinken kann», würde Maxi fortfahren, «der kann auch kein Blut sehen, stimmt's, liebe Brüder und Schwestern im hochprozentjen Jeiste?» So oder so ähnlich würden sie über ihn sprechen, falls es jemals zu einem Polizeiverhör kommen sollte. Aber es wird nicht dazu kommen. Er ist stocknüchtern und zu allem bereit. Nur nicht zu dem, was jetzt passiert.

Er winkt ein Taxi heran und sagt wie mit schwerer Zunge: «Das erste ist für dich, Maxi. Komm gut nach Hause!»

Da schlingt Maxi ihre Arme um seinen Hals, schiebt ihm die Maske hoch und küsst ihn auf den Mund. «Wo du hinfährst, da will ich auch ... hicks ... hinfahren!»

Das Taxi hält, der Chauffeur öffnet die hintere Tür. Eugen schiebt Maxi auf die Rückbank und nennt dem Fahrer die Adresse der Familie Kommerzienrat Brückner. Maxi will protestieren. Da beugt er sich zu ihr und flüstert, weil ihm partout nichts Besseres einfällt: «Es geht nicht. Ich erwarte jemanden.»

Zum ersten Mal, seit Eugen eingezogen ist, läutet in der neuen Wohnung die Türglocke. Er fährt zusammen. Gleich begegnet er dem Mann, den er überfallen und berauben wird. Die wenigen Stunden bis zum Morgen ist er wach geblieben. Er trägt noch den Aufzug vom Kostümball der letzten Nacht.

Die Haustür ist nicht verschlossen, bald nähern sich Schritte im Treppenhaus dem obersten Stock. Außer ihm ist niemand im Haus. Es ist Samstag, die Geschäftsräume der jüdischen Firmen sind am Sabbat geschlossen. Eugen läuft zur Wohnungstür und öffnet sie. Er lässt das Licht in der Diele brennen. Dann bezieht er Stellung im Wohnzimmer, hinter der offenstehenden Tür. Er zieht die Ganovenmaske über das Gesicht. Seine behandschuhten Hände umklammern das Kruzifix.

«Herr Kruse? Jemand zu Hause?», ruft es von der Wohnungstür.

«Kommen Sie herein!», antwortet Eugen aus seinem Hinterhalt.

Der Bote tritt in die Diele und bleibt stehen. Noch einen Schritt, denkt Eugen hinter der Wohnzimmertür, noch einen Schritt, geh! Eine endlose Sekunde bleibt es still. Er wird sich umdrehen und durch die hinter ihm offenstehende Wohnungstür verschwinden, und mit ihm die Geldtasche, die Freiheit ... Da hört Eugen zu seiner Überraschung seine eigene Stimme, die in munterem Tonfall ruft: «Nur hereinspaziert!»

Da! Ein Schritt und noch einer, dann taucht die Gestalt des Boten in seinem Blickfeld auf. Im selben Augenblick stürzt Eugen hinter der Tür hervor und schlägt dem Mann das Kruzifix voller Wucht auf den Kopf. Ohne einen Laut sackt er zusammen. Die Botenmütze rollt auf den Fußboden. Eugen hievt den Körper, der keinen Widerstand leistet, auf einen Stuhl. Der Körper ist schwer, der Bote ein kräftiger Mann. In einem Zweikampf hätte er gegen den keine Chance gehabt. Zum ersten Mal in seinem Leben ist Eugen einem Kruzifix dankbar.

Er holt die Stricke aus der Tasche und fesselt Hand- und Fußgelenke des Geldboten an Stuhlbeine und Armlehnen. Noch immer gibt der keinen Ton von sich. Hat er zu fest zugeschlagen? Er hält sein Ohr ganz nah ans Gesicht des zusammengesackten Mannes. Kein Atemzug! Eugen beginnt zu zittern. So steht es nicht in seiner Regieanweisung! Er hält sich mit beiden Händen am Stuhl fest, um nicht umzukippen. Für einen Moment lüftet er die Maske. Da hört er ein Röcheln, und der Bote schlägt die Augen auf. Blitzschnell zieht Eugen die Maske wieder herunter und stopft dem Mann den vorbereiteten Knebel in den Mund. Nun kann er endlich zur Wohnungstür laufen und sie schließen.

Als er zurückkommt, ist der Bote bei Bewusstsein. Er versucht, sich aus den Fesseln zu befreien. Erst jetzt wird Eugen klar, was ihn gleich in der ersten Sekunde irritiert hat, was mit dem Mann nicht stimmt: Seine Haare sind schwarz. Schwarz, nicht rot. Er ist älter als sein ausgewählter Bote und kräftiger, ein bulliger

Typ. Wahrscheinlich der Kollege, mit dem der andere zusammen losgegangen ist. Zu seiner Verteidigung trägt er einen Schlagstock bei sich, der ihm aber in seinem gefesselten Zustand nichts nützt. Aus seinem bleichen Gesicht leuchtet Wut. Noch einmal ist Eugen froh, dass er es nicht zu einem Kampf hat kommen lassen.

«Stillsitzen!», herrscht er den Boten an. Doch der ruckelt weiter in seinem Stuhl herum, ohne die Fesseln lösen zu können. Nicht umsonst hat Eugen das Fesseln und Knebeln geübt. An sich selbst, soweit das möglich ist, an einer Puppe, an einer streunenden Katze, die ihm nachts im Tiergarten in die Falle gegangen war. Die Kratzer von dem Biest hat er immer noch. Da der Bote unbeeindruckt weiter an seinen Fesseln zerrt, holt Eugen die Pistole aus der Jackentasche und richtet sie auf seine Brust. Die Pupillen des Mannes weiten sich. Augenblicklich ist Ruhe.

Vor den Augen des Geldbriefträgers schüttet Eugen den Inhalt seiner Bestelltasche auf dem Tisch aus. Hastig reißt er die Briefumschläge auf, nimmt die Geldscheine und Wertpapiere heraus und wirft die Begleitbriefe beiseite. Es sind nur wenige Wertpapiere unter den Sendungen, doch die kann er ohnehin nicht einlösen. Viel zu gefährlich. Ebenso wie die paar Schmuckstücke, die er so gut wie unbesehen in die Tasche steckt. Was er braucht, ist Bargeld. Ein Schnauben dringt aus dem Sessel. Eugen richtet noch einmal die Pistole auf den Boten. Der ist inzwischen kreideweiß geworden, seine Augäpfel treten hervor. Jetzt steht keine Wut mehr in ihnen, nur noch Angst.

Der Stapel mit Scheinen und Münzen ist nicht sehr hoch, als Eugen zum letzten Kuvert kommt. Er steckt das Geld in seine Aktentasche, zählen kann er später. Doch er weiß schon jetzt, dass die Beute weit hinter seinen Erwartungen zurückbleibt. Grinst dieser Bursche da mit seinem Knebel im Mund? Na, warte! Eugen überprüft noch einmal alle Fesseln und zieht den Knebel noch ein wenig fester. Zwar ist keine Menschenseele im Haus, die Hilferufe hören könnte, doch sicher ist sicher. Dann verstaut er die Aktentasche mit dem Geld im gepackten Koffer und trägt ihn in die Diele.

Er sieht sich ein letztes Mal in den Zimmern um, ob irgendwo ein Knopf von ihm oder sonst irgendetwas herumliegt. Nichts. Spuren braucht er nicht zu beseitigen, denn er hat keine hinterlassen. Von der ersten Minute an hat er in der Wohnung stets Handschuhe getragen, selbst im Schlaf. Und nach dem Handelsvertreter Heinrich Kruse können sie lange suchen.

«Jetzt hör mal gut zu», sagt er zum Abschied zum Boten. «Das Beste ist, du verhältst dich ganz ruhig. Heute ist Sabbat und keiner im Haus ...» Bildet er es sich nur ein, oder treten die Augäpfel des Mannes noch weiter hervor? «Aber ich habe dafür gesorgt, dass heute Nachmittag jemand vorbeikommt. Die Vermieterin wird dich befreien. Und sie bringt sogar Kuchen mit.» Ihm entfährt ein überkippendes Lachen. Eugen schlägt die Hand vor den Mund, bis es abebbt. «Es tut mir wirklich leid», fährt er fort, und das Seltsame ist, dass es stimmt. «Aber bis dahin musst du durchhalten.»

Zur gleichen Zeit am Samstagmorgen rührt Frau Brinkmann im Haus Nr. 22 Kuchenteig und trällert einen Schlager von Walter Kollo. Es war ja so rührend, wie der Herr Kruse herumgestottert hat, als er gestern überraschend bei ihr vor der Tür stand. Zuerst dachte sie, er hätte etwas zu beichten, etwas an ihren guten Möbeln beschädigt oder Ähnliches. Aber nein, es war so: Am Sonnabend kamen doch zum ersten Mal, seit er in Berlin war, seine Eltern zu Besuch. Nun aßen die beiden alten Leutchen für ihr Leben gern Kuchen. Aber selbstgebacken musste er sein, er konnte ihnen doch nicht dieses Zeug aus der Bäckerei vorsetzen, nicht wahr? Um Gottes willen, nein, da hatte sie ihm voll und ganz recht gegeben. Und deshalb war er gekommen, um sie zu fragen, ob sie nicht vielleicht ... also eventuell ...Endlich hatte sie begriffen. Aber natürlich, mit dem größten Vergnügen! Welchen Kuchen aßen denn Herr und Frau Kruse am liebsten?

Und so waren sie übereingekommen, dass sie am Samstagnachmittag mit einer Torte bei ihm vor der Tür stehen würde. Nein, Geld nahm sie dafür auf keinen Fall an. Aber bestimmt bat

Herr Kruse sie herein, um sie zusammen mit den Eltern zum Kaffee einzuladen. Dann konnte sie sich endgültig vergewissern, dass ihr neuer Mieter ein treusorgender Sohn, also ein guter Mensch war und letztlich ein guter Mieter. Sollte ihre Freundin Cilly doch vor unbekannten jungen Männern warnen, so viel sie wollte! Frau Brinkmann rührt den Teig noch einmal ordentlich durch.

Da klingelt es an der Tür, und Frau Brinkmann wischt sich die Hände an der Schürze ab, bevor sie öffnet. Der Bote übergibt ihr ein Telegramm von ihrem Schwiegersohn aus Rathenow. Um Himmels willen, das Kind ist schon da! Ähnlich überstürzt, wie die kleine Franziska zur Welt gekommen ist, packt Frau Brinkmann das Nötigste für die Nacht in ihre Reisetasche, stellt den Teig kalt und macht sich auf den Weg zum Bahnhof.

Im Hotelzimmer starrt Eugen auf die Geldscheine, die er auf der seidenen Bettdecke ausgebreitet hat. In seinem Stück sind an dieser Stelle Champagner und Austern vorgesehen, doch ihm ist nicht nach Feiern zumute. Wenn dieses Häufchen Papier sein Passierschein zur Freiheit sein soll, dann wird die Freiheit von kurzer Dauer sein. Nur etwa achthundert Mark Bargeld haben sich in der Bestelltasche des Boten befunden, das ist seine ganze Beute. Verfluchter Sabbat! Daran hat er nicht gedacht, dass die Geschäfte in seinem Haus nicht die einzigen jüdischen Geschäfte in der Gegend und somit am Samstag geschlossen waren. Auch in den anderen Läden ist an diesem Tag nicht allzu viel los gewesen. Wieder hat er auf die falsche Zahl gesetzt! Und selbst der Bote, dieser verdammte schwarzhaarige Bote, ist falsch gewesen. Wäre es nur der Rote gewesen … wäre es der Rote gewesen … Eugen läuft auf dem weichen Teppich des Hotelzimmers im Kreis.

Am Sonntagnachmittag steht Frau Brinkmann wieder in Berlin in ihrer Küche. Sie wird am Abend noch einmal zu ihrer Tochter und der neugeborenen Enkelin fahren und dann einige Tage bleiben. Vorher muss sie aber noch aufräumen und ein paar notwendige

Sachen packen, die sie gestern in der Eile vergessen hat. Außerdem hat sie die Torte gebacken und wird sie wie versprochen in die Nr. 5 tragen. Nun ja, nicht ganz wie versprochen, sondern einen Tag später. Aber dafür werden Herr Kruse und seine Eltern sicher Verständnis haben. Alle, die sie kennen, wissen, dass sie ihre Versprechungen eisern zu halten pflegt, selbst mit gebrochenen Armen hätte sie noch ... Aber Geburt und Tod gehen nun mal vor. Trotzdem hat sie ein etwas schlechtes Gewissen, sie hätte doch gestern kurz hinüberlaufen und Bescheid sagen können. Sie legt noch eine extragroße kandierte Kirsche obenauf, deckt die Torte vorsichtig ab und macht sich auf den Weg.

Auch beim dritten Läuten öffnet niemand die Tür. Frau Brinkmann steht mit der Kuchenplatte unschlüssig da. Soll sie die Torte wieder mit nach Hause nehmen? Sie hat einen Schlüssel für die Wohnung, aber darf sie so einfach hinein? Nun ja, es ist immer noch ihre Wohnung, sind ihre Möbel ... Nach denen kann sie bei dieser Gelegenheit einmal sehen. Und was soll Herr Kruse schließlich dagegen haben? Er hat ja nichts zu verbergen. Sie dreht den Schlüssel im Schloss, betritt die Diele und zieht die Wohnungstür hinter sich zu. In der Diele brennt Licht. Das muss sie ihm beim nächsten Mal sagen, dass er es bitte löschen soll, wenn er fortgeht. Vor der geschlossenen Wohnzimmertür bleibt sie stehen, klopft dagegen und ruft. Niemand antwortet. Warum hat sie nur dieses Gefühl, sie sollte besser umkehren? Als würde hinter der Tür etwas Verbotenes liegen. Wie eine Einbrecherin kommt sie sich vor. In ihrer eigenen Wohnung – lächerlich! Sie drückt die Klinke herunter und macht einen Schritt.

Montagmorgen wird der junge Geldbriefträger Erich Schuster auf dem Hauptpostamt zum Vorgesetzten zitiert. Mehrere Geschäftsinhaber haben angerufen und sich nach dem Verbleib ihrer Postanweisungen erkundigt. Sendungen, die auf seiner Tour lagen und am Samstag hätten ausgeliefert werden sollen. Und wo ist sein Kollege Franz Niemann geblieben? Dessen Sendungen sind zwar alle ordnungsgemäß abgeliefert worden, aber er selbst war am Samstagmittag nicht von der Tour zurückgekehrt. Heute Vormittag ist er nicht zum Dienst erschienen. Auch in seiner Wohnung, wohin man einen Boten geschickt hat, wurde er nicht angetroffen.

Erich Schuster, ein sommersprossiger, rothaariger junger Mann, rutscht unbehaglich auf dem Stuhl hin und her. Endlich rückt er mit der Sprache heraus: Sein Kollege Franz und er haben am Samstag die Tour getauscht.

«Und warum, bitte schön?», fährt ihn Postdirektor Bäumer an.

«Es war 'ne Wette. Ick hab jemeint, ick wär uff seiner Tour zweimal so schnell wie er. Hab 'n damit uffjezogen, war doch nur 'n Jux jewesen.»

«Ein Jux? Sie haben wohl nicht begriffen, junger Mann, was für eine Verantwortung es mit sich bringt, Geldbriefträger zu sein? Na, ich war immer dagegen, grüne Jungen wie Sie dafür einzustellen. Aber der Herr Oberpostdirektor – lassen wir das. Ich kann nur nicht glauben, dass ein erfahrener Bote wie Franz Niemann, der seit über zwanzig Jahren …»

«Er hat's wejen Frollein Meyer jetan, gloob ick», platzt Erich Schuster heraus.

Auf Direktor Bäumers Stirn schwellen zwei Adern an. «Frollein Meyer?!»

«Auf die hat der Franz doch 'n Ooge jeworfen. Und das Frollein Meyer steht bei Kaminski im Laden, auf meiner Tour. Vielleicht hat er jedacht, wenn er da rinkommt mit der scheenen Uniform …»

Der Postdirektor lässt die Faust auf den Tisch krachen. «Es reicht! Können Sie uns etwas über den Verbleib von Herrn Niemann sagen?»

Erich schüttelt den Kopf.

«Haben Sie uns sonst noch etwas in der Sache mitzuteilen?»

Erich nickt. «Ick war wirklich viel schneller fertig als der Franz.»

«Raus!», schreit Direktor Bäumer, dessen Adern auf der Stirn gleich zu platzen scheinen. «Sie sind entlassen!»

Sobald Erich Schuster den Raum verlassen hat, greift Postdirektor Bäumer zum Telefon und ruft auf dem Polizeirevier an. Er meldet den Geldbriefträger Franz Niemann, 47 Jahre, ledig, seit Samstagmittag als vermisst.

Auf demselben Polizeirevier wird am Montagvormittag eine weitere Person als vermisst gemeldet. Cilly Zurmühl, eine grauhaarige Dame, gibt dem diensthabenden Polizeiwachtmeister zu Protokoll, dass ihre Freundin Bertha Brinkmann weder zu Hause anzutreffen noch am Sonntagabend wie versprochen zu ihrer Tochter nach Rathenow zurückgekehrt sei.

«Und ich sage Ihnen, dahinter steckt dieser Mieter! Ich habe Bertha von Anfang an gesagt, sie soll keinen unbekannten Mann in die Wohnung lassen. Ein Handelsvertreter, dass ich nicht lache. Man liest doch jeden Tag in der Zeitung ...»

«Gute Frau, beruhigen Sie sich, wir haben Montag. Wenn wir jedes Mal eine Fahndung ausschreiben würden, weil ein erwachsener Mensch eine Nacht nicht nach Hause kommt ...» Polizeiwachtmeister Schneider kann ein Gähnen nur schwer unterdrücken. Das Wochenende ist kurz gewesen, die Nächte so gut wie nicht vorhanden. Aber auch ein Ordnungshüter muss sich ab und an amüsieren. Tag für Tag werden in Berlin Menschen als vermisst gemeldet. Die allermeisten tauchen früher oder später unversehrt wieder auf, wenn sie auf die eine oder andere Weise ernüchtert sind. Nur nicht immer an den Orten oder mit den Personen, die ihre besorgten Angehörigen erwartet haben.

Cilly schlägt den Spazierstock auf den Boden. «Aber ich sage Ihnen doch, sie hat es versprochen! Und wenn Bertha etwas verspricht ...»

«Schon gut», sagt der Mann hinter dem Schreibpult. «Wenn Sie dennoch unseren Fußboden am Leben lassen würden?»

Da schlägt Cilly ein letztes Mal mit dem Stock auf. «Sie hätte ihrer Tochter doch Bescheid gegeben! Marianne hat am Tag zuvor ein Kind bekommen. Es gab nichts Wichtigeres für Bertha, als so schnell wie möglich wieder bei ihr zu sein.»

Endlich zeigt ihr Gegenüber ein wenig Interesse. «Sie ist nicht ans Wochenbett ihrer Tochter zurückgekehrt? Sagen Sie das doch gleich. Das ist in der Tat seltsam. Wo könnte sie denn Ihrer Ansicht nach sein?»

«Ermordet auf dem Fußboden ihrer Wohnung!», sagt Cilly Zurmühl ohne das geringste Zögern. «Stranguliert, zerstückelt. Und der Mörder sitzt noch daneben und grinst. Sie müssen auf der Stelle dorthin fahren und die Türe aufbrechen.»

Polizeiwachtmeister Schneider ist nicht dieser Meinung. Doch allein um Frau Zurmühl zur Ruhe zu bringen, nimmt er alles, was er über Bertha Brinkmann wissen und nicht wissen möchte, zu Protokoll. Als Cilly Zurmühl die Tür hinter sich schließt, lässt er den Kopf in die Hände sinken. Da wird die Tür wieder aufgerissen, und die alte Dame steht in Mantel und Hut im Rahmen. «Und ich sage Ihnen, es war der Mieter! Sie werden noch an mich denken!»

Eugen hat am Dienstagmorgen, wie auch schon am Tag zuvor, am Kiosk mehrere Zeitungen gekauft und unbesehen in die Aktentasche gesteckt. Erst auf seinem Hotelzimmer, geschützt vor neugierigen Blicken, hat er sie aufgeschlagen und nach einer Meldung über den Raub an einem Geldbriefträger gesucht. Vielleicht war Montag noch zu früh, wenn Frau Brinkmann den Boten am Samstag gefunden und befreit hatte? Sicher waren sie gleich zur Polizei gegangen, um den Überfall zu melden. Aber wann wurde in solchen Fällen die Presse informiert?

Als auch am Dienstag nichts in den Zeitungen erscheint, ist Eugen gekränkt. War es in Berlin so sehr an der Tagesordnung, andere Menschen zu berauben und gefesselt am Tatort zurückzulassen, dass es nicht einmal eine Meldung in der Zeitung wert war? Aber nein, das konnte nicht die Erklärung sein. Hier, in der

Berliner Morgenpost, wurde zum Beispiel auf Seite zwei über einen weit weniger spektakulären Diebstahl berichtet. Was dann? Hielt die Kriminalpolizei die Information bewusst zurück, um den Täter in Sicherheit zu wiegen? Waren Sie ihm schon auf der Spur?

Eugen geht zum Kleiderschrank, wirft seine Kleider und persönlichen Dinge in den Koffer. Am besten, er zieht noch heute um, jetzt gleich. In eine der unzähligen kleinen Pensionen, die sie unmöglich alle durchsuchen können. Ohnehin ist dieses Hotel zu teuer für einen zweitklassigen Räuber wie ihn, der nur einen zweitklassigen Boten an einem falschen Tag und im falschen Bezirk erwischt hat.

Polizeiwachtmeister Schneider denkt schneller, als ihm lieb ist, an Cilly Zurmühl, als er am Dienstagmittag von seinem Vorgesetzten, Kriminalkommissar Tucher, zur Rede gestellt wird. Dieser hat die Berichte vom Vortag überflogen. Ob er nicht zwei und zwei zusammenzählen könne? Die vermietete Wohnung der vermissten Bertha Brinkmann lag doch genau am Anfang der Bestellroute des vermissten Geldboten! Das heißt, auf der Route seines Kollegen, die er für diesen übernommen hat.

Sofort erkundigt sich Kommissar Tucher auf dem Hauptpostamt in der Spandauer Straße, ob für Samstag eine Postanweisung an jenen Handelsvertreter Heinrich Kruse, Neue Friedrichstraße Nr. 5, vierte Etage, vorgelegen hat. Dies wird verneint. Dennoch schickt Tucher mehrmals Kriminalschutzmänner zur Wohnung von Bertha Brinkmann und zu der ihres Mieters. Da jedoch in beiden Wohnungen niemand öffnet und der beantragte Durchsuchungsbefehl noch nicht genehmigt ist, ziehen sie unverrichteter Dinge wieder ab.

Erst am nächsten Tag meldet sich ein zerknirschter Postdirektor Bäumer bei Kriminalkommissar Tucher. Die Postanweisung an Heinrich Kruse ist aufgetaucht! Sie war wohl zunächst, als man sich auf die Geschäfte und Büros des Bestellgangs konzentrierte, übersehen und dann falsch abgelegt worden. Der vermisste Franz

Niemann, der Tausch der beiden Boten – das waren unerhörte Vorfälle, beispiellos in seiner Laufbahn, da müsse man verstehen ...

Kommissar Tucher versteht ganz und gar nicht. Er kündigt eine Meldung an Bäumers Vorgesetzten, den Oberpostdirektor, an. Dann lässt er sich unverzüglich mit dem Präsidium am Alexanderplatz verbinden und verlangt Abteilung IV, Kriminalpolizei.

Im Polizeipräsidium schätzt man die Lage nach Tuchers Bericht äußerst ernst ein. Um keine weitere Zeit zu verlieren, wird der Durchsuchungsbefehl für die Wohnung des verschollenen Mieters ausgestellt und Kriminalkommissar Tucher mit zwei bewaffneten Kriminalschutzmännern und einem Schlosser in die Neue Friedrichstraße Nr. 5 geordert.

Der Schlosser öffnet das Türschloss und wird fortgeschickt. Kommissar Tucher und seine Männer treten mit gezogenen Waffen in die Wohnung. Schon von der Diele aus sehen sie eine Frau bäuchlings auf dem Fußboden des hellerleuchteten Wohnzimmers liegen. Nach einem weiteren Schritt in das Zimmer fällt ihr Blick auf einen zur Seite gekippten Stuhl. In dem Stuhl hängt ein gefesselter, geknebelter und offensichtlich toter Mann. Er trägt die Uniform eines Geldbriefträgers. Seine Mütze liegt einen Meter entfernt am Boden.

Einer der Kriminalschutzmänner will sich zu der zusammengekrümmt am Boden liegenden Frau beugen, doch Kommissar Tucher hält ihn zurück. «Die lebt nicht mehr. Gehen Sie zum nächsten Fernsprecher und alarmieren Sie das Präsidium. Wir halten die Stellung.»

Der Schutzmann ist schon in der Diele, auf dem Weg zu einem der blauen Fernsprecher, die eigens für die Polizei an den Häuserwänden hängen, als Tucher ihm nachruft: «Und sagen Sie es denen lieber selbst: Wir rühren nichts an.»

In dem massiven roten Gebäude des Polizeipräsidiums am Alex bricht nach dem Anruf Geschäftigkeit aus. Ein Mordfall ist auch in der Millionenstadt Berlin nicht an der Tagesordnung. Feste Mordkommissionen gibt es nicht, die sogenannte Mordbereitschaft wird jeweils von der Fachinspektion A, zuständig für alle Fälle von Mord und Körperverletzung, neu zusammengestellt. Wer steht für den Monat März auf der ausgehängten Liste?

Als Leiter der Mordbereitschaft: Kriminalinspektor Waldemar von Canow. Dann Kommissar Grüne, der zur Zeit allerdings mit Influenza das Bett hütet, und Kommissar Tucher, bereits vor Ort. Für den Erkennungsdienst ist Dr. Kniehase eingeteilt. Kriminalwachtmeister Kappe gehört ebenfalls zur kurz «die Bereitschaft» genannten Truppe. Wenn Kriminalinspektor von Canow die Bereitschaft anführt, schart er, soweit das Gesetz es zulässt, seine Leute um sich. Die beiden vorgeschriebenen Kriminalkommissare, auf der Hierarchieleiter gleich unter ihm angesiedelt, kann er nicht selbst auswählen. Das sind oft besonders ehrgeizige Leute und nicht gerade von Canows Lieblinge. Um wie er als Kriminalinspektor an der Spitze zu stehen, muss man vor allem eins sein: von adeliger Herkunft. Kommissar Grünes Influenza kommt von Canow gerade recht. Da sich so schnell kein Ersatz findet, muss er sich nur mit Kommissar Tucher herumschlagen. Der hat allerdings einen nicht zu unterschätzenden strategischen Vorteil: Er ist bereits vor Ort.

Die beiden am Polizeipräsidium am Alexanderplatz bereitstehenden Automobile sammeln von Canow, Dr. Kniehase, Kappe, den Polizeiarzt und einen Photographen ein. Kriminalwachtmeister Kappe hat die ehrenvolle Aufgabe, die «Mordtasche» auf dem Schoß zu balancieren. Darin als Mordtaschenbesteck: Tinte und Füllfederhalter für das Protokoll, Pinzetten zur Spurensicherung, Sonden zur Untersuchung der Tiefe von Wunden, Glasröhrchen für blutige Haarbüschel, abgerissene Knöpfe etc. Gleich wird von Canow wieder von den guten alten Zeiten anfangen, denkt Kappe, als zur offiziellen Ausstattung der Mordbereitschaft auch Zigarren, Marke Henry Clay, und Hennessy zählten. Sogar einen Extra-Fonds – aus Steuermitteln – gab es für diese Utensilien zur Nervenstärkung der Gesetzeswächter. Und bei erfolgreicher Aufklärung eines schweren Verbrechens erhielten auch die ermittelnden Kriminalbeamten einen Teil der Belohnung. Doch mit dieser Prämie ist seit drei Jahren Schluss. Nur noch Privatpersonen bekommen Geld für ihre Hilfe beim Verbrecherfang.

Das Polizeiauto rast unter Missachtung jeglicher Höchstgeschwindigkeit hupend über die Kreuzung. Beinahe wäre es mit einer Pferdedroschke kollidiert. Waldemar von Canow stößt einen Schreckensruf aus. Dann seufzt er: «Ach ja, unsere Nerven, die sind dem Vaterland ja keinen Pfifferling mehr wert. Früher …»

Kommissar Tucher hat, wie versprochen, am Tatort die Stellung gehalten und nichts angerührt. Endgültig vorbei die Zeiten, in denen die Ordnungshüter am Tatort nicht selten zunächst Ordnung schafften. Wertvolle Indizien wurden unwiederbringlich vernichtet. Als die Mordbereitschaft eintrifft, schickt Tucher seine beiden Schutzleute zu deren großem Bedauern zurück aufs Revier. Die vier Kriminaler und der Arzt drängen sich in der Diele, solange der Photograph das Zimmer und vor allem die Leichen in ihrer unveränderten Position ablichtet. Erst danach postieren sich alle in einer Reihe an der Wohnzimmerwand, während Dr. Schubert sich der Untersuchung der Toten widmet.

Der Arzt beugt sich über die Frau, von der ein süßlicher Geruch ausgeht. Unter ihrem langen Rock quillt auf der rechten Seite eine weißbraune Masse hervor. Dr. Schubert dreht die Tote, bereits steif von der Leichenstarre, mit einiger Anstrengung auf den Rücken. Zuerst fällt sein Blick auf die Beine. Unter dem etwas hochgerutschten Rock sind an den Schienbeinen blutige Schnitte zu sehen. An manchen Stellen hat sich das Blut mit der gleichen beigen Masse vermischt, die in einem plattgedrückten Klumpen auf dem Teppich klebt, wo die Beine der Frau gelegen haben. In der klebrigen Masse stecken Glasscherben. Die ganze Mannschaft wartet mit angehaltenem Atem auf die Diagnose des Arztes.

«Frankfurter Kranz», sagt Dr. Schubert.

«Was?!», kommt es aus fünf Mündern gleichzeitig.

«Buttercreme, Krokant, kandierte Kirschen», sagt Dr. Schubert. «Nun, welchen Kuchen würden Sie vorschlagen?»

«Wollen Sie sagen, sie wurde – vergiftet?», fragt Kriminalinspektor von Canow.

«Ich will sagen, sie liegt in den Scherben und Überresten einer Tortenplatte und Torte – alle Indizien sprechen für Frankfurter Kranz –, die sie aller Wahrscheinlichkeit nach selbst in dieses Zimmer getragen und plötzlich hat fallen lassen.»

«Natürlich, im Schock! Weil sie diesen …», rutscht es Kappe heraus.

«Dann ist sie selbst zu Boden gestürzt», fährt Dr. Schubert fort, der sich nicht gerne hineinreden lässt, «und zwar so, dass sie die Torte zu großen Teilen mit den vom Rock bedeckten Beinen unter sich begraben hat. Das deutet darauf hin, dass ihr die Torte samt gläserner Tortenplatte zuerst aus den Händen gefallen ist, als sie noch stand und bevor sie selbst zusammenbrach.»

«Ja, als sie …», fängt Kappe wieder an.

«So ist sie mit den Beinen in die Buttercreme und die Scherben gefallen und hat sich ein paar Schnitte zugezogen. Aber daran ist sie mit Sicherheit nicht gestorben.» Endlich nimmt der Arzt auch die obere Hälfte der Toten in Augenschein, prüft Gesichtsausdruck und Hautfarbe und blickt in ihre starren Augen. «Die genaue Todesursache wird sich nur durch eine Obduktion feststellen lassen. Todeszeitpunkt auf jeden Fall vor mehreren Tagen. Drei oder vier. Äußere Verletzungen, von den Kratzern abgesehen, keine. Alles deutet auf Herzversagen.»

«Ja, weil sie …», setzt Kappe noch einmal an.

«… beim Eintreten den gefesselten Boten entdeckt hat», gibt endlich auch Dr. Schubert zu.

«Kappe», Kriminalinspektor von Canow reicht Kriminalwachtmeister Kappe Füllfederhalter und Notizheft, «Sie schreiben das Protokoll. Und leserlich bitte, damit unser Schreiber nicht wieder rätseln muss.»

Kappe hat die Botschaft verstanden. Dass er als Rangniedrigster und Jüngster in der Truppe Protokoll schreiben muss, versteht sich. Er hat ja auch eigentlich nichts dagegen. Wenn es nur nicht so schwierig wäre, gleichzeitig – und leserlich – aufzuschreiben, was die anderen sagen und denken, und dabei selbst zu sprechen und zu denken.

«War der Bote bereits tot, als die Vermieterin ihn entdeckt hat?», denkt Kommissar Tucher laut nach.

«Selbstverständlich», weist ihn Kriminalinspektor von Canow zurecht. «Sonst wäre die Frau ja nicht vor Schreck tot zusammengebrochen.»

Auch Kappe hält es für wahrscheinlich, dass die alte Dame beim Anblick des Toten einen Schock erlitten hat. Dennoch soll man alle Möglichkeiten in Betracht ziehen, und zwar so lange, bis das Gegenteil bewiesen ist. Er macht daher hinter der Notiz ein Fragezeichen im Protokoll. Allerdings, spinnt er die Sache weiter aus, wäre das schon eine grobe Ironie des Schicksals: Da sitzt der arme Mann gefesselt und geknebelt in seinem Stuhl, endlich naht Rettung – und dann bricht die Retterin vor seinen Augen tot zusammen. Und er sitzt, ohne sich rühren zu können, mit der Toten vor Augen da, bis er selbst stirbt. Vielleicht hat er noch eine Zeitlang gehofft, dass sie bloß ohnmächtig geworden ist, wieder zu sich kommt. Doch irgendwann muss er sich eingestehen …

«Kappe?!», hört er die mahnende Stimme seines Vorgesetzten.

«Äh, ja», schnell greift Kappe zum Füllfederhalter und versucht, sich auf die Worte des Arztes zu konzentrieren, der sich neben den toten Geldbriefträger gekniet hat. Gefesselt und geknebelt liegt der Mann starr im Stuhl auf dem Zimmerboden.

«Vermutlich ist der Bote beim Versuch, sich zu befreien, mit dem Stuhl umgekippt», sagt Dr. Schubert.

«Und am Knebel erstickt?», fragt Kommissar Tucher.

«Das lässt sich nicht eindeutig sagen», antwortet Dr. Schubert. «Auch hier ist ein Herzversagen natürlich nicht auszuschließen. Und dann ist da noch die Wunde am Kopf.» Er bittet um eine Sonde und ein Glasröhrchen aus der Mordtasche, stellt fest, dass die Platzwunde am Kopf nur oberflächlich ist, rupft mit einer Pinzette ein blutiges Haarbüschel vom Kopf des Toten und versenkt es in einem Glasröhrchen. «Offenbar wurde er niedergeschlagen. Aber die Wunde sieht nicht danach aus, als wenn der Schlag tödlich gewesen wäre.»

«Die Mütze», wirft Kappe ein. «Da hatte er noch die Mütze auf.»

«Das ist anzunehmen», sagt Kommissar Tucher anerkennend und sieht sich diesen Kriminalwachtmeister genauer an. «Er hat ihm eins übergezogen, gleich als er reinkam. Dann konnte er den bewusstlosen Mann in aller Ruhe fesseln und knebeln.»

Alle schauen sich suchend nach der Tatwaffe um. Liegt oder steht hier irgendwo etwas Hartes und Schweres im Raum, womit man jemanden bewusstlos schlagen konnte?

«Das Kruzifix», sagt Dr. Kniehase, der bis jetzt geschwiegen hat. Nur seinen Augen ist nicht entgangen, dass das Holzkreuz leicht schief an der Wand hängt.

Wortlos reicht Dr. Kniehase Kriminalinspektor von Canow ein Paar Handschuhe. Der streift sie über, geht zum Esstisch an der Stirnseite des Zimmers und nimmt das schwere Kreuz von der Wand. «Blut ist keins dran», sagt er.

«Das ist erst später aus der Wunde getreten», meint der Arzt, «nicht gleich beim Schlag.»

«Halten Sie es mal an die Mütze», schlägt Dr. Kniehase vor.

Tatsächlich passt die Delle in der Botenmütze ganz gut zur Form des Kreuzes.

«Dass der die Stirn hat!», ruft von Canow aus. «Ein Kruzifix als Waffe – und nach getaner Tat hängt er es wieder an die Wand!»

«Möglicherweise», murmelt Kappe und macht ein Fragezeichen hinter die Notiz im Protokoll.

Dr. Schubert kniet noch immer neben der Leiche des Boten. Er räuspert sich. «Also, Todeszeitpunkt ebenfalls vor mehreren Tagen, drei oder vier. Todesursache: Nach Gesichtsausdruck und Hautfarbe zu urteilen, würde ich sagen, erstickt. Aber er ist nicht mit einer Schnur stranguliert oder mit den Händen erwürgt worden. Keinerlei Anzeichen äußerer Gewaltanwendung am Hals. Ich halte Folgendes für wahrscheinlich: Er hat versucht, sich zu befreien, ist mit dem Stuhl umgekippt, dabei hat sich der Knebel noch ein Stückchen weiter in seinen Rachen geschoben.»

«Dann liegt er da», spricht Kappe laut zu sich selbst, «erschrocken über den Sturz, hilflos in Seitenlage, am Boden. Er gerät in Panik, bekommt keine Luft mehr ...»

«Sie sollen protokollieren», sagt von Canow zu Kappe, «nicht phantasieren.»

Dr. Schubert befreit den toten Geldboten vorsichtig vom Knebel und löst mit Hilfe von Dr. Kniehase die Fesseln. «Eine Fessel, am linken Handgelenk, hatte sich schon ein wenig gelöst», sagt Dr. Kniehase. «Aber nicht genug, um seine Hand befreien zu können. Übrigens erstklassige Fesseln. Hier hat jemand sein Handwerk gelernt.»

Kriminalinspektor von Canow, Kommissar Tucher und Dr. Kniehase begeben sich an die Spurensicherung. Kriminalwachtmeister Kappe muss weiterhin protokollieren. Die geöffnete leere Geldbrieftasche, die zerrissenen Briefumschläge, die über den Tisch verstreuten Begleitbriefe und Wertpapiere werden mit behandschuhten Händen gesichtet, auf Fingerabdrücke untersucht und säuberlich in die Tasche für die Beweismittel einsortiert. Dr. Kniehase ist Spezialist für das Fingerabdrucknehmen, eine relativ neue Technik, die noch nicht viele Kriminalbeamte zufriedenstellend beherrschen. Leider funktioniert sie nur auf glatten Oberflächen wie Wänden, Türen, Glas und Porzellan usw., aber nicht auf Stoffen, Kleidung und Haut. In der Wohnung finden sich zahlreiche Fingerabdrücke, die später mit denen in der Kartei verglichen werden. Hätte man eine Beschreibung oder sogar ein Bild des Täters, könnte man auch das Verbrecheralbum nach ihm durchforsten. Darin sind Tausende von Kriminellen festgehalten, von Falschspielern, Dieben und Prostituierten bis zu Räubern und Mördern. In den Zeiten vor Erfindung der Photographie musste man sich mit Beschreibungen und den Daten der Körpermessung begnügen, in neuerer Zeit sind die Photos dazugekommen. Doch die wichtigste Zeugin, die den vermeintlichen Handelsvertreter Kruse identifizieren könnte, ist tot.

Dass es sich bei der Toten aller Wahrscheinlichkeit nach um die Wohnungsinhaberin Bertha Brinkmann handelt, davon gehen die Kriminaler aus. Ihr Äußeres entspricht der Beschreibung in der Vermisstenmeldung, und in ihrer Manteltasche steckt ein Schlüssel, der ins Türschloss der Wohnung passt. Dennoch wird sie identifiziert werden müssen, vom Schwiegersohn, da man die Tochter dazu nicht aus dem Wochenbett holen möchte, und von ihrer Freundin Frau Zurmühl. Die Identität des ermordeten Boten ist so gut wie geklärt, sein Dienstausweis lag zwischen den Briefen auf dem Tisch.

«Vom Täter fehlt noch jede Spur, da werden wir die Geschäftsleute aus dem Haus und die Nachbarn befragen müssen», sagt von Canow. «Doch ansonsten scheint der Fall klar. Der Mörder hat dem Boten in der Wohnung aufgelauert, ihn niedergeschlagen, gefesselt und ausgeraubt.»

«Dann hat er, während er die Beute sortierte, kaltblütig zugesehen, wie der Bote mit dem Stuhl stürzt und stirbt?», setzt Kommissar Tucher den Gedankengang fort. «Oder ließ er ihn gefesselt und geknebelt hier zurück und hat ihn seinem Schicksal überlassen?»

«Das wäre aber sehr riskant», wirft Dr. Kniehase ein. «Der Bote hätte überleben und den Täter später genau beschreiben können.»

Kriminalinspektor von Canow schüttelt den Kopf. «Nein, er hat ihn kaltblütig sterben lassen. Oder fest damit gerechnet, dass der Mann stirbt. Aber das Kruzifix – ich tippe auf Kaltblütigkeit.»

«Etwas bleibt aber doch rätselhaft», wirft Kappe ein.

«Und das wäre?», will Kommissar Tucher wissen.

«Die Torte.»

Schon allein, damit er nicht durch längeres Fernbleiben auffällt, macht sich Eugen auf den Weg ins Café Größenwahn, zum ersten Mal seit ... seitdem. Er hat es auch nicht mehr ausgehalten, allein in seinem Pensionszimmer zu sitzen und die Wände anzustarren. Menschliche Gesichter und Stimmen, die braucht er jetzt, dringender noch als etwas zu essen und zu trinken. Obwohl er kaum einen Bissen heruntergebracht hat in den letzten Tagen vor Unruhe. Dieses Warten auf eine Nachricht in der Zeitung wird von Tag zu Tag unerträglicher. Was gäbe er nicht dafür, irgendetwas schwarz auf weiß über den Raubüberfall zu lesen. Manchmal fragt er sich schon, ob er das Ganze bloß geträumt hat.

Als das Café Größenwahn in Sichtweite ist, entdeckt Eugen auf der Terrasse einen einzelnen Gast. Beim Näherkommen erschreckt er über die Gestalt in karierter Jacke und mit weiß gepudertem Gesicht, die ihn hämisch mustert. Doch als er an ihm vorbei zum Eingang des Cafés geht, wird ihm klar, dass der Mensch sämtliche Passanten auf diese Weise anblickt. Die meisten eilen erschrocken weiter. Ab und zu sticht er mit seinem Spazierstock in die Luft.

Durchs Fenster hat Eugen bereits gesehen, dass Intendant Ritter und seine Runde nicht da sind. Schon ein paar Mal ist er ihretwegen am Café Größenwahn vorbeigelaufen, ohne hineinzugehen. Sie wissen zwar nicht, dass er der Verfasser des von ihnen verrissenen Stückes ist. Vielleicht haben sie es auch schon vergessen – es war ja nur ein Werk unter vielen, das sie in weinseliger Runde zum Tode verurteilten. Er kann jedenfalls nicht mehr mit Ritter und seinen Vasallen dieselbe Luft atmen. Langsam ersticken würde er daran.

Beim Eintreten wird Eugen von Wärme und Stimmengewirr empfangen. Der vertraute Geruch ist da, nach Kaffee, Rauch und Küchendunst. So oft ist er schon weitergezogen von Pension zu Pension, von Zimmer zu Zimmer in seiner kurzen Zeit in Berlin. Das hier ist sein Zuhause. Und wenn die geringe Beute des Überfalls auch nur ein kurzes Atemholen erlaubt, so ist er doch froh, dass er sich wenigstens die Besuche im Größenwahn wieder leisten kann. Vorerst. Er schlägt die Speisekarte auf. Zum ersten Mal seit Tagen hat er wieder Appetit. Ach was, einen Bärenhunger.

«Guten Abend, Herr Hartwig», begrüßt ihn Oberkellner Hahn. «Wie schön, dass Sie wieder einmal bei uns sind.» Bald darauf bringt er ein großes Pilsner und Gulasch, doppelte Portion, wie bestellt. Mit einem Nicken Richtung Terrasse sagt er: «Dann haben Sie heute auch unseren neuen Gast kennengelernt, nicht wahr?»

«Ah, der Mann mit Puder und Spazierstock? Wer ist das, muss man ihn kennen?»

«Er ist dieser Ansicht. Ein junger Künstler, Georg Groß, der sich George Grosz nennt. Studiert an der Kunstgewerbeschule.»

«Schreckt er nicht die Gäste ab, wenn er so dort sitzt?»

«Noch ja, jedenfalls die braven Bürger», antwortet Hahn. «Aber mit Mühsam war das anfangs genauso. Später sind sie hergekommen, um ihn zu hören und zu sehen. Haben sozusagen Eintritt für ihn gezahlt. Bald konnte er sich vor Abendeinladungen der feinen Gesellschaft kaum retten. Jeden Abend Rebhuhn und Champagner, und alles, was er dafür tun musste, war, die Damen und Herren ein bisschen zu schockieren.»

Beide lachen. Dann wünscht der Oberkellner «Guten Appetit!».

Nach dem Essen bringt Zeitungskellner Richard die Theaterjournale an Eugens Tisch. «Ach, Richard – wären Sie so freundlich, ist schon eine Abendzeitung da?»

«Soeben eingetroffen», sagt Richard und überreicht Eugen ein druckfrisches Exemplar. «Vorsicht, die Tinte fließt noch …»

Brutaler Raubmord!, steht auf der ersten Seite, gleich unter dem Titel. Im ersten Moment fühlt Eugen sich gar nicht angesprochen. Erst als ihm in der nächsten Zeile das Wort «Geldbote» in die Augen springt, beginnt sich alles um ihn zu drehen. Sollte das …? Aber Mord, wieso Mord? Hastig überfliegt er den Artikel.

GELDBOTE UND ZIMMERWIRTIN TOT AUFGEFUNDEN!

Am gestrigen Mittwoch machten die Kriminalbeamten der Mordbereit-schaft einen grausigen Fund, als sie eine Wohnung in der Neuen Friedrich-straße No. 5 aufbrachen. Der seit Samstag vermisste Geldbriefträger Franz Niemann, 47, lag tot auf dem Fußboden, gefesselt an den umgestürzten Stuhl. Neben ihm die Leiche der Wohnungsinhaberin, Bertha Brinkmann, 65. Beide Opfer waren bereits seit mehreren Tagen tot. Die geplünderte Geldtasche des Boten sowie zerrissene Briefe und Wertpapiere ließ der Täter am Tatort zurück, Bargeld und Schmuck fehlen.

Die Beamten der Mordbereitschaftskommission gehen davon aus, dass der Bote am Samstag ermordet wurde, als er dem Mieter der Wohnung eine Postanweisung überbrachte. Eine Platzwunde am Kopf des Boten deutet auf einen Überfall, doch starb er vermutlich einen qualvollen Tod durch Ersticken. Die Vermieterin weist keine Verletzungen auf, die Todesursache ist nach Auskunft des Arztes Herzversagen. Man geht davon aus, dass Bertha Brinkmann beim Eintritt in ihre Wohnung die Leiche des Boten entdeckte!

Vom Mieter der Wohnung, dem Handelsvertreter Heinrich Kruse, fehlt jede Spur. Er steht unter dringendem Tatverdacht. Wer einen Mann dieses Namens kennt oder etwas über den Mieter der IV. Etage, Neue Friedrichstraße No. 5, aussagen kann, ist aufgefordert, sich umgehend im Polizeipräsidium am Alexanderplatz zu melden. Für Hinweise, die zur Ergreifung des Täters führen, wird eine Belohnung von 1000 Mark ausgesetzt.

Eugen liest den Artikel noch einmal, ein weiteres Mal. Er versucht, sich beim Lesen auf jedes einzelne Wort zu konzentrieren, den Sinn zu erfassen. Es kann kein Zweifel bestehen, und doch … Es kann ja nicht wahr sein! Niemann hieß der Mann also, Franz Niemann, was für ein unsinniger Name. Und Frau Brinkmann, warum war sie nicht gekommen? Er war so sicher gewesen, die Torte … Aber sie war ja gekommen, sonst wäre sie jetzt nicht tot. Tot, auf dem Boden der Wohnung. Herzversagen. Warum stand denn dort nichts von der Torte? Frankfurter Kranz, das hatte sie versprochen, weil seine Eltern … Ach verdammt, seine Eltern. Sie waren schon so lange tot, was wusste er denn, was die für Kuchen aßen? Er jedenfalls hat Buttercreme immer gehasst. Gehasst hat er sie, und deshalb hat er sie auch bestellt. Bei Frau Brinkmann. Er muss ... auf der Stelle ... zum Waschkabinett.

In der Nacht sitzt Eugen am Fenster und schaut in den Hof. Alles ist dunkel. Der Boden des Pensionszimmers ist mit Zeitungen bedeckt. Auf dem Rückweg vom Café hat er die Ausgaben der Abendjournale gekauft und, ohne zu lesen, sofort in die Tasche gesteckt. Doch auf allen stach es gleich auf der ersten Seite in die Augen: *Raubmord – Brutaler Überfall – Doppelmord.* Nun hat er es so oft schwarz auf weiß, dass er es zu glauben beginnt.

Im Zimmer hat er die Artikel wieder und wieder gelesen. Dann ist er einfach sitzen geblieben, auf dem Stuhl am Fenster. Er ist unfähig, etwas zu tun oder zu denken, ganz leer. Plötzlich hört er seine eigene Stimme, wie von weit her: «Ich bin kein Mörder, das wollte ich nicht ...» Woher kommen diese Worte, er hat sie schon einmal gehört? Es muss lange her sein. Ja, es war in *Die Ratten.* Die verzweifelte Frau in Hauptmanns Stück. Sie war aus Reue und Angst aus dem Fenster gesprungen. Und er? Er war damals aus dem zweiten Rang hinausgetreten ins Freie.

Bei diesem Gedanken spürt er, wie sich unter dem Entsetzen und der Reue noch etwas anderes regt. Ein Gefühl, das ihn endgültig ausstoßen wird aus der Gemeinschaft der Menschen. Doch je länger er dasitzt, bewegungslos, mit den aufgeschlagenen Zeitungen zu Füßen, desto deutlicher wird die Empfindung, die in ihm wächst und wächst: Glück!

Endlich hat er einmal Glück im Spiel gehabt. Die beiden einzigen Zeugen seiner Tat sind tot.

«Danke, ich habe alles notiert», sagt Kriminalwachtmeister Kappe zu dem grauhaarigen Mann, der seine Mütze in den Händen dreht und nicht gehen will. «Heinrich Kruse, Ihr Neffe, sechzehn Jahre alt, Maurerlehrling.»

«War schon immer ein unjehorsamer Junge», insistiert der Mann. «Meine Schwester hat nischt als Ärger mit ihm.»

«Ja, die Jugend von heute», seufzt Hermann Kappe, selbst gerade mal 24 Jahre alt. Er reicht dem Besucher die Hand. «Auf Wiedersehen.»

Doch der Mann lässt so schnell nicht locker. Wie einen letzten Trumpf schüttelt er ihn aus dem Ärmel, den Beweis für die Verrohung seines Neffen. «Er hat ja ooch sein janzet Lehrlingsjeld in' Kientopp jetragen. Man liest et doch überall, wie diese Filme die jungen Leute verderben.»

Kappe war schon ein paar Mal mit Klara in einem der neueröffneten Lichtspielhäuser. Seinem Vorgesetzten oder Verwandten würde er das jedoch nie erzählen. Das Filmtheater gilt als Schund, als billiges Theater für die unteren Klassen. Immer wieder liest man, es sei schuld an der steigenden Gewalttätigkeit der Jugendlichen. Kappe erhebt sich hinter seinem Schreibtisch. «Wir können kaum die ganze Jugend festnehmen, nicht?»

Der Mann bleibt weiter auf seinem Stuhl sitzen. Er dreht die Mütze ein wenig schneller. «Was ist nun mit der Belohnung?»

Wie viele Heinrich Kruses gibt es eigentlich in Berlin? Hermann Kappe ist zum offiziellen «Kruse-Sammler» ernannt worden – nachdem Kriminalinspektor von Canow und Kommissar Tucher zwei Tage lang die absurdesten Meldungen aus der Bevölkerung entgegengenommen und ihren Glauben an Hilfe von dieser Seite aufgegeben haben. Über den Mieter der vierten Etage weiß niemand etwas auszusagen. Aber wer kennt nicht alles einen Heinrich Kruse? Und wenn er neunzig Jahre alt und nicht mehr in der Lage ist, den Löffel zum Mund zu führen – man tut seine Bürgerpflicht und meldet ihn. Schon interessant, findet Kappe, wie viele Nachbarn, Freunde und Verwandte ihren Nachbarn, Freunden und Verwandten ein Verbrechen zutrauen. Sogar ein paar Handelsvertreter sind unter den gemeldeten Heinrich Kruses, und es wird allen halbwegs brauchbaren Hinweisen nachgegangen. Doch schließlich sind sich alle einig, dass der Täter nicht so entgegenkommend war, eine Visitenkarte mit seinem richtigen Namen bei der Wohnungsinhaberin zurückzulassen.

Kommissar Tucher kommt ins Büro und lässt sich Kappe gegenüber auf einen Stuhl fallen. «Kein Mensch im Haus hat diesen ‹Kruse› je zu Gesicht bekommen! Weder Paul Weiss, der Juwelier aus dem Erdgeschoss, noch sein älterer Bruder Isaak, der Uhrmachermeister. Auch von den Angestellten, Verkäuferinnen und Lehrlingen kann sich niemand erinnern, einen Mann im Treppenhaus oder beim Betreten des Hauses gesehen zu haben. Der Juwelierladen hat einen separaten Eingang zur Straße, aber die Angestellten und Kunden der Uhrmacherwerkstatt benutzen dasselbe Treppenhaus wie der Mieter. Auch die Büros der Gebrüder Weiss gehen von diesem Treppenhaus ab.»

«Können sich diese Leute denn an frühere Mieter der Wohnung erinnern?», will Kappe wissen.

«Zumindest daran, manchmal tagsüber im Treppenhaus jemandem von ihnen begegnet zu sein», sagt Tucher. «Übrigens, auch die Freundin der Vermieterin, Frau Zurmühl, konnte uns nicht weiterhelfen. Sie kannte sich zwar in Bertha Brinkmanns Wohnung bestens aus. Aber auf die Frage, ob Frau Brinkmann ihr den Mieter näher beschrieben hätte, sagte sie nur, es sei nach Berthas Worten ein junger gutaussehender Mann gewesen.»

«Wieso hat die Zurmühl ihn eigentlich gleich verdächtigt? Sie ist ihm doch nie begegnet.»

Kommissar Tucher lächelt. «Weil Frau Brinkmann so von ihm geschwärmt hat. Und wenn ein Mann jung ist, gut aussieht und einer älteren Dame gegenüber gute Manieren zeigt, kann das für Cilly Zurmühl nur ein Verbrecher sein.»

Beide lachen. Dann wird Kappe nachdenklich. «Immerhin, in diesem Fall hatte sie offenbar recht. Was drucken wir jetzt aufs Fahndungsplakat? ‹Gesucht: Junger, gutaussehender Mann mit guten Manieren›?»

«Vermutlich bekommen wir da weniger Meldungen als bei den Heinrich Kruses», sagt Kommissar Tucher. «Aber warten wir das Ergebnis der Spurensicherung ab. Jeder Mensch hinterlässt Spuren, ob er will oder nicht.»

Wie gerufen kommen im selben Moment Inspektor von Canow und Dr. Kniehase ins Zimmer. Alle Augen richten sich gespannt auf Konrad Kniehase, den Experten für Tricks und Techniken der Spurensicherung. «Wir haben jede Menge Fingerabdrücke in der Wohnung gefunden», sagt Dr. Kniehase, «am Fenster, am Spiegel, auf Türklinken …»

«Und?»

«Sie stammen von Frau Brinkmann, die dort wahrscheinlich zuletzt geputzt und aufgeräumt hat, und vom ermordeten Boten. Ein paar von Unbekannt, darunter mehrere von den Vormietern, einem älteren Ehepaar, das wir zum Zweck der Fingerabdrucknahme ausfindig gemacht haben. Sie waren außer sich, weil sie bis zum Ende glaubten, wir würden sie der Tat verdächtigen.»

«Alles Erklären war umsonst», ergänzt von Canow den Bericht. «Sie haben uns mit Schimpf und Schande hinausgeworfen.»

«Ja, und die wenigen Fingerabdrücke, die wir niemandem zuordnen konnten, haben wir mit der Kartei abgeglichen», sagt Dr. Kniehase in erschöpftem Tonfall.

Alle wissen, dass damit die Kartei mit Fingerabdrücken von zirka 21 000 Tatverdächtigen gemeint ist. Und dass Kniehases «wir» Inspektor von Canow rein theoretisch und höflichkeitshalber einschließt. Kein Wunder, dass Dr. Kniehase aussieht, als hätte man ihn soeben als Scheintoten aus dem Leichenschauhaus entlassen.

«Nüscht», fasst Dr. Kniehase nun das Ergebnis tagelanger Arbeit zusammen. «Der Mann ist keiner unserer geschätzten Verbrecher. Entweder war dieser Überfall seine Premiere …»

«… oder der Täter hat sich bisher nicht erwischen lassen», meint Kappe.

«Oder er ist eben spurlos verschwunden», sagt Tucher. «Doch da weder Sie noch ich an Gespenster glauben …»

Inspektor von Canow geht zum Wandschrank und holt eine Flasche Cognac heraus, die er auf eigene Kosten zur Nervenstärkung angeschafft hat.

Zur gleichen Zeit setzt sich eine schwarz gekleidete ältere Dame an einen Tisch im Café Kranzler, Unter den Linden 25. Sie bestellt eine Tasse Schokolade und bittet den Kellner, ihr Tageszeitungen zu bringen. Cilly Zurmühl erinnert sich an das Treffen mit dem netten Herrn von der Zeitung in ebendiesem Café. Er hat sie zu einem Gespräch gebeten und ihr Fragen zu dem schrecklichen Verbrechen gestellt. Endlich hörte ihr jemand zu. Eine wichtige Zeugin sei sie, hat der Reporter gesagt, und alles eifrig mitgeschrieben. Er hat sie sogar zu Kaffee und Kuchen eingeladen. Beinahe hätte sie aus alter Gewohnheit Frankfurter Kranz bestellt, ihre Lieblingstorte. Doch dann fiel es ihr wieder ein … Sie würde diesen Kuchen nie mehr essen können. Ach, Bertha, hättest du doch auf mich gehört!

Der Kellner bringt Cilly die heiße Schokolade und die Tageszeitungen. Sie holt die Brille aus der Handtasche, putzt sie sorgfältig und setzt sie auf die Nase. Dann blättert sie in den Zeitungen und hält inne. Trotz ihrer rotgeweinten Augen spielt ein befriedigtes Lächeln auf Cilly Zurmühls Lippen, als sie liest:

ALTE DAME SCHNELLER ALS DIE POLIZEI …
Auf die richtige Spur wurde die Polizei durch eine Freundin der Vermieterin gebracht. Als Cilly Z. vom Verschwinden Bertha B.s erfuhr, fiel ihr Verdacht sofort auf den unbekannten jungen Mieter. Die ermittelnden Beamten hatten bisher keinerlei Zusammenhang zwischen der vermissten älteren Dame und dem vermissten Boten hergestellt. Nun stellte sich heraus, dass die Wohnung des Mieters zugleich die erste Station auf dem Bestellgang des Boten war! Erst vier Tage nach der Tat wurde die Wohnung in der Neuen Friedrichstraße aufgebrochen und die Leichen entdeckt.
Frau B.s einzige Tochter hatte am Tag des Verbrechens in Rathenow einen Säugling zur Welt gebracht und am folgenden Abend vergeblich auf die

Rückkehr ihrer Mutter gewartet. Diese lief nichts ahnend in ihr Verhäng-
nis. Sie wollte dem Mieter – ihrem Mörder – eine Torte bringen, die ihr
beim grausigen Anblick der Botenleiche aus der Hand stürzte. Der Zim-
merboden war mit Blut und Buttercreme beschmiert. Frau Brinkmanns
neugeborene Enkelin, die kleine Franziska, wird nun ihre Großmutter nie
kennenlernen.

Einige Straßenzüge von Cilly Zurmühl entfernt, im Café Größenwahn, schlägt Eugen die gleiche Zeitung auf und liest. Franziska
also, denkt Eugen, die kleine Franziska ist schuld, dass der Franz
nicht gerettet wurde. Hätte sie nicht ausgerechnet am selben Vormittag zur Welt kommen müssen, wäre Franz Niemann nicht gestorben. Denn Frau Brinkmann war wie versprochen mit der Torte
gekommen, nur eben zu spät. Blut und Buttercreme ... Wieso überhaupt Blut? Eine Mordmethode, bei der Blut floss, würde er bestimmt nicht wählen. Frisches Blut zu sehen schlug ihm auf den
Magen. Womöglich würde er sich übergeben müssen. Wie damals
im Internat, als er sich beim Schnitzen mit dem Messer verletzt
hatte und das Blut aus seinem Handgelenk gequollen war. Vor
aller Augen hatte er sich erbrochen, seinen Pullover beschmutzt.
Mein Gott, hatten seine Mitschüler einen Spaß gehabt.

«He, Richard», ruft es plötzlich laut vom Nebentisch. Ein
Mann mit Brille hält dem Zeitungskellner anklagend ein durch-
löchertes Journal entgegen. «Wer hat mir meine *Aktion* so zerfled-
dert?»

«Na wer wohl, der *Sturm*!», schallt es vom Tisch gegenüber.
Else Lasker-Schüler fährt mit einem zusammengerollten Exemplar
der Zeitschrift durch die Luft, als wollte sie zum Duell fordern.

«Kümmern Sie sich nicht um die, Monsieur», sagt Zeitungskellner Richard zu Eugen, als er an dessen Tisch tritt. «Der *Sturm*
oder die *Aktion* – das sind Luftgefechte.» Richard mag diesen ruhigen, höflichen Gast. Einer der wenigen Stammgäste, die noch nie
die Zeche geprellt oder einen Skandal angezettelt haben. Aber er
ist ja auch kein Künstler, dieser Georg Hartwig, sondern einer der

bürgerlichen Kunstfreunde, die es schick finden, im Größenwahn Bohemeluft einzusaugen. Richard räumt die ungelesenen Theaterzeitschriften beiseite und legt Eugen weitere Tageszeitungen vor. Ihm ist schon aufgefallen, dass Herr Hartwig sich in letzter Zeit weniger für die Kunst und mehr für das Tagesgeschehen interessiert. Für was eigentlich genau? Wirtschaft, Politik?

«Schlimme Sache, das mit dem Doppelmord, nicht wahr?», sagt Richard leichthin. Kommt es ihm nur so vor, oder ist Georg Hartwig einen Moment lang zusammengezuckt? Nun schaut der ihn fragend an, als wüsste er nicht, wovon die Rede ist. Dabei ist dieser Mord seit Tagen Gesprächsthema, in diesem Café so gut wie in anderen. Und hatte Herr Hartwig nicht die Seite mit dem neuesten Artikel zum Botenmord aufgeschlagen, als er an seinen Tisch trat?

«Sie meinen die Geldboten-Geschichte?», fragt Eugen. «Ja, das ist schlimm. Doch ehrlich gesagt, mich beschäftigt gerade eine andere Sache. Der Kurs der Siemens-Aktien ist wieder gefallen.» Er lacht Richard verlegen an. «Wir Menschen sind doch Egoisten, nicht? Da sterben zwei Mitmenschen, und ich sorge mich um ein paar Wertpapiere.»

«Ach, Herr Hartwig», beschwichtigt Richard, bevor er zum Nebentisch geht, «das ist doch nur menschlich. Nur menschlich.»

Ob es klug von ihm ist, fragt sich Eugen, weiter ins Größenwahn zu gehen, als ob nichts geschehen wäre? Aber wahrscheinlich ist genau das richtig: als ob nichts geschehen wäre. Ein paar Tage sind vergangen, seit er weiß, dass er unbeabsichtigt zum Mörder geworden ist. Ein paar Tage, in denen er wie betäubt umhergelaufen ist. Wenn die Betäubung weggeht, kommt der Schmerz, hat er gedacht. Er hat versucht, sich innerlich zu wappnen, um beim Ansturm des Schmerzes, der Reue, der Angst nicht zusammenzubrechen. Nicht, dass er aus lauter Schwäche zur Polizei ging, ein Geständnis ablegte! Womöglich auf mildernde Umstände hoffte. «Wissen Sie, Herr Inspektor, ich wollte nicht töten. Es war nur ein Versehen ...» Die Sorge war unbegründet. Die Betäubung ist gewichen, doch da sind weder Schmerz noch Reue noch Angst. Ganz im Gegenteil: Er fühlt sich großartig, befreit. Endlich hat er etwas *getan*. Etwas, das er so nicht geplant hatte – was niemand zu wissen braucht –, etwas, das er sich selbst nie zugetraut hätte. Doch er hat es getan, und die Tat passt ihm wie ein gutgeschnittener Anzug.

«Herr Hartwig?»

Der bucklige Zeitungskellner ist schon wieder an seinen Tisch getreten. Eugen hat ihn gar nicht bemerkt. Der Mann schleicht wie eine Katze, denkt er und versucht, seinen Ärger zu unterdrücken. «Ja, bitte?»

«Ich habe gute Neuigkeiten für Sie», sagt Richard in diskretem Ton. «Sie müssen sich geirrt haben mit den Siemens-Aktien. Sehen Sie hier, der Kurs ist gestiegen. Gewaltig gestiegen!» Er tippt mit dem Zeigefinger auf eine Spalte der Börsennachrichten.

Verflucht, jetzt muss ich auch noch Freude heucheln, denkt Eugen. Er hätte nie gedacht, dass Richard sich die Mühe machen und die Sache nachprüfen würde. Warum tat er das? Spionierte er ihm nach, verdächtigte ihn gar? Er hält die Zeitung ganz nah ans Gesicht, als ob er kurzsichtig wäre. «Donnerwetter, Sie haben recht! Das muss gefeiert werden! Bestellen Sie doch bitte bei Herrn Hahn ein Fläschchen Champagner, Richard. Und zwei Gläser, eines für Sie.»

Während im Café Größenwahn der Sektkorken knallt, steigt ein junger Mann von der lauten Friedrichstraße die enge Kellertreppe in die Kneipe «Zum strammen Hund» hinab. In Lokalen wie diesem, in dem Studenten verkehren, kleine Handwerker, Laufburschen und Arbeitslose wie der ehemalige Geldbriefträger Erich Schuster, hat man für die Mode des französischen Sekttrinkens nur Verachtung übrig. Erich geht am Stammtisch der Droschkenkutscher vorbei, im Rauchfang dampft ein Kessel mit Suppe. Auf einer Tafel sind mit Kreide die Speisen und Getränke angeschrieben: Der Teller Erbsensuppe mit Speck oder Königsberger Fleck oder beides zusammen als Spezialität «Halb und halb» kostet dreißig Pfennig. Hier essen sich die armen Studenten satt, und manche von ihnen kommen später wieder, wenn sie als Anwalt oder Arzt in einer Villa im Grunewald wohnen. Dann heben sie ihr Glas auf die verflossenen Zeiten. Und fast kommt es ihnen vor, als ob sie später nie mehr etwas so Schmackhaftes gegessen hätten wie die Erbsensuppe aus dem Kessel des «Strammen Hund».

Jetzt, am späten Nachmittag, ist Erich Schuster der einzige Gast in der Kneipe. Nachts und bis in den Vormittag hinein tobt im «Strammen Hund» eine ausgelassene Meute. Mittags werden die letzten, sturzbetrunkenen Gäste mit den Scherben und Zigarettenstummeln hinausgekehrt. Doch in den Dämmerstunden, in der Stille zwischen dem vergangenen und dem kommenden Sturm, wenn der Wirt mit dem Kopf auf den Armen am Tresen döst, ist man hier allein. Erich setzt sich an einen der leeren Tische im hinteren Raum und wartet auf Bedienung. Er holt die zerknitterte Zeitung aus der Manteltasche, die er seit dem Morgen mit sich herumträgt, streicht sie glatt und beugt sich über eine Photographie. Eine ganze Weile betrachtet er den sommersprossigen Bengel, der in die Kamera lacht und dabei große, regelmäßige Zähne zeigt. Unter dem Photo steht: *Glücksbote Erich Schuster – dieser junge Mann sprang dem Tod von der Schippe.*

Erich weiß nicht, woher die Reporter sein Bild haben. Es muss vor jenem Tag aufgenommen worden sein, als er vom Tod seines Kollegen Franz erfahren hat. Seitdem hat er nicht mehr gelacht wie auf diesem Bild. Glücksbote? Ein Bote ist er nicht mehr, man hat ihn fristlos entlassen. Und wem hat er schon Glück gebracht? Da sich niemand um ihn kümmert, geht Erich zum Tresen und zapft sich eigenhändig ein Bier. Wozu ist er gemeinsam mit vier Geschwistern in einer Gaststätte groß geworden?

Es ist nichts als unverschämtes Glück, dass er noch am Leben ist. Er selbst hat das Schicksal eingefädelt, seines und das von Franz. Wäre er nicht auf die Idee verfallen, mit Franz zu wetten, die Botentour mit ihm zu tauschen, bloß um zu beweisen, dass er schneller war als der viel ältere Kollege ... dann wäre Franz heute noch am Leben, und er selbst wäre tot. Gefesselt, geknebelt, erstickt. Und hätte Franz nicht ein Auge auf Fräulein Meyer geworfen, hätte er diesem Tausch gewiss nicht zugestimmt. Denn Franz war kein leichtfertiger und auch kein lustiger Mensch. Fräulein Meyer, denkt Erich, Fräulein Meyer ist schuld, dass der Franz nicht mehr lebt. Dabei wäre ihr der Franz, trotz seiner schönen Uniform, bestimmt zu alt gewesen und nicht lustig genug. Sie hat doch immer ihm schöne Augen gemacht, wenn er mit einer Postanweisung in den Laden gekommen ist und mit ihr gescherzt hat. Letztlich hat sie ihm das Leben gerettet, aber er fühlt keine Dankbarkeit. Nein, Fräulein Meyer ist nicht seine Retterin, und erst recht ist sie nicht schuld, dass Franz tot ist. Es ist ganz allein seine Schuld.

Erich kramt in seiner Hosentasche nach dem Geld für das Bier. Nur einen Groschen kostet hier das Glas, und irgendwo tief in der Tasche findet man immer einen letzten Groschen. Niemand versteht, dass er sich die Schuld gibt. Lisa, seine Eltern, die Freunde, selbst die ehemaligen Kollegen, die doch auch Franz' Kollegen waren, alle klopfen ihm auf die Schulter und sagen, er solle sich keine Vorwürfe machen. Wer hätte das denn ahnen können? Es war doch nur ein dummer Streich! Und dann versichern sie, wie glücklich sie sind, dass er noch lebt. Ob er denn nicht auch glücklich sei?

Nein, ist er nicht. Auch wenn es offenbar alle von ihm erwarten. Natürlich möchte er nicht tot sein wie Franz. Aber auch Franz wollte nicht tot sein. Er hat allein gelebt, hatte kaum Freunde und keine Familie. Und doch hatte er seine Freuden. Tagelang hat er in seiner Laube geackert. Er kannte jede Blume, jeden Vogel und jedes Gemüse. Wenn er jemanden mochte, so wie ihn, seinen jüngeren Kollegen, hat er ihm manchmal Möhren mitgebracht oder Pflaumen frisch vom Baum. Im Gegensatz zu den anderen Boten liebte er den Regen. Wenn die Kollegen murrend die Regenumhänge überzogen, hat Franz lächelnd gesagt: «Dit is jut fürs Jemüse.»

Tränen fallen auf das Photo des «Glücksboten Erich Schuster». Die anderen können reden, so viel sie wollen. Erich Schuster fühlt sich, als ob er Franz eigenhändig ermordet hätte.

Geldboten. Drama in 3 Akten, schreibt Eugen in seinem Pensionszimmer mit dem Füllfederhalter auf das weiße Blatt. Die Schreibmaschine steht noch im Pfandleihhaus. Manchmal denkt er daran, wie er die Hände an ihre Seiten gelegt hat. Das kühle Metall hat ihm geholfen, selbst kühl zu bleiben, wenn er beim Schreiben nicht weiter wusste. Er vermisst Erika, doch er weiß nicht, ob er sie je wieder auslösen wird. Das Geld aus dem Überfall, wenig genug, darf er nicht gleich wieder aufbrauchen. Und vielleicht wäre es besser, eine andere Maschine zu verwenden, um so wenig Spuren wie möglich hinter sich herzuziehen. Immerhin liegt sein mit dieser Erika geschriebenes Stück *Im Größenwahn* – unter dem Autornamen Eugen Hofmann – im Büro des Intendanten Johannes Ritter. Ach nein, der hat ja im Café mit dem Schuh darauf herumgetrampelt. Und dann? Zum ersten Mal seit jenem Abend stellt sich Eugen diese Frage: Was ist damit passiert? Hat er es auf dem Boden liegenlassen? Haben andere die zerdrückten, mit dem Schmutz von Ritters Schuhen befleckten Seiten aufgehoben, darüber gelacht? Ist es Oberkellner Hahn oder Richard in die Hände gefallen, abends beim Aufräumen? Eugen spürt einen Schmerz im Magen wie von einem Messerstich und springt vom Stuhl. Das Messer im Magen wird langsam umgedreht. Eugen greift nach der Gardine, um sich festzuhalten. Die Gardine reißt, und mit einem Stück Stoff in der Hand landet er auf dem Boden.

Er bleibt sitzen, mit dem Rücken gegen das Bettgestell gelehnt, und blickt durch den Spalt des zerrissenen Vorhangs in den trüben Himmel. Die Euphorie der letzten Tage ist verflogen. Nicht nur sein erstes Stück wurde buchstäblich verrissen. Was hat er denn mit dem zweiten erreicht? *Geldboten. Einakter* – eine Komödie ist das Ganze geworden. Er hat geglaubt, bei diesem Stück Regie zu führen, und ist doch nur als Schmierenkomödiant durch die Szenen gestolpert. Ein Held wider Willen, ein Mörder aus Versehen. Schon wieder eine Lachnummer!

Eugen betrachtet das Stück Stoff in seiner Hand. Ein scheußliches Muster, Streublümchen in Pastellfarben. Wie konnte er es ertragen, hinter einem solchen Vorhang zu leben? Kein Wunder, dass man da auf kleinmütige Gedanken kommt. Er steigt auf den Stuhl und nimmt beide Gardinen ab. Ein Streifen Sonne flutet ins Zimmer. Eugen schiebt das Bettgestell an die andere Wand, hängt das Kruzifix ab und wiegt es wie nach alter Gewohnheit in der Hand. Dann trägt er den Tisch aus der dunklen Ecke ans Fenster und legt den Stapel Papier in den Lichtstreif.

Geldboten. Drama in 3 Akten. Er nimmt den Füllfederhalter in die Hand und überlegt. Betrachten wir das letzte Stück doch als Generalprobe. Bei der Generalprobe hat sich gezeigt, was alles schiefgehen kann, woran noch gearbeitet werden muss. Erst dann kommt die Premiere. Und er, Eugen Hofmann, Autor, Regisseur und Hauptdarsteller seines eigenen Dramas, hat die Lektion begriffen. Keine halben Sachen mehr. Sein nächster Überfall wird ein lukrativer Überfall. Sein nächster Mord wird ein geplanter Mord. Ein kaltblütiger Mord, für den es keinerlei mildernde Umstände gibt, wenn man erwischt wird.

Der neue Anzug, der ihm vom Kragen des Smokingjacketts bis zum Saum der Hosenbeine auf den Leib geschneidert ist, macht einen neuen Menschen aus Eugen Hofmann. Zur Probe geht er ein paar Schritte über den dicken Teppich des Herrenausstatters in einer Seitenstraße der «Linden». Im Vorbeigehen wirft er einen Blick in den hohen Spiegel, und im selben Moment weiß er, wer der Herr ist, dem er im Spiegelbild flüchtig begegnet: Friedrich von Lauritz, ältester Sohn des Gutsbesitzers Freiherr von Lauritz aus Ostpreußen, zurzeit in Berlin, um Familienbeziehungen aufzufrischen und das Leben zu studieren. Er sieht alles vor sich: den verschneiten Gutshof in der Gegend um Allenstein, die Fahrten im Pferdeschlitten ins Städtchen, wo man Verwandte und Bekannte zu Punsch und Tee besucht. Die jüngere Schwester, deren blonde Zöpfe auf den Zobelkragen des Wintermantels fallen …

«Ist das Ergebnis zu Ihrer Zufriedenheit ausgefallen, mein Herr?», reißt ihn der Inhaber des Ladens aus seinen Gedanken.

Eugen bleibt stehen, sieht prüfend an sich herab. «Ich denke, es wird gehen.» Friedrich von Lauritz zögert ganz natürlich an dieser Stelle, wo Eugen Hofmann seiner ehrlichen Begeisterung Ausdruck verliehen hätte. Der Anzug ist so perfekt, dass er schlicht aussieht. Doch die Leute, die Bescheid wissen, werden seinen Preis und Wert erkennen. Und nur auf die kommt es an. Mit den Augen des Friedrich von Lauritz sieht er deutlich, dass alles, was Eugen Hofmann bisher getragen hat, zweite Wahl war, gut genug für Generalproben, doch niemals für den ersten Rang bei einer Premiere.

Draußen auf dem Weg zum Postamt in der Französischen Straße bleibt Eugen in der Menge stecken. In der milden Märzsonne säumen Schaulustige den Straßenrand, Berliner und Touristen. Laute Marschmusik schallt durch die Prachtstraße Unter den Linden, Pauken und Trompeten, begleitet vom Widerhall Hunderter Stiefelabsätze, die im Gleichschritt aufs Pflaster knallen. Um halb zwölf zieht die Wache vom Brandenburger Tor mit Musik zur Hauptwache, zwischen Universität und Zeughaus, und von da zum Schloss. Kaiser Wilhelms stolze Soldaten marschieren in Schritt und Tritt hinter den Soldaten der Wache. Die hellen Federbüschel auf den Köpfen nicken im Takt, die Helme, Knöpfe und Litzen blitzen in der Sonne. Wer im Deutschen Reich eine Uniform trägt, ist ein Held, denkt Eugen, und nur wer gedient hat, ein ganzer Mann. Selbst vornehme Bürger in Zivil müssen einem Uniformierten den Platz auf dem Gehsteig und auch sonst in der Gesellschaft meist den Vortritt überlassen. Eugen ist bisher nicht eingezogen worden und hofft, dass es auch niemals dazu kommen wird. Er hat seinen eigenen Krieg auszufechten.

Nachdem die Wache an ihnen vorbeimarschiert ist, strömen die Zuschauer in Richtung Lustgarten, wo nach der Wachablösung im Schloss Regimentsmusik gespielt wird. Eugen hat ein anderes Ziel: das Postamt 8 in der Französischen Straße. Von diesem Postamt aus gehen die Geldbriefträger auf Tour, die das Viertel Unter den Linden und die Nebenstraßen beliefern. Hier sind die Straßen mit Gold gepflastert. Elegante Modeboutiquen, Juweliere und

Banken, die Generalagenturen der Hamburg-Amerika-Linie und des Norddeutschen Lloyd, dazu die feudalen Hotels wie das Adlon und das Bristol. Hier gibt man sich nicht mit Kleingeld ab. Hier wird er den großen Coup landen, der ihn ein für alle Mal zu einem freien Mann macht – einem Freiherrn im wörtlichen Sinne: jemand, der seine eigenen Wege und Ziele ohne Rücksichten wählt und verfolgt.

Wählen und verfolgen heißt es auch in den kommenden Tagen, wenn es darum geht, den richtigen Geldboten mit der passenden Route auszukundschaften. Heute sieht Eugen sich das Gebäude des Postamts genau an, von außen und von innen. Als er die geräumige Schalterhalle verlässt, kommt ihm auf der Treppe ein Bote in Uniform entgegen, ein kräftiger schwarzhaariger Typ. Einen Augenblick fährt Eugen der Schreck in die Glieder. Der Mann sieht seinem Boten so ähnlich, Franz Niemann, der schon unter der Erde liegt, kaltgestellt für immer, weil die Roulettekugel in der letzten Sekunde von Rot auf Schwarz gesprungen ist.

Am nächsten Morgen ist Eugen früh auf seinem Posten. Er hat sich in der Schalterhalle in eine Warteschlange eingereiht, die so lang ist, dass sie fast bis zum Eingang reicht. So behält er den Nebeneingang im Blick, aus dem die Geldbriefträger kommen. Um ihn herum murren die Wartenden, weil die Abfertigung schleppend vor sich geht, doch Eugen ist das recht. So kann er längere Zeit mehr oder weniger auf der Stelle stehen, ohne aufzufallen. Noch dazu im Warmen und Trockenen, anders als beim ersten Mal, als er oft gefroren hat an seiner Straßenecke. Er lässt mehrere Boten ziehen, die er bereits an den vorangegangenen Tagen beschattet hat. Ihre Bestellrouten waren vielversprechend, eine wie die andere, und doch konnte er sich bisher nicht für einen von ihnen entscheiden. Weil ihm die Beine müde werden vom langen Stehen, fällt Eugen einen Entschluss: Ich setze auf fünf, sagt er sich, vier hab ich heute schon ziehen lassen, der nächste wird es. Als der nächste Geldbote aus der Tür kommt, verlässt Eugen seinen Platz in der Schlange, leise schimpfend, dass er nun wirklich nicht länger warten könne. Erfreut rückt die Frau hinter ihm auf.

Der Bote eilt bereits die Treppe hinunter auf die Straße, Eugen folgt ihm mit einigem Abstand. Der Bestellgang des Geldboten beginnt am Pariser Platz, seine dritte Station ist das Adlon, durch dessen Eingang der Bote verschwindet. Eugen erinnert sich, wie er damals – so kommt es ihm vor, wie eine Erinnerung aus einer vergangenen Epoche –, ganz frisch in Berlin, in Hochstimmung durch den Eingang des Nobelhotels geschritten ist. Um wenige Meter weiter am Tresen des Empfangschefs aufzulaufen. «Bedaure, mein Herr, wir sind belegt.» Die näselnde Stimme klingt ihm noch im Ohr. Und auch seine eigene, die auf der Straße, umbraust vom Verkehr, voll kalter Wut geantwortet hat: «Ich komme wieder.»

Nun weiß er, dass dies sein Bote, dies seine Route ist. Er wird wiederkommen, aber nicht überstürzt und unvorbereitet wie damals. Nicht als Eugen Hofmann und auch nicht als Georg Hartwig. Morgen nimmt Friedrich von Lauritz im Hotel Adlon Quartier.

Am Abend wartet Eugen am Stammtisch im Café Größenwahn auf Maxi. Er weiß nicht, wie Maxi ihm nach der Nacht auf dem Kostümball begegnen wird. Und ebenso wenig, wie er ihr begegnen soll – wie immer, als wäre nichts gewesen? Dabei ist so viel mehr gewesen, als Maximiliane Brückner auch nur ahnt. Einige Wochen zuvor hat ihn ein missglücktes Rendezvous mit Maxi todunglücklich gemacht. Doch für einen, der getötet hat und plant, weiter zu töten, hängen Glück oder Unglück an einem anderen Strick. Und doch, als er sich nun erinnert, wie sie an jenem Abend im Piccadilly beim Tanzen in seinen Armen lag, so nah, dass er ihren Duft atmete, das Pochen ihres Herzens in der Halsgrube sah, und dann der Augenblick, als ihre warmen Lippen seine berührten, wie im Traum …

«Oh, guten Abend, Herr von Bräseritz.» Maxi steht plötzlich an seinem Tisch, noch in Hut und Mantel. «Welch eine Überraschung, Sie hier zu treffen! Darf ich mich setzen?»

Eugen nickt nur, während ihm die Fragen durch den Kopf rasen. Herr von Bräseritz – aber wie kommt sie darauf, woher weiß sie?

«Ja ja», plaudert Maxi los, während sie die Handschuhe abstreift und den Mantel aufknöpft. «Da denkt man, man hat es mit einem soliden Bürgersohn namens Georg Hartwig zu tun, und in Wirklichkeit ist es ein Prinz inkognito ... oder doch beinahe. Freiherr von Bräseritz, schlesischer Landadel, Gutsbesitzer seit Hunderten von Jahren. Nur leider ziemlich verarmt, und der Sohn, wie so oft in diesen Familien, dem illegalen Glücksspiel verfallen.»

Endlich geht Eugen ein Licht auf. Bräseritz, Glücksspiel ... Dahinter kann nur die Schabracke aus dem Spielsalon stecken. Ein Schauder läuft ihm über den Rücken in Erinnerung an den Abend, als er sein letztes Geld verspielt hat und das Spiel für ihn aus war. Die faltige, beringte Hand, die sich von hinten auf seine Schulter gelegt hat, die durchdringend blauen Augen, die ihn zu durchschauen schienen. Natürlich, die Alte kennt ja die Familie Brückner, sie wird gehört haben, wie der Croupier ihm den Namen zurief, und hatte nichts Eiligeres zu tun, als bei Brückners alles auszuplaudern.

«Maxi», Eugen sieht ihr tief in die Augen. «Ich war ein paar Mal spielen, aber von verfallen kann keine Rede sein. Ich schwöre, es war das letzte Mal, als ich diese Mildred Wiehießsienoch getroffen habe. Sie war es doch, die davon erzählt hat, nicht wahr?»

«Allerdings. Fürstin Mildred von Falkenfeld – echter Hochadel. Gegen die seid ihr von Bräseritz' kleine Fische. Silberfische. Sie kann es sich leisten, Geld zu verspielen. Im Gegensatz zu dir.» Maxi drückt Eugen Hut und Mantel in die Arme, er steht auf und bringt sie zur Garderobe. Als er wiederkommt, lächelt sie ihn an. «Immerhin, ein Adelstitel, damit bist du eine gute Partie für höhere Bürgerstöchter. Verarmter Adel, wohlhabendes Bürgertum – schon hört man die Hochzeitsglocken läuten.»

Sie berührt seine Hand. Was ist das jetzt – ein Heiratsantrag? Eugen nimmt Maxis Hand in seine. Sie zieht sie nicht zurück.

«Hör mal, es tut mir leid, das mit dem falschen Namen. Weißt du, ich war so froh, in Berlin endlich frei zu sein von dieser ganzen dummen Adelsetikette. Deshalb wollte ich nicht, dass man hier von meiner Herkunft weiß, schon gar nicht im Größenwahn.» Er sieht sich bedeutungsvoll um in der Runde der Anarchisten und Möchtegern-Revolutionäre. Dann wendet er sich wieder Maxi zu. «Also bleiben wir bei Georg Hartwig, ja? Das ‹von› ist jetzt unser Geheimnis. Übrigens dachte ich auch nicht, dass es dir gefallen würde, dieser reaktionäre Titelkram.»

«Da hast du recht, es gefällt mir auch nicht. Aber immer noch besser ein Adeliger als ein Hochstapler.» Ihre Stimme wird plötzlich scharf, und sie zieht ihre Hand aus seiner. «Für wie dämlich hältst du mich? Du und ein Adeliger! Als Nächstes erzählst du noch, dass du in Wirklichkeit ein großer Künstler bist!»

Den letzten Satz sagt sie so verächtlich, dass Eugen zusammenzuckt. «Bitte, Maxi, nicht so laut! Wir müssen nicht das ganze Lokal unterhalten.»

Doch Maxi lässt sich nicht mehr bremsen. «Wir haben dir vertraut, und du hast uns für dumm verkauft! Ich weiß nicht, wer du bist. Von und zu Bräseritz ganz gewiss nicht, Georg Hartwig vermutlich auch nicht. Wenn du wenigstens irgendwas wärest, und meinetwegen ein Verbrecher! Dann könnte ich dich sogar ... Ach was, aber dazu fehlt dir der Mumm. Eine Spielzeugpistole auf dem Ganovenball, das ist alles. Und ich war noch so dumm, mich dir ...»

Tränen kullern Maxis Wangen herab. Eugen sitzt fassungslos da. Eben noch dachte er, alles ist aus. Doch diese Tränen – noch niemals hat jemand um ihn geweint. Er fühlt sich so glücklich, dass er ihr alles gestehen möchte.

«Maximiliane. Verzeih mir. Ich konnte dich an dem Abend nicht mitnehmen, weil ... Ich war nicht verabredet, nicht so, wie du denkst. Aber es ging nicht, ich schwöre es dir. Vertrau mir, bitte. Gib mir noch ein wenig Zeit, und alles wird gut. Ich muss noch etwas erledigen, eine Sache ... von der ich dir jetzt nichts erzählen kann. Aber wenn es getan ist, wenn du mich dann noch ...»

Ein Riesenkrach ein paar Tische weiter lässt alle Umsitzenden zusammenfahren. «Sie können sich selbst abräumen!», schreit ein Mann mit hochrotem Kopf Oberkellner Hahn an. Der versucht zu beschwichtigen, doch da brüllt ihm der Tischgenosse des Ersten entgegen: «Rufen Se doch die Polizei und lassen uns abführen! Freiwillig gehn wa hier nich!»

Dem dicken Oberkellner treten Schweißperlen auf die Stirn. «Aber meine Herren, beruhigen Sie sich. Es ist doch nur für ein, zwei Stunden ...»

Dieser Streit ist nichts Neues im Café Größenwahn und gehört seit einiger Zeit zu den allabendlichen Ritualen. Um sieben Uhr, zur Dinner-Stunde, versuchen die Kellner auf Anweisung ihres Chefs, die bevorzugten Tische am Fenster für die zahlungskräftigen Gäste frei zu machen. Während die Künstler sich oft den ganzen Abend an einem Pilsner oder zwei Tassen Kaffee festhalten und den Rest bestenfalls anschreiben lassen, verzehren Herr und Frau Dr. Meyer ein mehrgängiges Menü und trinken eine gute Flasche Wein, bevor sie zwischen neun und zehn in die Varietés und Konzerte aufbrechen. Die Bürger subventionieren das Künstlercafé, das ohne sie längst bankrott wäre, meint der Besitzer. Er ist ja schließlich kein Wohlfahrtsverband, nicht wahr? Die Stammgäste jedoch, die Maler und Dichter und Politisierer, halten dagegen, dass sie das Lokal berühmt gemacht haben und die Spießbürger einzig ihretwegen kommen. Ohne sie wäre das Größenwahn herz- und hirnlos – es würde gar nicht existieren.

So erbittert wie heute ist selten um die Tische gestritten worden. Es liegt Lunte in der Luft. Eugen und Maxi, deren Stammtisch nicht in der räumungsgefährdeten Zone steht, recken wie alle Besucher die Köpfe. Sie erkennen am Kampfplatz Jakob van Hoddis, den Mitbegründer des Neopathetischen Cabarets, den Maler und Schnorrer John Höxter mit Monokel am Seidenband und dessen Freund Ferdinand Hardekopf mit dem zweimal um den Hals gewickelten Wollschal, den er auch im Hochsommer nicht ablegt. Der Vierte im Bunde ist der Dichter Rudolf Johannes Schmied. Alle vier legen die Arme auf den Tisch und stemmen die Beine auf den Boden, als könnte sie kein kaiserliches Heer von ihrem angestammten Platz vertreiben. Oberkellner Hahn tritt den Rückzug an.

Da springt Schmied mit einem Satz auf den Tisch und brüllt: «Wenn ihr euch eine Menagerie halten wollt, dann müsst ihr auch Platz für die Tiere haben!»

Die Gäste lachen und applaudieren. Schmieds Beispiel folgend, erklimmen van Hoddis, Höxter und Hardekopf ebenfalls den Tisch. Nun will auch der Nebentisch nicht länger nachstehen. Zwei Damen in wallenden Gewändern und zwei Herren mit ebenso wallendem Haupthaar, alle vier mehr oder weniger angetrunken, schwanken auf der Tischplatte hin und her und recken die Fäuste in die Luft. Sie stimmen «Kellner, hört die Signale» an, und das halbe Café stimmt begeistert ein. Doch schon nach wenigen Takten geht ihr Gesang mit ihnen selbst im Klirren der herabfallenden Gläser und im Poltern des umstürzenden Tisches unter. Vor den Fenstern des Café Größenwahn drücken sich Herren im Smoking und Damen im Abendkleid die Nasen platt. Weitere Schaulustige schließen sich an. Mit dem Umstürzen des Tisches eilen sie zum Eingang und drängen ins Café. Da muss man dabei gewesen sein!

Oberkellner Hahn kehrt mit zwei Hilfskellnern die Scherben und Spuren des Aufstands zusammen, während Zeitungskellner Richard einer der beiden Damen, die sich an einem Glas geschnitten hat, die Hand verbindet. Ihr helles Kleid ist mit Rotwein und Speiseresten befleckt. Natürlich, geht es Eugen durch den Kopf, das ist die Lösung. Frau Brinkmann hat sich an den Scherben der Tortenplatte geschnitten, in die sie hineingefallen ist.

«Blut und Buttercreme», murmelt er.

«Wie bitte?», erkundigt sich Maxi. Im nächsten Augenblick wird sie von Fritz und Lotte abgelenkt, die gemeinsam eintreffen.

«Wat is denn hier los?», ruft Lotte, «'ne Tortenschlacht? Wer gegen wen? Ick bin dabei!»

Eine Stunde später betreten Maxi, Eugen, Fritz und Lotte die Kammerspiele in der Schumannstraße, gleich neben dem Deutschen Theater.

Max Reinhardt, der berühmte Schauspieler und Intendant des Deutschen Theaters, so hat Maxi den anderen auf dem Weg ins Theater erklärt, ließ die Kammerspiele 1906 aus einem Ballsaal umbauen, um einen Ort eigens zur Aufführung der modernen und avantgardistischen Stücke zu schaffen. Auf dem Programm stehen heute Werke von Stanislaw Przybyszewski. Der polnische Dichter und Dramatiker war einer der ersten glühenden Anhänger des Philosophen Friedrich Nietzsche.

Nach dem Dramenzyklus *Totentanz der Liebe* wird als Zugabe aus Przybyszewskis früherem Werk *Die Gnosis des Bösen* zitiert. Vor einem schwarzen Vorhang stehen schwarz gekleidete Schauspieler in einem blutroten Lichtkegel und deklamieren: «Er hat den Hoch- und den Wagemut und die Herrschsucht geheiligt und nennt es Heldentum, er hat den Menschen gelehrt, dass es kein Verbrechen gebe, außer wider seine eigene Natur. ... Alles, was an Großem entstand, ist gegen das Gesetz entstanden ...»

Fasziniert lauscht Eugen den Worten, als wären sie eine direkt an ihn gerichtete Botschaft. Das stellt alles bisher Gehörte auf den Kopf! Mit einem Hieb muss man sich von den Fesseln der Moral befreien! Nur ein böser Mensch ist ein freier Mensch, denn sein Handeln folgt weder Gesetz noch Moral noch der Furcht vor Strafe, sondern einzig dem eigenen Willen ...

«Dieser janze Übermenschenquatsch», sagt Lotte laut in Eugens Gedanken hinein, «is doch nur dazu da, dass ick meinem Nachbarn eins über die Rübe hauen und mich dabei noch als Held fühlen kann.»

«Seh ich genauso», bekräftigt Fritz auf dem Weg zur Garderobe. «Auch wenn Gott tot ist, kann ich doch meine Mitmenschen am Leben lassen.»

«Jawoll, und mich selbst dazu», meint Lotte und setzt ihren Hut verwegen schräg auf den Kopf. «Dieses Zeug macht einen ja regelrecht suizidal. Wenn das die Awanjard is, geh ick lieber ins Tingeltangel.»

Maxi sagt nichts dazu, sie ist den ganzen Abend ziemlich still gewesen und hat Eugen ab und zu nachdenklich gemustert.

Ein paar Tage nimmt sich Eugen Zeit, um in Friedrich von Lauritz hineinzuwachsen. Der maßgeschneiderte Anzug hilft ungemein. Er braucht nur hineinzuschlüpfen und fühlt sich als neuer Mensch. Eine reinseidene Krawatte mit brillantenbesetzter Krawattennadel, passende Manschettenknöpfe, silbernes Zigarettenetui mit Gravur – diese kleinen Dinge machen den großen Unterschied. Sogar neue Schuhe hat er gekauft, obwohl die alten noch tadellos waren. Aber Friedrich hätte den Farbton nicht ausgewählt. Er ist beim Friseur gewesen, hat sich den Schnurrbart abrasieren, das Haar ein wenig schneiden und anders legen lassen.

Er isst im Restaurant des Hotel Bristol zu Abend und ist nun beim Omelette soufflé angekommen. Das Bristol liegt nicht weit vom Adlon entfernt, Unter den Linden 5/6, und wird von einem ebenso erlesenen Publikum besucht. Die Schildkrötensuppe und das Seezungenfilet waren hervorragend, ein Hennessy hilft dem Magen bei der Arbeit. Bedauerlich, dass er dieses vorzügliche Souper mit niemandem teilen kann, doch er ist nicht zum Vergnügen hier. Die ausgedehnte Mahlzeit gibt ihm Gelegenheit, in Ruhe die Gäste und ihre Gepflogenheiten zu studieren, die Atmosphäre eines Luxushotels einzusaugen. Mit der Wärme der Speisen und des Cognacs im Bauch kränkt es ihn nicht mehr, dass Maxi ihm den Adeligen nicht abgenommen hat. Schließlich hat sie ihn nur als Georg Hartwig kennengelernt, und Georg war nun mal durch und durch bürgerlich. Wenn sie ihn jetzt hier sähe, würde sie staunen.

Ein paar Tische weiter hat Eugen den Herzog Ernst Günther zu Schleswig-Holstein und Herzogin Dorothea erkannt, den Bruder der Kaiserin und seine Frau. Sie speisen in kleinem Kreis, während in diskretem Abstand mehrere Kellner warten, die beim kleinsten Wink zu Diensten stehen. Das Gespräch der beiden Herren am Nebentisch weckt Eugens Interesse, als der Name *Titanic* fällt.

«Mein lieber Ballin», sagt ein jüngerer Mann zu seinem Gegenüber, «wenn ihr euch in Hamburg nicht fix etwas einfallen lasst, wird die *Titanic* von Mister Morgan euch sehr bald den Rang abgelaufen haben. Schneller als alle anderen soll sie den Atlantik überqueren und noch dazu unsinkbar sein.»

«Ein unsinkbares Schiff, guter Freund, ist ebenso unmöglich wie ein unfehlbarer Mensch», antwortet Albert Ballin, der Generaldirektor der Hamburg-Amerika-Linie, und hebt sein Glas.

In der Nacht stürmt es. Wind heult durch die Straßen, weht eine Zeitung gegen das Fenster von Eugens Pensionszimmer. Regen klatscht gegen die Zeitung, die ausgebreitet an der Scheibe kleben bleibt. Eugen richtet sich im Bett auf, ein Gefühl der Übelkeit übermannt ihn. Der Boden unter seinem Bett scheint zu schwanken. Wo war er noch eben? Auf dem obersten Deck eines gigantischen Schiffes, höher als jedes Haus, das er bisher gesehen hat. Der Ozeandampfer stößt ein gewaltiges Tuten aus und sticht in See. Tausende von Menschen, winzig klein, stehen am Ufer, jubeln und winken. Sie rufen etwas, das er nicht versteht. Doch endlich begreift er: Sie jubeln ihm zu. Freude explodiert am Himmel in roten Kugeln und weißem Sternenregen. Er hebt den Arm, um den Menschen zurückzuwinken. Da legt sich von hinten eine Hand auf seine Schulter. «Beeilung, Ihr Einsatz! Das Publikum wartet!» Der Marineoffizier drückt ihm etwas in die Hand: eine Klarinette. Er will protestieren, es muss sich um eine Verwechslung handeln! Da drückt der Offizier ihm die Klarinette wie einen Lauf in den Rücken und schiebt ihn über das Deck zu einer der Türen. «*Faites vos jeux*. Spielen Sie!»

Am nächsten Morgen ruft Eugen im Hotel Adlon an.

«Guten Tag, mein Herr, Sie wünschen?», fragt der Herr am Empfang.

«Ein Apartment für eine Woche, zwei Zimmer mit Bad bitte. Ab Donnerstag, den 4. April.»

«Über Ostern ist unser Haus so gut wie belegt. Auf welchen Namen darf ich buchen?»

«Friedrich von Lauritz», sagt Eugen. «Haben Sie etwas am Ende des Flurs? Ich bin sehr geräuschempfindlich und schlafe schlecht.»

Papier raschelt. «Sie haben Glück, Herr von Lauritz, ein Apartment wurde storniert. Zweiter Stock, ohne direkte Nachbarn. Sie werden bei uns schlafen wie im Paradies.»

Der Donnerstag vor Ostern ist der erste warme Frühlingstag in diesem Jahr. Umgeben von gutgelaunten Menschen, fährt Eugen mit einem neuerworbenen Überseekoffer nach Velten und gibt ihn dort per Bahn zum Stettiner Bahnhof auf. An der Gepäckaufgabe klebt man das Etikett mit dem Zielbahnhof auf den Koffer, der Ort der Aufgabe ist dagegen nicht vermerkt. Der Überseekoffer ist groß genug, um einen Menschen darin zu verstauen und aus dem Haus zu schaffen. Doch alleine wird Eugen den Koffer mit der Leiche nicht tragen können, er hat es mit Sandsäcken probiert. Und ein Mann seines Standes trägt auch den Koffer nicht selbst. Der Hotelpage würde es vermutlich ebenso wenig schaffen und sich Hilfe holen, man würde sich über das Gewicht wundern und Fragen stellen. Fehlte nur noch, dass der Koffer im Foyer aufklappt und die Leiche auf die Marmorfliesen rollt. Dennoch ist es beruhigend, etwas bei sich zu haben, worin man eine Leiche verschwinden lassen kann.

Eugen hat den passenden Zug ausgewählt, mit dem er am Nachmittag aus Allenstein angekommen wäre, und lässt sich im Taxi bis zum Pariser Platz fahren, direkt vor das Adlon. Den Eingang des Hotels flankieren wie immer Pagen in Livree. Sie betätigen für die Herrschaften die Drehtüre, so auch für Eugen, der mit selbstsicheren Schritten die Eingangshalle durchquert und an den Empfangstresen aus dunklem Edelholz tritt. Man erinnert sich an die telefonische Reservierung vom Vortag. Der Empfangschef reicht ihm mit einem Lächeln die Hotelliste, in die Eugen sich als

Friedrich von Lauritz mit einer Meldeadresse in Ostpreußen einträgt. Ein Hotelpage wird den Koffer vom Bahnhof holen.

Der Empfangschef hat nicht zu viel versprochen, das Apartment ist perfekt. Nicht unbedingt, um wie im Paradies zu schlafen, aber um einen diskreten Mord zu begehen. Es liegt am Ende des Flurs und besteht aus einem geräumigen Salon und einem Schlafzimmer mit angrenzendem Bad. Neben dem Bad liegt ein zur Zeit unbewohntes Apartment. Der Hotelboy, der ihn bis in sein Zimmer begleitet und ihm alles Nötige gezeigt hat, hat verraten, dass Fürst und Fürstin zu Thurnow es das ganze Jahr durchgängig reserviert haben, es aber nur bewohnen, wenn sie gerade in Berlin sind, was gar nicht so häufig der Fall ist. Die nächsten vier Wochen weilen beide zur Kur in Baden-Baden.

Eugen streicht mit den Handschuhen, die er auch in diesem Zimmer Tag und Nacht tragen wird, versonnen über die goldenen Stofftapeten und den Brokatbezug des Sofas. Der Raum ist großzügig und geschmackvoll möbliert. Das erste Mal, dass er nichts abhängen und in den Schränken verstauen muss. Wirklich bedauerlich, dass er so bald schon gezwungen sein wird, diese Räume zu verlassen. Noch nie hat er so viel Platz für sich allein gehabt. Er summt einen Wiener Walzer, zu dem er mit Maxi im Piccadilly getanzt hat, und macht ein paar Schritte auf dem Parkett. Da klopft es an seine Zimmertür. Ein Hotelpage trägt den riesigen, halbleeren Koffer in den Salon und fragt, ob der Herr noch etwas wünsche. Eugen verschränkt die Arme mit den behandschuhten Händen hinter dem Rücken und antwortet, vor allem wünsche er, während seines Aufenthalts so wenig wie möglich gestört zu werden.

Erleichtert stellt Eugen fest, dass der Koffer sicher verschlossen ist und das Schloss offenbar nicht geöffnet wurde. Denn hätte ein Hotelbediensteter einen Blick hineingeworfen, wären wohl Zweifel an der Echtheit des Freiherrn von Lauritz aufgekommen. An standesgemäßer Kleidung gab es nicht viel mehr als das, was er am Leib trug. Anstelle weiterer Anzüge, Hüte, Schuhe und eines

Stapels blütenweißer Smokinghemden würde man, wenn man den ganzen Inhalt durchsuchte, eine Pistole finden. Ganz zu schweigen von den beiden Manuskripten mit dem Titel *Geldboten*. Übrigens muss er den dritten Akt der neuen Fassung noch zu Ende schreiben. Soll er alles akribisch aufschreiben und genau nach Plan in der Realität ausführen? Oder lieber handeln und das Leben Regie führen lassen? Denn das spielt ja meist anders, wie er vom letzten Mal weiß, als man vorher gedacht hat. Eugen wickelt die Pistole wieder in das Tuch und verstaut sie im doppelten Boden des Koffers. Das Wichtigste sind Unerschrockenheit und Geistesgegenwart. Genau die Eigenschaften, die Friedrich von Lauritz von Kindheit an sein Eigen nennt.

Am Nachmittag macht er sich auf den Weg ins Postamt in einem Vorort. Per Nachnahme schickt er Friedrich von Lauritz Lose der Preußischen Klassenlotterie ins Adlon, die am Ostersamstag, den 6. April 1912, zugestellt werden.

Am Samstag gegen neun Uhr morgens klopft es an Eugens Hotelzimmer. Da Eugen nicht öffnet, ruft der Page durch die geschlossene Tür: «Der Geldbriefträger hat eine Sendung für Sie, Herr von Lauritz. Können Sie ins Foyer kommen?»

«Schicken Sie ihn doch bitte zu mir herauf. Mir ist heute nicht ganz wohl.»

«In Ordnung, er ist gleich bei Ihnen.»

In wenigen Minuten begegnet er dem Mann, den er überfallen, berauben und töten wird. Hoffentlich ist es ein Mensch, denkt Eugen, den ich verabscheuen kann. Es klopft an der Tür. Eugen greift in die unter der Smokingjacke verborgene Hosentasche und fühlt nach der Pistole. Dann öffnet er. Dieser Bote ist weder rot noch schwarz, sondern blond. Das junge, fröhliche Gesicht unter der Uniformmütze ist ihm sofort sympathisch. Er bittet den Geldbriefträger hinein.

«Herr von Lauritz», sagt der Bote und überreicht Eugen im Flur die eingeschriebenen Lose, «ich bringe Ihnen etwas Schönes –

die Chance auf Glück und Geld.» Er hält ihm einen Formularblock entgegen. «Wenn Sie den Betrag bitte begleichen und den Empfang bestätigen würden?»

«Kommen Sie doch einen Moment herein», sagt Eugen, zieht die Zimmertür zu und geht, mit den Händen in den Taschen, ein paar Schritte voran in den Salon. Alle Vorhänge sind zugezogen, das Licht brennt. Mit einem Nicken weist er auf einen der beiden Sessel am Couchtisch, auf dem zwei Gläser und eine Karaffe mit Orangensaft stehen. «Oder möchten Sie lieber einen Sherry?»

«Sehr liebenswürdig, mein Herr, aber Sie wissen ja: Dienst ist Dienst.» Der Bote bleibt zögernd im Eingang zum Salon stehen und hält die Geldtasche an den Körper gepresst. Offenbar hat er keinen Schlagstock bei sich.

«Eine kleine Erfrischung kann wohl nicht schaden», sagt Eugen, setzt sich in einen der Sessel und trinkt einen Schluck Saft. Er versucht, nicht auf die Geldtasche zu achten. «Wie heißen Sie übrigens?»

Der Bote windet sich ein bisschen. Dann sagt er: «Sie dürfen nicht lachen.»

«Versprochen», versichert Eugen.

«Emil Butterweck.»

Eugen denkt daran, dass dies der Mann ist, den er bald töten wird. Die ganze Situation ist unmöglich. Er bricht in schallendes Lachen aus.

Der Bote tritt ein paar Schritte näher und stimmt ein. «Ja, nicht wahr», sagt er und wischt sich die Augen, «man *muss* einfach lachen.» Dann lässt er sich in den freien Sessel Eugen gegenüber fallen und trinkt das Glas mit einem Zug halb leer. Er wirft einen flüchtigen Blick auf Eugens Handschuhe, dann einen längeren auf die Lotterielose. «Wenn ich fragen darf, mein Herr – haben Sie schon mal gewonnen?»

«Allerdings», sagt Eugen und schaut sich im Zimmer um. «Was glauben Sie, wovon ich die Hotelrechnung bezahle?» Er sieht an sich herab. «Die Kleider. Den ganzen überflüssigen Luxus, der einem doch so schnell lieb und teuer wird.» Er holt das Geld für die Lose aus dem Portemonnaie, zählt es dem Boten hin und unterschreibt mit verstellter Schrift das Formular.

Emil Butterweck lässt Geld und Formular auf dem Tisch liegen und beugt sich nach vorn. Er hat die Tasche noch um die Schulter gehängt, hält sie aber nicht mehr fest. «Aber Sie sind doch ein Adeliger, ich meine ...»

Eugen winkt ab. «Nicht alle Adeligen haben Geld. Viele haben ihr Vermögen verprasst und am Roulettetisch verspielt. Zu denen gehörten auch meine Vorväter. Wenige haben Glück im Glücksspiel. Zu denen gehöre ich.» Dieser Text steht nicht in seinem Stück. Kein Wort davon. Eugen kann selbst nur staunen. Er zwinkert dem Boten zu. «Das bleibt aber unter uns. Sonst wollen alle von mir wissen, was der Trick ist.»

Emil Butterwecks Wangen haben sich gerötet. «Ich ... spiele selbst. Karten, Roulette ... Aber bei mir läuft es nicht so gut.»

Wie dumm von ihm, denkt Eugen, mir das zu verraten. Ein Anruf bei seinem Vorgesetzten, und er ist seine Stelle los. Ein Spieler als Geldbriefträger – unmöglich. Damit habe ich ihn in der Hand. Übrigens: Worauf warte ich noch? Er greift in die Hosentasche und fühlt nach der Pistole.

Emil scheint sich seiner unbedachten Worte bewusst zu werden. Er schaut Eugen bittend an. «Sie verraten auch nichts, nicht wahr? Und nun muss ich sehen, dass ich weiterkomme.» Er steckt Geld und Formular in die Botentasche und steht auf. «Auf Wiedersehen, Herr von Lauritz, und frohe Ostertage.»

Eugen, dessen rechte Hand die Pistole umklammert hält, nickt zum Abschied. Der Bote wendet ihm den Rücken zu. Jetzt!

Da dreht sich Emil Butterweck noch einmal um. Blitzschnell lässt Eugen die Pistole in die Hosentasche zurückgleiten. Emil sieht ihn mit großen Augen an. «Herr von Lauritz – was ist der Trick?!»

Eugen schaut auf die Uhr, als fiele ihm plötzlich ein, dass er es eilig hat. «Kommen Sie am Dienstag auf Ihrer Tour noch einmal vorbei», sagt er. «Gleich morgens. Mittags bin ich nicht mehr da. Kommen Sie direkt zum Zimmer hoch und klopfen einfach an. Dann zeig ich's Ihnen. Den Trick, wie man ohne Arbeit zu Geld kommt.»

Der Bote ist gegangen, lebendig, mit seiner Tasche. Nun haben sie beide drei Tage gewonnen, Emil Butterweck und er selbst. Eugen zieht die Vorhänge auf und schaut aus dem Fenster. Warum hat er ihn bloß nach seinem Namen gefragt? Es tötet sich leichter, wenn der Mensch namenlos bleibt. Und dann dieser Name! Es scheint schon wieder eine Farce zu werden, sein Drama. Vielleicht sollte er die Aufführung abblasen. Noch ist es nicht zu spät. Eugen wickelt die Pistole wieder ins Tuch und verstaut sie im Koffer.

Von Unruhe ergriffen, verlässt er mittags das Adlon. Im Foyer des Hotels herrscht Trubel. La belle Otéro, die weltberühmte Tänzerin, zieht mit ihrem Gefolge ins Adlon ein, und zu diesem Gefolge gehören neben 38 Koffern und ihren Kammerzofen auch ein Papagei, ein Perlhuhn, zwei Möpse und eine siamesische Tempelkatze. Die Otéro wird das Personal des Adlon in den kommenden Tagen in Atem halten, denkt Eugen, ebenso gut wie Kaiser oder Zar, ein mittleres Erdbeben oder eine Revolution. Und das kann ihm nur recht sein.

Ohne Ziel spaziert Eugen durchs Brandenburger Tor in den Tiergarten. Er biegt in die Siegesallee ein, die, flankiert von 32 weißen Hohenzollern-Standbildern, auf die Siegessäule zuläuft. Er geht die ganze Runde einmal ab, von Markgraf Albrecht der Bär, gefolgt von weiteren Markgrafen und Kurfürsten, über König Friedrich I., König Friedrich Wilhelm I. usw. bis zu Kaiser Wilhelm I. Diese Denkmäler seiner Vorfahren hat Kaiser Wilhelm II. von Bildhauern anfertigen lassen, dem deutschen Volk im Allgemeinen und den Berlinern im Besonderen zum Geschenk. Bei den Berlinern heißt die Siegesallee «Puppenallee» und die Siegessäule «Siegesspargel». In der Frühlingssonne sind am Samstag vor Ostern viele Spaziergänger unterwegs, Familien, Mütter und Ammen mit hochrädrigen Kinderwagen, junge Paare, die Arm in Arm über die Wege schlendern. Ein Fahrradfahrer kurvt um sie herum und singt: «Puppchen, du bist mein Augenstern ...»

Frühling ist eine ungeeignete Jahreszeit für einen Mord, geht es Eugen durch den Kopf. Im November, da kommt es einem fast natürlich vor. Vielleicht sollte er warten bis zum Herbst, den Sommer mit Maxi genießen. Und einen anderen Boten wählen. Er ist noch so jung, dieser Emil Butterweck, kaum älter als er selbst. Lebenslustig ist er und liebenswürdig. So lustig und liebenswürdig, wie er es nie sein wird. Georg Hartwig nicht, Friedrich von Lauritz nicht und Eugen Hofmann schon gar nicht.

Eugen streift weiter durch den Park und gelangt in den abgelegeneren Teil, wo anständige Familien nicht mehr spazierengehen und die Polizei nachts patrouilliert, um Bettler und Landstreicher zu vertreiben. Auch jetzt am Tag sitzen Obdachlose auf den Bänken, mit verwildertem Haar und Bartwuchs, ihre Habe in schmutzige Bündel geschnürt. Er kehrt ihnen den Rücken zu und steht am Ufer eines Teichs, schaut auf die glatte Oberfläche des Wassers, unschlüssig, was er tun soll, in der nächsten halben Stunde und für den Rest seines Lebens. Ein paar Tropfen fallen und kräuseln den Wasserspiegel. Schnell wird der sachte Regen stärker. Eugen hält Ausschau nach einem Unterstand. Die Obdachlosen raffen ihre Bündel zusammen und gehen davon. Nur einer bleibt auf der Bank liegen. Wind kommt auf, der Regen wird zu einem heftigen Aprilschauer. Eugen hält seinen Hut mit der Hand auf dem Kopf fest und wirft im Vorübereilen einen Blick auf den Mann. Reglos liegt er auf der Bank, das Wasser klatscht in sein Gesicht, läuft ihm aus den Haaren. Vielleicht ist er tot? Und wenn schon, denkt Eugen und beschleunigt seine Schritte, was geht es mich an?

Nach ein paar Metern kehrt er um. Etwas im Gesicht des Mannes kommt ihm bekannt vor. Eugen beugt sich zu ihm herab, schüttelt ihn an der Schulter. Alkoholdunst schlägt ihm entgegen, als der Mann seinen Mund öffnet, dann die Augen. Mit glasigem

Blick sieht er Eugen an, stammelt: «Was wollt ihr denn, ich hab ja nichts getan!»

Dann schließt er die Augen wieder, will sich auf der Bank umdrehen. Hose und Jacke sind abgetragen und schmutzig, aber von guter Qualität. Auch die durchlöcherten Schuhe müssen einmal teuer gewesen sein. Eugen weiß nun, wo er den Mann schon gesehen hat, mehr als einmal: im Café Größenwahn. Sogar sein Größenwahn-Spitzname fällt ihm wieder ein: der Chevallier. Er kann ihn hier nicht liegenlassen, muss ihn ins Trockene bringen.

Außer Atem kommt Eugen mit dem Mann, der sich widerstrebend an ihn hängt, im Wartesaal des Bahnhofs Zoologischer Garten an. Hier haben sich schon andere Heimatlose versammelt, um sich aufzuwärmen und zu trocknen. Die Luft ist stickig von Alkoholdunst und feuchter, schmutziger Kleidung. Eugen spürt Übelkeit aufsteigen. Er geht zum Bahnhofsbüfett und holt zwei Tassen schwarzen Tee mit Zucker. Nach ein paar Schlucken kommt Leben in den Chevallier. Er bedankt sich bei Eugen, bittet um eine weitere Tasse Tee: diesmal mit Honig statt Zucker, wenn möglich. Auch Eugen bevorzugt Honig, doch den gibt es hier nicht.

Mit der zweiten Tasse Tee wird der Chevallier gesprächig und erzählt von seinem Leben vor dem Absturz. Er scheint sich nicht an Eugen zu erinnern, und als er dem Fremden das Café des Westens beschreibt, auch Café Größenwahn genannt, flackert etwas auf in seinen Augen wie die Erinnerung an glückliche Zeiten. Wie lustig war es dort zugegangen, im Kreis der Schauspielerkollegen und des berühmten Intendanten. Doch dann fiel er in Ungnade beim Intendanten, sein Engagement am Theater wurde von einem Tag auf den anderen gekündigt. Er hatte kein Einkommen mehr, fing an zu trinken …

«Wann war das?», will Eugen in scharfem Ton wissen.

Der Mann schaut ihn überrascht an. «Weiß ich nicht genau.»

Eugen packt ihn an der Schulter. «Bis wann waren Sie noch dabei, im Größenwahn, bei den Runden des Intendanten?»

Erschrocken sieht der Chevallier ihn an. «Mitte März.»

Dieser Mann war also dabei, als man sein Stück verrissen hat. Er hört jetzt auch wieder dessen Stimme, Wort für Wort: «Das Stück ist so harmlos – das würde glatt durch die Zensur gehen.»

Eugen lässt den Mann los, der auf der Bank in sich zusammensinkt. Er steht auf und geht aus dem Bahnhof.

Am Ostersonntag fällt die Morgensonne im Hotel Adlon auf das bronzene Bettgestell. Es liegt sich so angenehm auf dem seidenen Laken, unter dem Federbett, wie auf Wolken. Obwohl die Versuchung groß ist, lässt Eugen sich das Frühstück nicht aufs Zimmer bringen. Die Hotelangestellten sollen ihn so wenig wie möglich zu Gesicht bekommen. Umso weniger werden sie sich später an ihn erinnern. Er nimmt das Frühstück in einer Ecke des Speisesaals ein, in der es lebhaft zugeht und die Kellner mit anderen Gästen beschäftigt sind.

Zurück auf dem Zimmer, holt Eugen das Manuskript aus dem Koffer und legt den Stapel auf den Tisch. Er blättert bis zum dritten Akt, nimmt die letzte der beschriebenen Seiten hervor, greift nach dem Füllfederhalter und schreibt: *Keine Postanweisung – keine Spur. Keine Pistole – kein Blut.* Dann notiert er: *Methoden, lautlos zu töten?* Er steht auf, geht im Zimmer hin und her. Denkt daran, wie er vor dem ersten Überfall das Fesseln und Knebeln geübt hat. Das Töten kann man nicht üben. Vielleicht wird es leichter, wenn man es schon einmal hinter sich gebracht hat. Das erste Mal muss man es einfach tun.

Er holt sich ein Glas Wasser und trinkt einen Schluck. Es tut gut, das kalte Glas in den Händen zu halten. Er hat doch schon zwei Menschen getötet, sagt er sich, wenn auch unbeabsichtigt. Das hilft ihm jetzt bei seinem Vorhaben, wenn er daran denkt. *Ich bin ein Mörder*, schreibt er auf das weiße Blatt. *Es gibt kein Zurück.* Dann notiert er unter *Methoden, lautlos zu töten: Vergiften. Erwürgen. Erdrosseln.* Nicht nur möglichst lautlos, auch möglichst schnell muss es gehen. Zweimal unterstreicht er *Erdrosseln.* Und hat nun auch eine Idee, wie man es üben kann.

In seinem Koffer liegen mehrere Schnüre verschiedener Stärke. Eugen wählt eine dünne, feste Schnur und knüpft eine Schlinge. Auch wenn seine Handschuhe aus weichem Stoff sind, so dass sie ihn kaum in der Bewegung hindern, zieht er sie zum Knüpfen der Schlinge aus. Nur diese Schnur darf er mit bloßen Händen anfassen, sonst nichts. Er muss den speziellen Knoten, der sich mit einem Ruck zuziehen lässt, immer wieder üben. Als er das Gefühl hat, den Knoten im Schlaf zu beherrschen, stellt er die Gipsbüste des Kaisers in Reichweite. Es ist eine kleinere Ausgabe der Büste, die auf dem Hallenkamin im Foyer des Hotels steht: Wilhelm II. nach Art der römischen Imperatoren. Der Kopf des Gipskaisers ist nur etwas kleiner als der eines Menschen aus Fleisch und Blut.

Eugen stellt sich etwa drei Meter hinter der Kaiserbüste auf und wirft. Beim ersten Mal fällt die Schlinge hinter dem Kopf auf die Tischplatte und bleibt dort liegen. Er postiert den Kopf auf der Blumensäule, der Kommode, und probiert in unterschiedlicher Höhe und aus unterschiedlichen Entfernungen immer wieder den richtigen Wurf. Eugen übt so lange, bis er vierzig Mal hintereinander, ohne Ausnahme, trifft. Liegt die Schlinge dem Kaiser sauber auf den Schultern, zieht er sie mit einem Ruck zu. Mehrmals poltert die Büste auf den Teppich herab, doch Wilhelm II. erweist sich als standhaft. Nur von Wilhelms berühmtem Es-ist-erreicht-Schnurrbart bricht auf einer Seite die Spitze ab.

Abends lässt sich Eugen in den Sessel sinken, legt die Beine hoch und liest im Schein der Leselampe ein Buch, in dem er schon viele Stellen angestrichen und mit Ausrufezeichen versehen hat: *Also sprach Zarathustra* von Friedrich Nietzsche.

Am Ostermontag hat Eugen bis mittags, außer zum Frühstück im Hotelrestaurant, sein Apartment noch nicht verlassen. Seit Stunden sitzt er am Schreibtisch und verfeinert seinen Mordplan. Er geht die Aufzeichnungen immer wieder durch und sucht nach möglichen Fehlern. So etwas wie die Pleite mit dem Sabbat und der geringen Beute darf ihm nicht noch einmal passieren. Er hat sich erkundigt und herausgefunden, dass gerade um die Osterfeiertage viele Geschäfte getätigt und private Wertsendungen verschickt werden. Nur am Ostersonntag und -montag haben die Banken und viele Geschäfte geschlossen. Und was den Boten betrifft: Wenn der letzte, der überleben sollte, gestorben ist, so darf dieser Bote, der sterben soll, nicht überleben. Er darf nicht einmal mehr Atem genug haben, um nach Hilfe zu rufen.

Ein Klopfen an der Tür lässt Eugen hochfahren. Schnell deckt er das Manuskript mit zwei Büchern ab und geht öffnen. Das Zimmermädchen steht mit dem Putz- und Wäschewagen vor der Tür.

«Entschuldigen Sie die Störung, mein Herr. Wann darf ich saubermachen?»

Eugen zwingt sich, freundlich zu bleiben. «Heute in einer Viertelstunde. Dann gehe ich zum Mittagessen. Aber morgen gar nicht, hören Sie? Ich studiere hier eine wichtige Angelegenheit und brauche absolute Ruhe. Auch die nächsten Tage.»

Das Zimmermädchen mit Schürze und Haube sieht ihn fragend an. «Aber die Wäsche muss ich doch wechseln, nicht? Und das Bad saubermachen?»

«Meinetwegen», sagt Eugen, der das Gefühl hat, sich andernfalls verdächtig zu machen. «Gehen Sie ins Schlafzimmer und ins Bad, aber leise. Und keinesfalls in den Salon, wenn die Tür zum Salon geschlossen ist. Auch kein Klopfen und Rufen, wenn ich bitten darf.»

Die junge Frau nickt und geht. Eugen kann nur hoffen, dass der Service im Adlon tatsächlich so perfekt und diskret ist wie sein Ruf. Er lässt das Manuskript im Koffer verschwinden und legt stattdessen ein paar Seiten aus dem Kontor Schuster & Söhne auf den Tisch, die er damals abgetippt und mitgenommen hat. Schnell kritzelt er ein paar Notizen auf die Seiten. Heute soll sie ruhig noch einmal saubermachen, es kann nicht schaden, wenn die Bühne vor der Premiere geputzt wird. Eugen steht schon in Hut und Mantel vor dem Spiegel in der Diele, als sein Blick noch einmal in den

Salon fällt. Rasch geht er zur Kaiserbüste und nimmt die Schlinge vom Kopf.

Nachmittags knüpft Eugen im Salon wieder Knoten und wirft die Schlinge um die Büste. Wenn ich es auch mit links schaffe, sagt er sich, kann nichts mehr schiefgehen. Wieder übt er so lange, bis er vierzig Mal nacheinander trifft. Die Arme beginnen ihm lahm zu werden. Genug jetzt, beschließt er, sonst muss der Mord morgen wegen Muskelkaters ausfallen. Gern würde er sich per hoteleigener Rohrpost ein Kännchen starken Kaffee aufs Zimmer bestellen. Doch dann wird es vielleicht auffallen, wenn man später ein paar Tage lang nichts von ihm hört. Die Hotelangestellten sollen sich daran gewöhnen, dass Friedrich von Lauritz so gut wie unsichtbar bleibt. Am besten ist es, sie vergessen ihn völlig. Denn er hat vor, nach der Tat hinauszuspazieren und dem toten Boten den schönen Salon zu überlassen. Wenn er Glück hat, wird es Tage dauern, bis sie ihn entdecken.

Eugen legt den Füllfederhalter beiseite. Er ist zufrieden mit seinem Plan. Darsteller, Szenenfolge und Regieanweisungen stehen, Bühnenaufbau und Requisiten sind bereit.

Am frühen Abend nimmt Eugen ein Bad. Er genießt es, die Handschuhe auszuziehen. Im Wasser hinterlässt man keine Fingerabdrücke, auf dem weichen Frotteehandtuch auch nicht. Er schüttet noch etwas Badeöl ins Wasser und reibt Shampoo in die Haare. Der Duft des Badeöls lässt ihn an Maxi denken. Wenn sie jetzt hier sein könnte! Hier mit ihm im duftenden Badewasser. Neben der Wanne steht eine Chaiselongue, auf der man, erschöpft vom heißen Bad, ausruhen kann. Nach dem Bad würde er Maxi auf die Chaiselongue betten und seinen Kopf auf ihre nackte Brust legen. Heißer Dampf würde von ihren Körpern aufsteigen, sich vermischen und sie beide einhüllen. Er steigt aus der Wanne, trocknet sich mit dem weißen Badetuch ab und denkt: Nun werde ich töten, bevor ich eine Frau geliebt habe.

Vor dem beschlagenen Spiegel überlegt Eugen, was er für

den Abend anziehen soll. Im Café Größenwahn steigt heute Fritz' Abschiedsparty, bevor dieser am nächsten Morgen nach England fährt, um sich auf der *Titanic* einzuschiffen. Offenbar wird es ihm zur Gewohnheit, in der Nacht vor der Tat zu feiern. Besser, als sich schlaflos im Bett zu wälzen.

Als Eugen im Café Größenwahn eintrifft, ist die Party bereits in vollem Gange. Rauchschwaden hängen wie Nebel unter der Decke, und die Räume platzen vom Ansturm der Gäste aus allen Nähten. Fritz ist kein berühmter, aber ein beliebter Stammgast im Größenwahn, und seine Reputation ist seit seinem Engagement auf der *Titanic* enorm gestiegen. Dass er nur als zweiter Mann am Klavier und durch Vermittlung eines Gönners und ehemaligen Liebhabers in das achtköpfige Schiffsorchester gelangt ist, daraus macht Fritz kein Geheimnis. Gerade deshalb mag man ihn.

Maxi, Lotte und andere Freundinnen und Freunde von Fritz haben das Café dekoriert, so dass man sich mit etwas Phantasie auf einen Ozeandampfer versetzt fühlt. Die Fensterscheiben sind mit hell- und dunkelblauem Transparentpapier beklebt, die Horizontlinie zwischen Meer und Himmel fällt steil ab. Auf einem Bild ist in der Ferne ein grünlicher Eisberg zu sehen. Das Billardzimmer im oberen Stock ist als Casino hergerichtet. Maxi trägt eine Matrosenuniform, nicht so ein modisches Ding, sondern eine echte, wie sie beschwört. Sie sieht umwerfend darin aus, findet Eugen, fast noch besser als damals als Femme fatale im Piccadilly. Lotte und ihre Blondine vom Ganovenball gehen als Lord und Lady Astor – meinen sie zumindest. Eugen hält es nicht für wahrscheinlich, dass Lord Astor knapp 1,60 Meter groß ist und Lady Astor bunte Glasperlen trägt. Er selbst macht in seinem Friedrich-von-Lauritz-Aufzug schon eher eine glaubwürdige Figur als Benjamin Guggenheim.

«Wo hast du denn das geklaut?», will Maxi zur Begrüßung von ihm wissen und mustert ihn vom Hut bis zu den Schuhspitzen.

«Ein kleiner Bankraub», antwortet Eugen, «und man hat seine Frühjahrsgarderobe aufgefrischt.»

«Deshalb hast du wohl keine Zeit gehabt, uns beim Klar-Schiff-Machen zu helfen?» Sie schaut sich im Raum um. «Oder was hattest du an Ostern so Wichtiges zu schaffen?»

Eugen sieht sich selbst im Hotelzimmer, wie er stundenlang die Schlinge um den Kaiserhals wirft, und sagt mit verschwörerischem Lächeln: «Bald geht es der Monarchie an den Kragen. Noch ein wenig Geduld.»

Habe ich also recht gehabt mit meiner Vermutung, denkt Maxi, Georg ist ein verkappter Revolutionär. Er gehört zu einer anarchistischen Gruppe, arbeitet im Untergrund. Deshalb die Geheimnistuerei, die falschen Namen. Deshalb hat er sie nie in seine Wohnung eingeladen, ihr Familie oder Freunde vorgestellt. Wie aufregend! Wenn das ihre Eltern wüssten!

«Darf ich bitten?» Sie fasst nach Eugens Hand und zieht ihn zur Tanzfläche, wo man Tische und Stühle beiseite geschoben hat. Die Tanzkapelle spielt *Weeping Willow*, einen Ragtime. Eugen entdeckt Fritz in der Kapelle und winkt ihm. Fritz wirft ihm eine Kusshand zu, vor Schreck tritt Eugen Maxi auf den Fuß.

Auf dem Musikprogramm stehen Stücke, die das Orchester auch auf der *Titanic* zu den Nachmittagstees, zum Dinner und zu den Bällen spielen wird: *The White Star Line March*, dann ein Walzer aus der Operette *Frau Luna* von Paul Lincke, der Marsch *Frischer Mut, leichtes Blut* sowie *Moonlight Bay* und andere. Maxi und Eugen tanzen, Lord und Lady Astor tanzen, Else Lasker-Schüler und George Grosz tanzen, Elses Noch-Ehemann Herwarth Walden und seine junge Geliebte tanzen. Selbst Stars wie die Schauspielerin Tilla Durieux und der Schriftsteller und Kritiker Alfred Kerr mischen sich unter die Tanzenden, Tilla als Nixe und Kerr als rußverschmierter Heizer.

Auf der Größenwahn-*Titanic* gibt es kein Ober- und Unterdeck, auch kein Schwimmer- und Nichtschwimmer-Bassin mehr, alles flutet zur Musik durcheinander. Der Komponist Paul Lincke hält an der Theke einen Plausch mit Walter Kollo, der ein wenig verstimmt ist, weil von Lincke sechs Stücke auf dem Konzertprogramm der *Titanic* stehen, von ihm aber keines. Oberkellner Hahn als Schiffskoch bietet Kollo zur Aufmunterung ein Glas Rum an.

«Und was stellst du dar, wenn man fragen darf?», fragt Hahn den Zeitungskellner Richard, der genau wie immer aussieht.

«Ach, ich bin bloß der wichtigste Mann an Bord.»

Der dicke Hahn sieht den buckligen Kollegen skeptisch an. «Und das wäre?»

«Der Funker.»

Plötzlich fällt dem Grüppchen auf, dass alle Kostüme vertreten, alle Rollen verteilt sind. Nur einer fehlt: der Kapitän.

Maxi entdeckt den Unbekannten, der wie immer in seiner Nische sitzt, aber mit niemandem spricht. Im Vorübergehen fragt sie ihn, ohne mit einer Antwort zu rechnen: «Und wer sind Sie?»

Sie ist schon einen Schritt an ihm vorbei, da ertönt in ihrem Rücken eine Stimme: «Der Einzige, der das alles überleben wird.»

Gegen Mitternacht holen Maxi und Lotte Fritz aus der Kapelle. Sie überreichen ihm ein großes Paket mit Schleife. Unter dem Gejohle der Umstehenden zieht Fritz einen Original-Rettungsring hervor. *Heimathafen Berlin* steht auf dem Ring, und rundherum haben alle Freunde und Bekannten unterschrieben. Fritz will sich bedanken und bringt kein Wort heraus.

Eugen, der Abschiedsszenen schlecht verträgt und morgen früh einen anstrengenden Termin hat, verlässt das Café. Er öffnet die Tür und tritt hinaus in die kühle Nachtluft.

Am Morgen des 9. April 1912 ist Eugen früh wach. Im Pyjama geht er die Aufzeichnungen ein letztes Mal durch. Hat er an alles gedacht? Eine große Unwägbarkeit gibt es: Wird der Bote kommen? Wenn Emil Butterweck nicht kommt, wird auch kein anderer Geldbote kommen, denn es gibt keine Postanweisung. Emil ist der Joker im Blatt. Eugen lässt die Schnur durch die Hand gleiten, überprüft die Schlinge. Alles wird davon abhängen, dass er in der Sekunde des Werfens und Zuziehens nicht die Nerven verliert. Scheußlich, dass das Töten eine so physische Angelegenheit ist.

Einen Schalter müsste es geben, den man nur umzulegen braucht. Wenn dieser Bote doch ein alter, kranker Mann wäre! Andererseits: Wozu braucht die Welt diesen Butterweck? Ein leichtfertiger Mensch, der nie etwas Bleibendes, Wertvolles schaffen wird. Eugen wirft die Schlinge ein letztes Mal mit Schwung über die Büste. Ein Spieler ist dieser Bote, und deshalb wird er auch kommen. Jede Wette.

Geldbriefträger Emil Butterweck nähert sich, ein Liedchen pfeifend, dem Hotel. Heute Morgen hat er zwei Wertsendungen für Gäste des Adlon. Er lässt sich anmelden, fährt mit dem Liftboy hinauf und händigt die Sendungen in den Apartments persönlich aus. Fürstin Mildred von Falkenfeld bekommt eine Schmuckschatulle und Mr. Jonathan Heartfield von der Oceanic Steam Navigation Company einen Stapel Wertpapiere. Bevor er die weiteren Hotels und Geschäfte aufsucht, die auf seiner Bestellroute liegen, macht Emil einen kleinen Abstecher.

«Guten Tag, Herr von Lauritz, da bin ich!»

Eugen Hofmann bittet den Boten herein und schließt hinter ihm die Tür. Im Salon fordert er ihn auf, am Tisch Platz zu nehmen. «Sie wollten doch wissen, was beim Glücksspiel der Trick ist. Auf dem Papier dort steht das ganze Geheimnis. Mitgeben kann ich es Ihnen nicht, und abschreiben dürfen Sie auch nichts. Was Sie sich merken können, gehört Ihnen.»

Emil Butterweck greift gespannt nach dem mit Schreibmaschine beschriebenen Blatt und vertieft sich in die Zahlenreihen. Es sind wieder die Seiten aus dem Kontor Schuster & Söhne. Eugen kommt ein paar Schritte näher und stellt sich hinter den Stuhl. Der Bote dreht sich nicht um, schaut nicht vom Blatt auf. Die Schlinge fällt auf Emils Schultern. Mit einem Ruck zieht Eugen sie zu.

Er tritt von hinten näher an den Boten, hält die Schlinge zugezogen, so fest er kann. Das Röcheln klingt grauenvoll. Und es hört nicht auf. Mit dieser Methode sollte das Opfer doch sofort tot sein! Aber das Röcheln und Japsen geht weiter. Eugen fühlt seine Hände kaum noch. Einen Moment lässt er die Schnur ein wenig locker, ein entsetzlicher Laut kommt aus der Kehle des Sterbenden. Er zieht wieder zu.

Endlich ist es vorbei. Der Körper auf dem Stuhl wird still und erschlafft. Eugen lässt die Schnur fallen. Nun kommt der schwerste Augenblick für den Mörder: Er muss seinem Opfer ins Gesicht sehen. Die Botenmütze sitzt noch auf dem Kopf, nur ein wenig in die Stirn gerutscht. Das Gesicht ist blaurot verfärbt und gedunsen, die Zunge quillt zwischen den Lippen hervor. Die geöffneten Augen sehen ins Leere. Emil Butterweck gibt es nicht mehr.

Eugen nimmt dem Boten die Geldtasche von der Schulter und legt sie auf den Tisch. Dann hebt er den Toten vom Stuhl, greift ihn unter den Armen und schleift ihn übers Parkett zum Koffer, der neben dem Schrank steht. Er legt den Toten vor den Überseekoffer, den er vorher leergeräumt hat, und öffnet den Deckel. Es ist verdammt schwer, den toten Körper in den Koffer zu verfrachten. Dabei rutscht die Uniformjacke hoch, und eine Pistole kommt zum Vorschein, die in einem Halfter am Gürtel sitzt, von der Jacke verborgen, doch griffbereit. Das ist also die Erklärung für den fehlenden Schlagstock. Beide haben sie eine Pistole gehabt – und keiner hat sie benutzt. Überrumpelung ist immer noch die beste Waffe.

Nachdem Eugen den Kofferdeckel über der Leiche geschlossen hat, fühlt er sich besser. Die Bestelltasche des Boten ist gut gefüllt. Er sortiert den Inhalt in vier Stapel: Briefumschläge und Begleitbriefe, Wertpapiere, Bargeld und Schmuck. Ein paar wirklich schöne Stücke sind darunter, doch Schmuck ist zu riskant. Beim letzten Mal wurden die Ringe, die er mitgenommen hat, in der Zeitung genau beschrieben. Daraufhin hat er sie nachts von einer Brücke in den Landwehrkanal geworfen. Alle bis auf einen, der ihn an Sophie erinnert, Sophie aus seinem Heimatort, die er einmal zu lieben geglaubt hat. Die Erinnerung an sie ist verblasst.

Doch den Ring – schlicht, golden, mit einem blauen Stein – will er nicht fortwerfen.

Die Mühe mit der Brücke kann er sich diesmal sparen. Er öffnet noch einmal den Kofferdeckel und wirft die Wertpapiere, die er ohnehin nicht einlösen kann, zusammen mit den Briefen in den Koffer. Die Broschen, Ketten und Ringe legt er dem toten Boten auf die Brust, die leere Botentasche zu seinen Füßen. Eugen schaut dem Toten nicht ins Gesicht, bevor er den Deckel wieder über ihm zuklappt, das Kofferschloss abschließt und den Schlüssel einsteckt.

Hastig blättert er die Geldscheine durch. Bestimmt 40 000 Mark dürften es sein, eine reiche Beute. Damit hat er sein Ziel erreicht: Er ist ein freier Mann. Nur jetzt in der Euphorie keinen Fehler machen! Aber er spürt gar keine Euphorie, nicht einmal eine kleine Freude. Na, das wird schon noch kommen. Wenn er erst mal hier raus ist, irgendwo in Sicherheit. Eugen steckt die Bündel der Geldscheine in die Tasche, in der auch seine Manuskripte und Papiere liegen, ebenso die Schlinge.

Ein paar Toilettenartikel bleiben im Bad zurück, den weniger guten Anzug lässt er im Schrank hängen, den Pyjama auf dem gemachten Bett liegen. Das Wenige, was er mitnimmt, passt in die Tasche. Eugen räumt die restlichen Sachen zusammen, schaut sich gründlich um. Hat er irgendeine Spur übersehen? Haare im Kamm oder auf dem Jackettkragen? Haben die Schuhe des Boten Schleifspuren auf dem Parkett hinterlassen? Nachdem er sich vergewissert hat, dass alles in Ordnung ist, lässt er die Türen zu Schlafzimmer und Bad offen und schließt die Tür zum Salon ab. Er verlässt das Apartment und steckt den Schlüssel ein.

Obwohl er es nun könnte, hat Eugen nicht vor, seine Hotelrechnung zu bezahlen. Wenn er unbemerkt aus dem Hotel kommt, wird ihm das einen Vorsprung verschaffen. Nur mit der Tasche unter dem Arm geht er über den roten Teppich die Treppe zur Eingangshalle herunter. Zum letzten Mal, denkt er, schade eigentlich. Gleich wird er hinausspazieren, als wolle er ein wenig frische Luft schnappen, wie er es in den Tagen zuvor getan hat. Da sieht er ihn plötzlich am Fuß der Treppe: Fritz! Er will sich umdrehen, die Stufen wieder hochgehen. Doch Fritz hat ihn schon entdeckt.

«Georg Hartwig!», ruft er überrascht und viel zu laut.

Auf keinen Fall will Eugen, dass jetzt Hotelangestellte auf ihn aufmerksam werden, den falschen Namen hören. Schnell geht er Fritz die letzten Stufen entgegen. «Fritz! Das ist ja ein Wink des Himmels, dich hier zu treffen! Ich muss unbedingt mit dir sprechen, bevor du nach Amerika fährst.»

«Gut, gehen wir in die Bar. Aber ich hab nicht mehr viel Zeit.»

«Nein, du musst mit mir aufs Zimmer kommen.» Eugen hat keinen Schimmer, worüber er mit Fritz reden, was er mit ihm anfangen soll, wenn er ihn erst in seinem Apartment hat. Das Wichtigste ist, ihn jetzt außer Hör- und Sichtweite zu bringen.

Fritz lacht anzüglich. «Da hat es aber jemand ganz eilig! Woher dieser plötzliche Sinneswandel? Ja ja, immer auf die letzte Minute.»

Plaudernd geht er mit Eugen die Treppe hoch. Eugen zieht, als Fritz nicht hinsieht, die Stoffhandschuhe wieder über. Wenn Fritz ihn darauf anspricht, wird ihm schon etwas einfallen.

Im luxuriösen Apartment sieht Fritz sich staunend um. «Hast du die ganze Zeit hier logiert, mein Lieber? Und uns im Dunkeln darüber gelassen, dass du in Wahrheit ein Millionärssprössling bist?»

Hab ich mir's doch gedacht, geht es Fritz durch den Kopf. Macht im Größenwahn einen auf Bohemien und lebt derweil von Papas Zinsen. Ob Maxi weiß, was für einen dicken Fisch sie da an der Angel hat? Angeblich macht sie sich ja nichts aus Reichtum, aber diese Phase wird schnell genug vorüber sein.

Eugen bittet Fritz, Platz zu nehmen – im selben Sessel, in dem der Bote bei seinem ersten Besuch gesessen hat. Seine Gedanken rasen. Soll er so tun, als wolle er Fritz um Rat bitten wegen Maxi? Oder soll er ihn in die Sache einweihen? Falls er einen Verdacht geschöpft hat. Oder ihn später schöpft, wenn er nach Berlin zurück-kommt und von dem Fall hört und liest. Allein, dass Fritz ihn hier im Adlon gesehen hat, zur Tatzeit – und er wird sich an den Zeit-punkt genau erinnern, weil es kurz vor seiner Abreise war … Mit dem Rücken zu Fritz fragt er: «Wie wäre es mit einem Gläschen Portwein?»

Er holt die halbvolle Flasche aus dem Schrank und gießt zwei Gläser ein. Soll er Fritz einen Teil der Beute anbieten, damit er schweigt? Nein, darauf wird der sich nicht einlassen. Fritz nicht. Er reicht dem Freund ein Glas und stößt mit ihm an. «Was treibt dich hierher?»

Nachdenklich mustert Fritz Eugens Hände, als würde er die Handschuhe erst jetzt bemerken. «Ein Gespräch mit Mr. Heart-field von der Reederei.» Er schaut auf die Uhr. «In einer Stunde geht mein Zug, vorher muss ich noch meine Sachen holen. Also, Georg, was hast du auf dem Herzen?»

Passt eigentlich noch ein Körper in diesen Koffer? Der Bote war ja eher schmächtig. Viel besser wäre es allerdings, wenn es so aussähe, als hätte es zwischen Fritz und dem Boten einen Kampf gegeben, bei dem beide zu Tode gekommen sind. Aber dann hätte er den Boten nicht strangulieren dürfen.

«Entschuldige mich einen Augenblick.» Eugen geht ins Bad und nimmt die Tasche mit. Du musst die Schnur aus der Tasche holen, sagt er sich, eine neue Schlinge knüpfen. Seine Hände zit-tern, erst beim dritten Versuch gelingt es. Gleich wird er wieder dieses Röcheln hören. Verdammt, ihm wird übel. Er stürzt zur Toilette. Jetzt nicht! Im letzten Moment würgt er alles herunter. Er setzt sich auf den Badewannenrand, ihm ist schwarz vor Augen. Du darfst Fritz nicht so lange allein lassen im Salon. Du musst es hinter dich bringen, auf der Stelle.

Als Eugen in den Salon zurückkommt, beugt sich Fritz über den riesigen Koffer. «Was ist denn da drin, eine Leiche?»

Eugen greift nach der Schlinge. Aber er will nicht noch einmal töten. Und schon gar nicht Fritz. Da kommt ihm eine Idee. Es gibt eine Chance für Fritz, eine einzige. Dann kann er ihn laufenlassen. Aber das ist beinahe so, wie auf eine einzige Zahl zu setzen.

«Wo wirst du spielen, Fritz, wenn du in New York bleibst? Broadway, Carnegie Hall?»

Fritz dreht sich mit einem Ruck zu Eugen und starrt ihn an. Er ist ganz weiß im Gesicht. «Woher weißt du das?!»

«Also stimmt es. Du hast keine Rückfahrkarte?»

Fritz kommt ein paar Schritte auf Eugen zu. «Die Carnegie Hall ist es nicht, aber ich hab ein Angebot bekommen. So eine Chance kriegt man einmal und nie wieder!» Er sieht zu Boden. «Ich hab's einfach nicht übers Herz gebracht, es Maxi und Lotte zu erzählen. Sag nichts, Georg, ich weiß, ich bin ein Feigling.»

Gerettet!, denkt Eugen, wir sind gerettet. «Schon gut», sagt er. «Ich versteh das. Ich werd's niemandem verraten.»

Fritz sieht Eugen fragend an. «Was ist? Du strahlst plötzlich so. Freust du dich, mich für immer los zu sein?»

«Ich freu mich, dass du diese Chance kriegst! Einmal und nie wieder, ganz richtig. Alles auf eine Zahl!» Er stürzt auf Fritz zu und umarmt ihn.

Einen Moment stehen sie aneinandergelehnt und schweigen. Dann macht Fritz sich los. «Du bist ein echter Freund», sagt er mit Tränen in den Augen. «Ich werde euch schrecklich vermissen.»

«Wann reist du ab?»

«Jetzt gleich. War sozusagen schon auf dem Sprung zum Bahnhof.» Er sieht auf die Uhr. «Ich muss wirklich auf der Stelle los.»

Eugen kommt ein unangenehmer Gedanke. Die kleine Kugel könnte glatt wieder aus der Scheibe springen. «Triffst du Maxi noch vor der Abreise? Oder Lotte?»

«Nein, du bist sozusagen der Letzte, der mich lebend sieht.»

Schrille Vogelschreie hallen von den Wänden der Eingangshalle wider, als Eugen Hofmann endlich die Treppe herunterkommt, um das Adlon zu verlassen. Der Papagei der berühmten Tänzerin

Otéro, den sie ein wenig in die Sonne tragen wollte, ist aus seinem Käfig geflüchtet. Vor Aufregung lässt die Zofe auch die siamesische Tempelkatze vom Arm springen, die den Vogel durch die Halle jagt. Wie so oft um diese Zeit sitzt Mildred von Falkenfeld in einem der Sessel in der Hotellobby. Sie amüsiert sich über das Spektakel und darüber, dass sich sämtliche Köpfe nach den Bewegungen der Otéro, des Papageis und der Katze ausrichten. Nur einer, so nimmt sie aus dem Augenwinkel wahr, geht stur geradeaus an allem vorüber. Interessiert sieht sie ihm nach. Na, wenn das nicht unser junger Freund Georg Hartwig alias von Bräseritz ist, der da mit einer Tasche unter dem Arm aus der Tür tritt! Das muss ich Maxi erzählen, dass ich ihn hier gesehen habe, denkt Mildred, bevor sie sich wieder dem Papagei zuwendet, der auf einem der Kronleuchter gelandet ist und einen Vogelschiss fallen lässt. Kreischend stieben die Damen und Herren auseinander.

Eine Stunde später an diesem Dienstagvormittag klopft das Zimmermädchen an die Tür des Apartments im zweiten Stock. Niemand antwortet, die Tür ist nicht abgeschlossen. Also wird Herr von Lauritz wohl da sein. Sie erinnert sich daran, dass er auf keinen Fall gestört werden darf, und tritt zögernd ein. Wie sie vermutet hat, ist die Tür zum Salon geschlossen. Sie ruft nicht und klopft nicht, sondern putzt das Bad und räumt das Schlafzimmer auf, so leise sie kann.

Mittags gehen die ersten Anrufe auf dem Postamt in der Französischen Straße ein: Wo bleiben die für heute erwarteten Postanweisungen? Da der Überfall auf den Geldboten in der Neuen Friedrichstraße vor wenigen Wochen noch frisch im Gedächtnis ist, ist man gleich alarmiert. Der Direktor des Postamts ruft persönlich in allen Hotels und Geschäften an, die auf Emil Butterwecks Bestellroute liegen. Dabei stellt sich heraus, dass der Bote zuletzt im Adlon zwei Sendungen ordnungsgemäß abgeliefert hat, bei der nächsten Station, im Hotel Bristol, jedoch nicht mehr erschienen ist. Postdirektor Konrad lässt sich mit dem Präsidium am Alexanderplatz verbinden und verlangt Abteilung IV, Kriminalpolizei.

Unter den anwesenden Kriminalbeamten entbrennt eine Diskussion: Soll man die Mordbereitschaft schicken? Schließlich gibt es keine Leiche, ein Mord ist bislang reine Spekulation. Und wer steht überhaupt auf der Liste der Mordbereitschaft für April?

«Die Leitung obliegt mir», sagt Kriminalinspektor Dr. Mehlmann. «Und dann wären da noch …»

«Einen Augenblick!», protestiert Kriminalinspektor Waldemar von Canow. «Sie wollen wohl nicht ernsthaft lauter neue Leute schicken, die von dem ersten Überfall keine Ahnung haben? Es liegt doch auf der Hand, dass es sich um denselben Täter handelt!»

«Von dem im Übrigen noch immer jede Spur fehlt», betont Dr. Mehlmann mit Blick auf den Kollegen von Canow.

Ein Wort gibt das andere, bis Mehlmann und von Canow einander wie zum Duell gegenüberstehen. Hier muss Polizeipräsident Traugott von Jagow persönlich ein Machtwort sprechen. Der tut's, und so wird die Mordbereitschaftskommission von März auch mit dem potentiellen Botenraubmord im April betraut. Doch zunächst gilt es, den Geldboten zu finden: tot oder lebendig. Kommissar Tucher und Kriminalwachtmeister Kappe werden als Suchtrupp losgeschickt. Sobald sie auf eine Leiche stoßen, haben sie Kriminalinspektor von Canow an den Tatort zu rufen.

Der Empfangschef des Adlon bittet die Herren von der Polizei in ein Büro, in dem man ungestört sprechen kann, und erklärt: «Ein Hotel wie das Adlon ist seinen Gästen ein Hort des Komforts und der Harmonie. Die Anwesenheit der Polizei passt da nicht ins Bild.»

Kommissar Tucher sichert äußerste Diskretion zu. Dann bittet er um Erlaubnis, mit den beiden Gästen zu sprechen, denen der Geldbote am Vormittag eine Sendung überbracht hat.

Fürstin Mildred von Falkenfeld ist erfreut über die Abwechslung. «Aber leider», seufzt sie, «ist der junge Bote, nachdem er mir die Schmuckschatulle übergeben hat, gleich wieder gegangen. Interessante Dinge wie Mord finden immer bei anderen statt.»

«Von Mord kann keine Rede sein», stellt Tucher klar. «Wir versuchen lediglich herauszufinden, wo der Bote geblieben ist.»

Fürstin von Falkenfeld lacht. Die Federn auf ihrem Hut wippen. «Natürlich. Wenn Sie meine Suite durchsuchen möchten, bitte sehr.»

«Danke, nicht nötig. Herr Adlon persönlich bittet Sie übrigens, den anderen Gästen gegenüber Stillschweigen zu bewahren.»

«Aber sicher. Auch Lorenz muss auf seinen Ruf achten», sagt die Fürstin zum Abschied.

«Können wir bitte die Empfangsbestätigung für die Sendung sehen, die der Bote Ihnen gebracht hat, Mr. Heartfield?»

Mr. Jonathan Heartfield von der Oceanic Steam Navigation Company holt die von ihm und dem Boten unterzeichnete Quittung aus einer Aktenmappe und überreicht sie.

«Mr. Heartfield», sagt Kommissar Tucher, «Sie sind offenbar der Letzte, dem der Geldbote eine Sendung überbracht hat. Vielleicht sogar der Letzte, der ihn lebend gesehen hat.»

«Das hoffe ich doch nicht», sagt Mr. Heartfield mit leichtem britischem Akzent. «Das hieße ja, dass ich der Mörder wäre.» Dann fährt er lächelnd fort: «Ich habe übrigens einen Zeugen, dass der Gesuchte mein Zimmer lebend verlassen hat. Er war zu einem Gespräch bei mir, als der Bote kam. Bedauerlicherweise befindet er sich bereits auf dem Weg nach Southampton, wo er morgen als Musiker die *Titanic* besteigt. Doch bevor Sie mich verhaften, lasse ich telegraphieren …»

«Nicht nötig», sagt Kommissar Tucher. «Aber würden Sie uns erlauben, uns ein wenig in Ihrem Apartment umzusehen?»

Als echter Gentleman verlässt Mr. Heartfield diskret den Raum.

«Die beiden – so gut wie ausgeschlossen», meint Tucher, als

er mit Kappe im Lift hinunterfährt. Hermann Kappe findet aus Prinzip nichts so gut wie ausgeschlossen, doch das behält er für sich. Jedenfalls hätte er Fürstin Falkenfelds Suite zu gerne einer Untersuchung unterzogen, wo sie es doch schon angeboten hat.

Leider lässt sich die wichtigste Frage im Gespräch mit dem Hotelpersonal nicht klären: Hat der Geldbote das Adlon wieder verlassen? Ein Page meint sich zu erinnern, ihn hinausgehen gesehen zu haben. Die anderen wissen es nicht. Der Empfangschef räuspert sich. «So etwas entzieht sich sonst nicht unserer Aufmerksamkeit. Aber heute Vormittag gab es mehrere Vorfälle mit Madame Otéro und ihrem – Gefolge.» Noch die Erinnerung treibt ihm Schweißperlen auf die Stirn. «Erst die Möpse, später der Papagei ...»

Kommissar Tucher und Hermann Kappe begeben sich zum Hotel Bristol, der nächsten Station der Bestellroute. Hier wurde keine Sendung mehr abgeliefert. Mehrere Zimmer werden durchsucht, doch ebenso wie zuvor bei Mr. Heartfield ohne Ergebnis. Ein Durchsuchungsbefehl für alle Zimmer des Adlon ist aufgrund der vagen Indizienlage nicht zu bekommen. Auch hat man Verständnis für Lorenz Adlons Wunsch nach Diskretion.

Mittwoch, 10. April 1912: Mittags um fünf nach zwölf werden im Hafen von Southampton die Leinen gelöst. Die *Titanic* legt ab. Durch den Sog des Ozeandampfers reißt das Passagierschiff *New York* aus der Vertäuung und steuert genau auf die *Titanic* zu. In letzter Minute kann eine Kollision vermieden werden. Fritz steht an der Reling neben dem Kapellmeister. «Man sollte gleich in Cherbourg wieder von Bord gehen», murmelt der bärtige Mann. «Ein schlechtes Omen ist das, ein schlechtes Omen.»

Fritz glaubt nicht an Omen. Ihn beschäftigt vielmehr, wie die anderen Musiker spielen und ob sie ihn akzeptieren werden. Er kann noch seinen Rettungsring mit der Aufschrift *Heimathafen Berlin* im Hafenbecken schwimmen sehen, den ihm die Freunde bei der Abschiedsfeier im Größenwahn geschenkt haben. Bis zum Hafen von Southampton hat er das schwere Ding mitgeschleppt.

Dort haben sie ihn gezwungen, den Ring zurückzulassen. «Gibt genug von dem Zeug an Bord», hat der Seemann am Einstieg für die Mannschaft ihn mit verschränkten Armen angeblafft. Da hat Fritz seinen Ring kurzerhand ins Wasser geworfen. Nun entfernt sich die *Titanic* immer weiter vom «Heimathafen Berlin».

Kommissar Tucher und Kappe befragen am selben Tag Kollegen, Verwandte und Bekannte des Geldboten Butterweck nach dessen Lebensumständen und möglichem Verbleib. Der Postdirektor und die Kollegen versichern, dass er ein erstklassiger Schütze gewesen sei. Deshalb war ihm, trotz seiner Jugend, auch eine der nicht ungefährlichen «Luxus-Touren» zugeteilt worden. Nachforschungen unter seinen Freunden fördern noch mehr Interessantes zutage: Emil Butterweck war ein heimlicher Spieler. Der Direktor des Postamts 8 ist am Boden zerstört, als man ihn davon in Kenntnis setzt. Man wird ihn an oberster Stelle für diesen Missgriff in der Personalauswahl zur Rechenschaft ziehen. Als Kriminalinspektor von Canow von Butterwecks Spielsucht erfährt, ist für ihn die Sache klar: Der Bote hat sich mitsamt Wertsachen und Geld davongestohlen. Eine Fahndung wird ausgeschrieben, Emil Butterwecks Beschreibung an alle Grenzposten durchgegeben.

Donnerstag, 11. April: Während die *Titanic* Queenstown in Irland ansteuert, geben Fritz und die anderen Musiker ein Konzert im Salon der ersten Klasse. Auf dem letzten Stopp vor der Atlantiküberquerung gehen vor allem irische Auswanderer an Bord, Passagiere der dritten Klasse, die ihre Heimat für immer verlassen. Einige Herrschaften sind verstimmt, weil sie ihr schönes Schiff mit dem Pöbel teilen müssen. Auf dem Oberdeck versucht man, so wenig Kenntnis wie möglich davon zu nehmen. Doch Fritz schaut in der Konzertpause zu, wie die lange Karawane der Auswanderer, junge Männer und ganze Familien, in den Bauch des Schiffes hinabsteigt. Tränen fließen, Eltern und Kinder pressen Taschentücher ans Gesicht. Fritz' Herz fühlt sich an wie ein Stein, der langsam auf den Grund sinkt. Ihretwegen oder seinetwegen? Auch er hat ja der Heimat den Rücken gekehrt, noch dazu ohne Abschied zu nehmen. Das war ein Fehler, den er jetzt bitter bereut.

Die *Titanic* nimmt Kurs auf den offenen Atlantik. Der Horizont verschwimmt vor seinen Augen, er klammert sich an die Reling. Da legt sich von hinten eine Hand auf seine Schulter. «Komm, Kamerad, das Publikum wartet!» Der erste Geiger schiebt ihn über das Deck zur Tür des Salons. «Spielen wir!»

Der Empfangschef des Adlon runzelt die Stirn. Friedrich von Lauritz wollte heute abreisen, ist aber bis Mittag nicht am Empfang erschienen. Der Schlüssel zum Apartment ist nicht beim Portier, also wird der Gast auf dem Zimmer sein. Er ruft Leni, das zuständige Zimmermädchen, und erfährt, dass sie Herrn von Lauritz seit Montag nicht mehr gesehen und auf dessen Anweisung nur Schlafzimmer und Bad gesäubert hat. Der Empfangschef fährt selbst mit dem Zimmermädchen in den zweiten Stock. Er klopft an die verschlossene Salontür und ruft, erhält aber keine Antwort.

Das Bett sieht nicht so aus, als ob jemand darin geschlafen hätte, der Pyjama liegt noch genauso gefaltet da, wie ihn Leni hingelegt hat. Allerdings war er auch vorher stets sauber gefaltet. Hat sich im Bad etwas verändert? Leni kann es nicht sagen. Im Kleiderschrank hängt ein einziger Anzug, keine Wäsche, kein Hemd. Aber das beweist noch gar nichts. Es gibt Barone, die so gut wie ohne Gepäck reisen, Gräfinnen, die getragene Kleider statt zur Wäsche in den Müll geben und sich täglich etwas Neues kaufen. Der Empfangschef klopft ein letztes Mal gegen die Salontür, dann öffnet er sie mit einem Passepartout.

Der Raum ist ordentlich und leer, bis auf zwei Portweingläser auf dem Tisch und einen Überseekoffer, der vor dem Schrank steht. Der Empfangschef zögert einen Moment, dann versucht er den Kofferdeckel zu öffnen, doch der ist abgeschlossen. Das Gepäck eines Gastes aufzubrechen käme im Adlon einem Umsturz gleich. Man muss vorerst davon ausgehen, dass Herr von Lauritz noch da ist. Wenn man hier jeden Gast, der ein wenig seltsam ist, gleich verdächtigen würde, ein Zechpreller, Betrüger oder gar Mörder zu sein … Der Empfangschef schließt die Salontür wieder zu und hängt von innen einen Zettel ins Apartment, der sehr geehrte Herr möge sich doch bitte so bald wie möglich am Empfang melden. Da ihm die Sache dennoch keine Ruhe lässt, ruft er nach Rücksprache mit Herrn Adlon auf dem Polizeirevier an und fragt, ob man die Identität eines gewissen Friedrich von Lauritz, Sohn des Gutsbesitzers Freiherr von Lauritz aus Gut Lauritz bei Allenstein, überprüfen könne.

Die Sache ist bald aufgeklärt: Ein Gut Lauritz existiert ebenso wenig wie ein Freiherr von Lauritz, und folglich gibt es auch keinen Sohn desselben. Noch am Nachmittag erscheinen Kriminalinspektor von Canow und Kommissar Tucher mit einem Durchsuchungsbefehl im Hotel. Herr Adlon selbst begleitet sie ins Apartment und lässt den Überseekoffer von einem behandschuhten Hoteldiener aufbrechen. Als sich der Deckel hebt, beugen sich vier Köpfe über den Koffer und zucken im nächsten Augenblick zurück. Niemand zweifelt bei seinem Anblick daran, dass der Mensch im Koffer sowohl der gesuchte Geldbote als auch eine Leiche ist.

Nachdem Herr Adlon den Hoteldiener zum Schweigen verpflichtet und sich von den Kriminalbeamten noch einmal äußerste Diskretion erbeten hat, verlässt er mit dem Diener den Raum und ruft die restliche Mordkommission herbei. Den Wagen möge man um die Ecke parken und möglichst einzeln das Hotel betreten. So treffen nach und nach Kriminalwachtmeister Kappe, Dr. Kniehase vom Erkennungsdienst, Polizeiarzt Dr. Schubert und ein Photograph ein, der wie üblich Leiche und Tatort im vorgefundenen Zustand ablichtet.

«Das sind ja Methoden wie im alten Ägypten», meint Kappe, als er endlich auch einen Blick auf den Toten werfen darf. «Bestattet in vollem Ornat, mit der eigenen Waffe und Schmuck auf der Brust.»

«Nur dass man den Pharaonen keine Wertpapiere mit ins Jenseits gegeben hat», bemerkt Kommissar Tucher.

«Damit würden die Toten auch nie zur Ruhe kommen», wirft von Canow ein, «bei dem Auf und Ab an der Börse.» Dann wendet er sich an den Arzt. «Und nun, Dr. Schubert, sind wir gespannt auf Ihr Urteil. Um welche Torte – äh, Waffe – handelt es sich diesmal?»

Dr. Schubert bittet Dr. Kniehase, ihm beim Umwenden des starren Körpers zu helfen, und inspiziert die Leiche von allen Seiten. Keine Schusswunde, keine Stichwunde, keine Schlagwunde. Auch keine Würgemale am Hals. Vielleicht ein feiner roter Strich knapp unter dem Kehlkopf – schwer zu sagen. Ob die Luftröhre zusammengepresst wurde, der Kehlkopf geschädigt ist, wird die Obduktion zeigen. «Tippe auf erdrosselt mit feiner Schlinge», erklärt Dr. Schubert. «Eine beliebte Methode der organisierten Kriminalität. Wenn man aus dem Hinterhalt angreift, schnell und geschickt ist, kann man sein Opfer lautlos zu Tode bringen. Sehr effizient, aber es braucht Übung.»

«Hinterhalt, das glaube ich auch», bemerkt Kappe. «Da er die Waffe nicht gezogen hat, muss er dem Mörder vertraut haben und überrascht worden sein.»

Nun ist Dr. Kniehase an der Reihe, nach Fingerabdrücken zu suchen. Mit Hilfe seines Graphitpulvers findet er unterschiedliche Abdrücke, darunter ganz frische an einem der Weingläser. «Erstklassige Exemplare!», ruft Kniehase aus. «Wenn der Täter seine Fingerchen in unserer Kartei verewigt hat, finden wir den Burschen sofort.»

«Sind an dem anderen Glas auch welche?», will Kommissar Tucher wissen.

Kniehase verneint. «Keine Spur.»

«Entweder der Täter ist ein Volltrottel», meldet sich Kappe zu Wort, «oder die Abdrücke stammen vom Opfer. Oder zieht man sich neuerdings Handschuhe über, bevor man ermordet wird?»

«Kappe, protokollieren nicht vergessen!», mahnt von Canow.

Dr. Kniehase nimmt die Fingerabdrücke des toten Geldboten,

die keine Ähnlichkeit mit denen am Glas aufweisen. Von Canow und Kniehase wechseln triumphierende Blicke, doch Kappe ist nicht überzeugt. Es gibt ja außer Opfer und Täter noch andere Menschen mit Fingerkuppen.

Bei der weiteren Suche finden sich auf der Tischplatte frische Abdrücke, die vom Toten stammen. Außerdem können Fingerabdrücke des Zimmermädchens Leni identifiziert werden, und weitere, die mit denen auf dem Weinglas übereinstimmen, also von Unbekannt stammen.

Freitag, 12. April: In der Westendklinik am Spandauer Damm nimmt Dr. Schubert das Tuch von der Leiche des Geldboten Emil Butterweck, 25 Jahre, gebürtig aus Köpenick. Seine Eltern haben ihn identifiziert, die Mutter ist beim Anblick des toten Sohnes zusammengebrochen. Dr. Schubert ist derartige Szenen gewöhnt, doch sein junger Kollege, der pathologische Assistenzarzt Gottfried Benn, wirkt ein wenig blass um die Nase. Dennoch ist er mit Eifer dabei, als es ans Obduzieren geht.

Der Tote, der da vor ihm liegt, ist Dr. Benns erstes eindeutiges Mordopfer. Die meisten, die hier landen, sind Obdachlose oder Selbstmörder. Meine Güte, wie viele Selbstmörder gibt es nicht in Berlin. Mörder dagegen sind rar. Dr. Schubert macht einen Schnitt in den Hals, legt Luftröhre und Kehlkopf frei. Nach eingehender Untersuchung bestätigt er seine erste Diagnose: «Erdrosselt mit feiner Schlinge.»

Postdirektor Konrad beschwört es noch einmal: «Es gab am 9. April keine Postanweisung für einen von Lauritz im Adlon!»

Kommissar Tucher, der sich noch an die Panne vom letzten Mal erinnert, droht Konsequenzen an, falls wieder ein so wichtiges Indiz übersehen werden sollte. Was hat der Bote ohne eine Sendung im Apartment des Herrn von Lauritz zu suchen gehabt?

«Nichts», versichert Direktor Konrad, «absolut nichts. Es ist

unseren Geldbriefträgern strengstens untersagt, auf ihrer Bestell-
tour irgendjemand anders als die Empfänger der Sendungen auf-
zusuchen.»

«Könnte es mit Butterwecks Spielleidenschaft zu tun haben?»

Postdirektor Konrad zuckt zusammen. «Erinnern Sie mich
nicht daran!»

«Und ob ich Sie daran erinnere», verspricht Kommissar Tucher. «Wir wären Ihnen übrigens sehr verbunden, wenn Sie sich
auch ein wenig mehr erinnern würden. Rufen Sie mich an, wenn
Ihnen etwas einfallen sollte.»

Die Befragung des Hotelpersonals hat wenig Brauchbares zutage gefördert. Der vorgebliche Friedrich von Lauritz war mittelgroß, blond, bartlos. Ein ruhiger, unauffälliger Gast, der keine
Scherereien verursachte – vielleicht hätte gerade das zu denken
geben sollen, hat Lorenz Adlon bemerkt, aber im Nachhinein ist
man immer klüger.

Hermann Kappe stattet abends seinem ältesten Freund Gottlieb
Lubosch einen Besuch an dessen Arbeitsplatz ab. Praktischer-
weise ist Lubosch Kellner im Adlon. Die beiden sind gemeinsam
in Wendisch Rietz aufgewachsen und haben in Berlin gemeinsam
ihr Dienstjahr beim Kaiser-Franz-Garde-Grenadier-Regiment ab-
solviert. Inzwischen haben sie ganz unterschiedliche Laufbahnen
eingeschlagen, doch um die diffizilen Launen und Geschmäcker
der Hotelgäste zu befriedigen, braucht es ebenso viel Spürsinn wie
für die Verbrecherjagd. Meint jedenfalls Gottlieb Lubosch. Kappe
hat nicht vor, dem Freund heute Abend zu widersprechen, denn
er möchte ihn als Spion am Tatort gewinnen. Jetzt sitzen sie nach
Luboschs Dienstschluss in einer ruhigen Ecke und verzehren Reste aus der Hotelküche. «Reste» sind hier ganze Braten oder eine
Forelle samt Beilagen, die ein Gast unangerührt zurückgehen
ließ, weil ihm etwa die Petersilie auf einer Kartoffel ein wenig welk
erschien.

«Sag mal, Lubosch, du kannst dich doch bestimmt an das

Zimmermädchen heranmachen?», sagt Kappe, während ihm ein Tröpfchen Bratensoße in den Bart läuft.

Lubosch, der seit seiner Anstellung im Adlon in den Augen seines Freundes ein ziemlich feiner Pinkel geworden ist, reicht Kappe demonstrativ eine weiße Stoffserviette. «Wenn du von Leni sprichst, die Lauritz' Apartment gemacht hat – die ist verlobt.»

Kappe wischt ein paar Krümel vom Tisch. «Du sollst se ja nich heiraten. Nur nach dem Lauritz ausfragen. Ob ihr was an dem aufgefallen ist. Dir wird se's eher sagen als der Polizei.»

Gottlieb Lubosch seufzt. «Du kennst die Leni nicht. Der fällt nichts auf.»

Als die Freunde bei der legendären Adlon-Eisbombe angekommen sind, hat Lubosch Kappe versprochen, es bei Leni zu versuchen. Er hat nicht das Gefühl, als hätte er eine Wahl gehabt.

Samstag, 13. April: Im Polizeipräsidium am Alex springt Dr. Konrad Kniehase vom Stuhl auf und vollführt einen Freudentanz. Es ist fünf Uhr morgens, nur das grelle Licht der Schreibtischlampe scheint auf das aufgeschlagene Verbrecheralbum und die Kartei mit Fingerabdrücken. Kein Zweifel, die Abdrücke sind identisch! Kniehase lässt es so lange bei Waldemar von Canow klingeln, bis dieser abnimmt. Dann ruft er in den Hörer: «Wir haben ihn!»

Eine Stunde später erscheint Kriminalinspektor von Canow müde und missgestimmt auf der Bildfläche. «Gnade Ihnen Gott, wenn das ein falscher Alarm war», presst er zwischen den Zähnen hervor. Doch beim Anblick von Kniehases eingefallenem, unrasiertem Gesicht, in dem die Augen triumphierend blitzen, verfliegen seine Zweifel. Der Jagdhund hat das Wild gestellt.

«Was ist es denn für ein schwerer Junge?», will von Canow wissen, «Mörder, Räuber, Kopf eines Ringvereins?»

Kniehase schüttelt den Kopf. «Nichts von alledem.»

Die Fingerabdrücke vom Weinglas und die in der Kartei sehen tatsächlich identisch aus. Neben den Abdrücken in der Kartei stehen Name und Nummer, die auf den Eintrag im Verbrecheralbum verweisen. «Fritz Krämer, Musiker, mehrfach aufgegriffen bei Razzien in einschlägigen Lokalen, vorbestraft nach Paragraph 175, Haftstrafe ausgesetzt zur Bewährung, notorischer Homosexueller.»

Von Canow sieht Kniehase fragend an. Ein warmer Bruder? Nicht gerade das, wonach er in diesem Fall gefahndet hätte. Andererseits: Diese Leute sind moralisch verkommen, denkt er, denen ist alles zuzutrauen. Nicht umsonst finden sie sich schließlich im Verbrecheralbum. Er beugt sich über die Photographie: ein blonder, blauäugiger junger Mann. Mittelgroß, bartlos, von schlanker Statur. Passt zur Beschreibung des Friedrich von Lauritz durch die Hotelangestellten. «Und von Friedrich zu Fritz», meint von Canow, «ist es auch nur eine Abkürzung.»

Noch am selben Vormittag wird den in Frage kommenden Angestellten im Adlon Fritz Krämers Photographie vorgelegt, ohne den Namen oder sonstige Hinweise. Mehrere Pagen schwören Stein und Bein, dass sie den Herrn am fraglichen Tag im Hotel gesehen haben. Auch der Empfangschef kann sich an das Gesicht erinnern – er vergisst nie ein Gesicht –, aber ob es der Herr war, der sich als Friedrich von Lauritz eingemietet hat? Eine gewisse Ähnlichkeit ja, aber er hat doch Zweifel. Leni meint, die Blonden sehen einander alle so ähnlich.

«Unser mutmaßlicher Mörder hat sich aus dem Staub gemacht», berichtet Kommissar Tucher bei der am Samstagnachmittag einberufenen Konferenz der Mordkommission. Tucher und Kappe haben inzwischen im Auftrag von Canows mit den Nachforschungen zu Fritz Krämer begonnen.

«Schön, fangen wir ihn ein!», ruft von Canow. «Fahndungsaufruf mit Bild an alle Grenzen …»

«Die Grenzen hat er schon hinter sich gelassen. Er ist Orchestermusiker auf der *Titanic*», sagt Tucher. «Nachteil: Er befindet sich viele Seemeilen entfernt auf dem offenen Atlantik. Vorteil: Er kann uns nicht weglaufen.»

«Wunderbar! Ich telegraphiere gleich einen Haftbefehl nach

New York. Da wird er am Kai mit Handschellen begrüßt!» Von Canows Begeisterung wird nur wenig gedämpft, als er sich erinnert, dass er kein Englisch kann. «Kniehase, übernehmen Sie das Telegraphieren! Und rufen Sie bei der Reederei an, dass der Kapitän diesen Krämer im Auge behält.»

Kurze Zeit später legt Kniehase den Haftbefehl auf Englisch seinem Chef zur Unterzeichnung vor. «Ich habe mit der Reederei gesprochen. Man will den Kapitän informieren. Übrigens hat Fritz Krämer nur ein One-Way-Ticket. Einfache Fahrt», ergänzt er mit Blick auf den Kriminalinspektor.

Von Canow schlägt mit der Faust auf den Tisch. «Das ist der Beweis! Wir haben den Richtigen!»

Sonntag, 14. April: Der Zug fährt am Abend in den Stettiner Bahnhof ein. Eugen atmet tief durch, er ist zurück in Berlin. Fünf Tage und Nächte hat er in einer Provinzstadt nahe der russischen Grenze verbracht, fünf Tage zu viel. Er hielt es für besser, diesmal für eine Weile aus Berlin zu verschwinden und einen Teil des erbeuteten Geldes auf dem Schwarzmarkt im Ausland zu wechseln. Aber in den Dörfern und Städtchen außerhalb der Hauptstadt ticken die Uhren so langsam, dass auch der Puls immer schleppender wird, bis man sich beinahe tot fühlt. Außerdem, denkt Eugen, während er sich durch das Gedränge der Massen auf dem Bahnsteig schiebt, kann es kein besseres Versteck geben als diese Stadt.

Er geht zum Kiosk auf dem Bahnhofsvorplatz und kauft mehrere Sonntagszeitungen. Am Freitag waren erste Meldungen über den Raubmord erschienen, kurz, aber sensationell genug. *Geldbotenmörder schlägt wieder zu! Diesmal reiche Beute … Ein kaltblütiger Mord mitten unter den ahnungslosen Gästen des Nobelhotels … Mörder mimt adeligen Gutsbesitzer …* usw. Mehr als zwei Tage waren vergangen, bis sie den Toten im Koffer entdeckt hatten. Also war der Zimmerservice im Adlon tatsächlich so diskret wie sein Ruf. Das Zimmermädchen hat sich an seine Anweisungen gehalten.

Erst als Eugen gegen elf Uhr abends durch die Tür ins Café Größenwahn tritt, ist er ganz zu Hause. Von seinem Stammtisch aus blickt er auf das Fenster, das noch immer mit dem Transparentpapier von Fritz' Abschiedsfest beklebt ist. Erst jetzt fällt ihm auf, wie giftig grün der Eisberg geraten ist. Grün wie der Absinth, den die Damen am Nebentisch trinken, passend zum giftgrünen Lidstrich. Während Oberkellner Hahn eine Tasse Mokka neben den Stapel mit Journalen stellt, denkt Eugen an die endlosen Minuten im Badezimmer des Adlon, als er dachte, auch Fritz töten zu müssen. Kurz hatte er sogar den Einfall, mit dessen Papieren und Fahrkarte die *Titanic* zu besteigen. Er wäre eben todkrank gewesen und unfähig, eine Note zu spielen, bis sie den offenen Atlantik erreicht hätten. Und dann hätten sie ihn ja schlecht über Bord werfen können. In Amerika wäre er gleich nach der Ankunft untergetaucht. Auch New York soll eine großartige Stadt sein. Er nimmt einen Schluck des schwarzen Kaffees, atmet die vertraute verqualmte Luft ein. Nein, keinen Ort der Welt würde er eintauschen gegen das Café Größenwahn in West-Berlin.

Plötzlich steht Maxi vor ihm, ganz aufgelöst sieht sie aus. Sie lässt sich neben Eugen auf den Stuhl fallen und flüstert: «Gut, dass du da bist! Stell dir vor, gestern Nachmittag war die Polizei hier – wegen Fritz!»

«Wieso wegen Fritz?»

«Sie haben mich und Lotte und sogar Hahn und Richard nach ihm ausgefragt. Wir wären doch hier Fritz' Familie, das Café des Westens sein Zuhause.» Maxi kramt in ihrer Handtasche, bis sie das Zigarettenetui gefunden hat. «Erst wollten sie nicht damit herausrücken, um was es geht. Ich hab ihnen gesagt, dass ich für meinen Freund die Hand ins Feuer lege, und wenn sie etwas von ihm wollten, sollten sie ihn selber fragen.» Maxi versucht, sich eine Zigarette anzuzünden, doch ihre Finger zittern zu sehr. «Da hat mich der eine angefahren, ich wüsste doch genau, dass Fritz sich nach Amerika abgesetzt hätte – sie wussten wohl von Richard oder Hahn, dass Fritz auf der *Titanic* ist.»

«Was wollen sie denn überhaupt von ihm?» Eugen reißt ein neues Streichholz an.

Maxi lacht schrill. «Die glauben, er ist der Geldbotenmörder vom Adlon!»

Das brennende Streichholz fällt Eugen aus der Hand. Erst als eine Zeitung Feuer fängt, kommt er zu sich und gießt Wasser aus dem Glas auf die Flammen. Hahn eilt herbei, räumt die angekokelte Zeitung weg und tupft die Tischplatte trocken.

«So ging es mir auch», sagt Maxi. «Ich war platt. Fritz und ein Mörder! Fritz mordet ja nicht mal die Mücken am Wannsee. Aber weißt du, was das Schlimme ist, Georg? Die meinen das ernst!»

41° 46′ Nord, 50° 14′ West: Die *Titanic* gleitet mit 20,5 Knoten durch den Nordatlantik. Die Nacht ist sternklar, das Wetter ungewöhnlich ruhig. Gegen 23.40 Uhr türmt sich wie aus dem Nichts Nebel auf, weht über das Deck und hüllt die beiden Posten im Ausguck in einen eiskalten Hauch. Kurz darauf entdeckt Frederick Fleet, Wachtposten im Krähennest am vorderen Hauptmast, direkt vor dem Bug einen riesigen schwarzen Berg. Er läutet dreimal die Alarmglocke. «Eisberg unmittelbar voraus!»

Eugen hat sich entschuldigt und ist zum Waschkabinett gegangen. Er spritzt sich kaltes Wasser ins Gesicht. Was tun? Wenn sie Fritz für den Täter halten, werden sie ihn in New York gleich bei der Ankunft verhaften. Dann wird er erzählen, wie es wirklich war. Dass er mit seinem Freund Georg – alias Friedrich alias Eugen – in dem Apartment war, den verschlossenen Koffer öffnen wollte, mit ihm Wein getrunken hat. Dass Georg Handschuhe getragen und sich überhaupt ziemlich merkwürdig verhalten hat. Sein Puls rast, er lässt das eiskalte Wasser über die Handgelenke laufen. Er muss sich aus dem Staub machen, bevor Fritz in Amerika ankommt, eine Aussage machen kann. Jetzt gehst du erst mal zurück zu Maxi, sagt er sich, während die Kälte von den Händen in den Körper kriecht, und findest heraus, was sie über die Sache weiß.

Eugen setzt sich zu Maxi, die abwesend in die Ferne blickt. «Hör mal, haben sie denn irgendetwas gegen ihn in der Hand?»

«Ja, seine Spuren am Tatort. Sie haben seine Fingerabdrücke auf einem Glas gefunden, und auch sonst in dem Apartment, in dem der Bote ermordet wurde. Sie haben mir die Abdrücke sogar gezeigt, die vom Tatort und aus der Kartei – ich glaube, nur weil ich sie ausgelacht habe, da wollten sie's mir beweisen.»

«Welche Kartei?»

«Mein Gott, Fritz ist doch in der Homosexuellen-Kartei.» Auf Eugens verständnislosen Blick hin erklärt sie: «Wegen Paragraph 175. Du ahnst ja nicht, was Fritz schon mitgemacht hat. Razzien, Bespitzelungen. Und jetzt wollen sie ihm einen Mord anhängen!» Maxi ballt die Fäuste.

Als ob sie jeden, der Fritz ein Haar krümmen wollte, auf der Stelle niederschlagen würde, denkt Eugen. Wenn sie wüsste, dass derjenige, der Fritz in diesen Schlamassel geritten hat, ihr gegenüber am Tisch sitzt. «Wenn Fritz der Mörder wäre», sagt er betont ruhig, «hätte er die Abdrücke wohl gerade nicht hinterlassen.»

Maxi sieht ihn erbittert an. «Ja, sag das mal der Polizei! Für die ist das alles ein und dasselbe: Homosexuelle, Mörder, Verbrecher.» Dann hellt sich ihr Gesicht auf. «Aber im Ernst, Georg, du solltest zur Polizei gehen und mit ihnen reden. Auf dich hören sie eher, weil sie denken, dass Lotte und ich für Fritz parteiisch sind. Ihn sogar schützen würden, wenn er ein Mörder wäre.»

Eugen pickt mit den Fingern die letzten Fetzchen verbrannten Zeitungspapiers von der Tischplatte. «Und – würdet ihr?»

«Natürlich nicht», sagt Maxi und drückt die Zigarette im Aschenbecher aus. Dann zündet sie gleich die nächste an, überlegt einen Moment. «Vielleicht, wenn's ein Mord aus Liebe wäre. Im Affekt. Oder für einen guten Zweck. Ein Attentat auf den Zaren in Russland oder so.» Sie bläst den Rauch aus und sagt verächtlich und abschließend: «Aber nicht nur für Geld!»

Kurz nach Mitternacht werden die Musiker der Bordkapelle geweckt. Sie sollen aufstehen und spielen.

«Jetzt?!»

«Ja, jetzt.»

Fritz hat einen schlechten Traum gehabt. Es gab einen Ruck in dem Traum, dann ist er aus großer Höhe hinabgefallen, immer schneller und tiefer. Deshalb ist er zuerst froh über das Wecken, das den Traum beendet. Doch während seine Kollegen murrend in die Hosen steigen, die Schuhe zubinden, wird das Gefühl, dass etwas nicht stimmt, immer stärker. Der Bassist spricht es als Erster aus: «Wir stehen still.»

Bald wissen die Musiker Bescheid: Sie sind auf einen Eisberg gelaufen. Man hat nach Rettung gefunkt, ein Schiff ist unterwegs. Auf Anweisung des Kapitäns muss alles unternommen werden, um eine Panik zu verhindern. Das ist jetzt ihre Mission.

«Was sollen wir spielen?», fragt Fritz, als sie die Treppe hinaufsteigen. Beim Gehen bemerkt er eine leichte Schlagseite.

«Ragtime», erklärt der Kapellmeister. «Erheitert in jeder Lebenslage.»

Um 0.25 Uhr wird die Bordkapelle im Erste-Klasse-Salon auf dem A-Deck von den Passagieren mit Applaus begrüßt.

Im Café Größenwahn betritt ein unbekannter Dichter die Bühne. Die Stühle sind aufgereiht wie im Theater, der Raum ist abgedunkelt. Nur auf den jungen Mann auf dem Podest ist eine Lampe gerichtet, die seine hohe Stirn noch bleicher erscheinen lässt.

Lotte ist zu Maxi und Eugen gestoßen und sitzt zwischen beiden. «Dit soll ja 'n janz morbida sein», flüstert sie. «Tachsüba schnippelta Leichen auseinanda.»

Gottfried Benn liest den Titel des ersten Gedichts: *Kleine Aster*. «Ach Jott, wie romantisch», sagt Lotte. Sie verstummt, als Benn die Stimme hebt und liest: «Ein ersoffener Bierfahrer wurde auf den Tisch gestemmt. / Irgendeiner hatte ihm eine dunkelhellila Aster / zwischen die Zähne geklemmt.»

Weitere Gedichte aus dem eben erschienenen *Morgue-Zyklus* folgen. Das Publikum schweigt ein andächtiges Schweigen. Die zusammengewürfelten Gestalten im Café Größenwahn sind vielleicht die Ersten, die erkennen, dass in diesem Augenblick ein neuer Stern aufsteigt am Dichterhimmel.

0.45 Uhr: SOS – *Save Our Souls*. Die *Titanic* sendet das neue internationale Notsignal. Leuchtraketen zischen in den Himmel. Immer mehr Wasser flutet das Schiff, die Evakuierung der Passagiere beginnt. Das Orchester spielt Märsche, Walzer, Schlager von Irving Berlin. Fritz denkt an seine Heimatstadt. Unmöglich, sich vorzustellen, dass sie dort jetzt wie jeden Abend in den Lokalen sitzen.

Gegen ein Uhr hat Gottfried Benn seinen Vortrag beendet. Else Lasker-Schüler steht vom Stuhl auf, geht Benn entgegen und bittet ihn an ihren Tisch. Sie kann die Augen nicht von ihm wenden. Lotte versucht, Maxi und Eugen aufzumuntern, die wegen der Sache mit Fritz ganz niedergeschlagen sind.

Eugen hat kaum wahrgenommen, was der Dichter gelesen hat. Er ist nur deshalb noch hier, weil er nicht weiß, wo er sonst um diese Zeit hin soll. Mitten in der Nacht abreisen? Er darf jetzt nicht die Nerven verlieren. Wenn er nur kaltblütig bleibt, dann wird er auch dieses Mal gerettet. Wie viel Zeit bleibt ihm noch, bis die *Titanic* in New York einläuft? Zwei oder drei Tage? Bis dahin muss er untergetaucht sein.

41°46' Nord, 50°14' West, 15. April 1912, 2.05 Uhr: Das letzte gefierte Rettungsboot verlässt die *Titanic*. 1500 Menschen bleiben an Bord zurück. Als letztes Lied spielt die Kapelle den Walzer *Song d' Automne*.

Zwei Tage später überquert Eugen den Marktplatz von Allenstein. Da er nicht gewusst hat, wohin er aus Berlin flüchten soll, hat er die Heimat des Friedrich von Lauritz als Zuflucht gewählt. Man wird dort nicht nach ihm suchen, es ist ja bereits aufgeklärt, dass der mutmaßliche Mörder im Adlon eine falsche Identität angegeben hat. So viel weiß Eugen aus den Zeitungen, die er auch hier im ostpreußischen Provinzstädtchen zweimal täglich ersteht.

Er betritt das Café am Markt und setzt sich mit dem Rücken zum Fenster. Sehr bedauerlich, findet Eugen Hofmann, dass er den Namen Friedrich von Lauritz nicht weiter verwenden kann. Von all seinen Namen, dem echten wie den ausgedachten, hat ihm dieser am besten gefallen. Im Allensteiner Gasthof «Zum Weißen Storchen» hat sich Eugen als Georg Hoffmann aus Berlin eingetragen. Vielleicht war das eine Dummheit, aber er hat einfach keine Lust mehr gehabt, sich etwas Neues auszudenken. Fern von Berlin hat ihn die Inspiration verlassen. Der gewöhnliche bürgerliche Name passt zur gewöhnlichen bürgerlichen Existenz und zum Quartier im preisgünstigen Gasthof. Alles andere wäre jetzt gefährlich. Doch so ganz kann Eugen den eingeübten Gutsbesitzersohn noch nicht ablegen. In herrischem Ton, der nicht zu seiner schlichten Kleidung passt, bestellt er beim Kellner ein Kännchen Kaffee.

Dieser bringt es eine Ewigkeit später, der Kaffee ist nicht mehr heiß. Das ganze Leben in der Provinz ist kalter Kaffee, denkt Eugen. Wenn er nicht bald nach Berlin zurück kann, nützt ihm sein neuer Reichtum überhaupt nichts. Was soll er hier damit, wo «Hauptmann» für die Leute jemand ist, vor dem sie salutieren, und nicht der Name eines großen deutschen Dramatikers? In das, was sich in diesem Ort Theater nennt, wird er keinen Fuß mehr setzen. Ebenso wenig wie in dieses Café, wo sie mit unerträglicher Langsamkeit dünnen Kaffee auftischen. Eugen will sich eben beschweren, da fällt sein Blick auf eine Zeitung, die eine Dame am Tisch gegenüber entfaltet. Er sieht das Wort *Titanic* in der Schlagzeile und vergisst den Kaffee.

Eugen holt sich ein Exemplar vom Zeitungsständer und liest: *Die «Titanic», das größte Schiff der Welt, auf der Jungfernfahrt nach New York gesunken!* Am Tag zuvor hatten bereits erste Gerüchte über das Unglück Europa erreicht, steht dort – bis nach Allenstein waren sie nicht gedrungen –, doch war nur von einer Kollision des Ozeandampfers mit einem Eisberg die Rede gewesen. Nun kommt aus Cape Race die Nachricht, dass das Unvorstellbare geschehen und die unsinkbare *Titanic* gesunken ist. Und mit ihr etwa 1500 der 2200 Passagiere. 1500 Passagiere ertrunken, rechnet Eugen, also stehen meine Chancen zwei zu eins. Ertrunken – oder gerettet. Er gerettet – oder Fritz gerettet: zwei zu eins. Ein kalter Schauer läuft ihm den Rücken hinab. Wünscht er wirklich, dass Fritz unter den Ertrunkenen ist? Er winkt dem Kellner und bittet um die Rechnung.

Am Mittwoch, dem 17. April, verfinstert sich mittags in halb Europa der Himmel. Es ist eigentümlich still in der Stadt. Kühler Wind kommt auf, treibt Papier und Staub durch die Straßen. Vor dem Café Größenwahn stehen Maxi und Lotte dicht nebeneinander auf der Terrasse und legen die Köpfe in den Nacken. Am Rand der Sonne macht sich ein Schatten breit. Der Mond schiebt sich an die Sonne heran und Stück für Stück über sie, verwandelt die Sonne in eine schmale silberne Sichel. Es wird dunkler, Zwielicht liegt über den Häusern.

In diesem Augenblick denkt Maxi an Fritz. Ist er tot oder lebendig, auf der Erde oder dem Meeresgrund? Ist seine Welt nun immer so dunkel, ohne Sonne, am Tag wie bei Nacht?

Lotte legt einen Arm um die Freundin und zieht sie mit sich ins Café, doch den düsteren Gedanken entkommen sie dort nicht. Auch im Café Größenwahn gibt es nur zwei Themen an diesem Tag: die Sonnenfinsternis und der Untergang der *Titanic*. Die Gäste haben sich an ihren Stammtischen in den Nischen zusammengedrängt, rühren in den Tassen und flüstern. Unvermittelt steht Jakob van Hoddis auf und beginnt, sein Gedicht *Weltende* zu rezitieren. Wie ein Blitz ist es vor einem Jahr in die literarische Boheme Berlins gefahren und irrlichtert seitdem in den bohemischen Köpfen. Es wird rundherum still, als Jakob mit krächzender Stimme anhebt: «Dem Bürger fliegt vom spitzen Kopf der Hut ...» Da fallen die anderen Gäste andächtig murmelnd ein: «In allen Lüften hallt es wie Geschrei. / Dachdecker stürzen ab und geh'n entzwei. / Und an den Küsten – liest man – steigt die Flut.»

Maxi und Lotte raffen Taschen, Hüte und Mäntel zusammen und verlassen ihr Café. Ihnen ist nicht danach, den Untergang des Abendlandes zu zelebrieren. Sie wollen nur eines wissen: Ist Fritz noch am Leben?

«Keiner der Musiker hat überlebt», berichtet Dr. Kniehase seinem Chef, Kriminalinspektor von Canow, und den Kollegen Tucher und Kappe zwei Tage später im Präsidium. «Es ist hundertprozentig sicher. Die *Carpathia* ist gestern Abend mit den Überlebenden in New York eingelaufen. So gut wie niemand von der Mannschaft darunter, kein Musiker. Das Orchester hat bis zum bitteren Ende gespielt.»

«Verflucht!» Waldemar von Canow ist außer sich. «Bevor er heldenhaft in Ausübung seiner Pflicht ertrinkt, hätte er sich auch von uns aufhängen lassen können.»

Hermann Kappe streicht sich durch den Bart. «Von einem kaltblütigen Mörder würde man eher erwarten, dass er sich einen Platz im Rettungsboot verschafft, nicht? Notfalls mit Gewalt.»

Von Canow seufzt. «Was soll das jetzt wieder beweisen?»

Dr. Kniehase ist ebenso wie sein Chef nach wie vor überzeugt, dass es sich beim Musiker Fritz Krämer um den Boten-Mörder handelt. Noch nie in seiner Laufbahn hatte er so bildschöne, eindeutige Fingerabdrücke, am Tatort und in der Verbrecherkartei. Die wird er ohne triftigen Grund nicht opfern. Und die Zweifel und Ahnungen des Kollegen Kappe sind nun mal kein triftiger Grund. Hermann Kappe hat immer Zweifel und Ahnungen.

Kommissar Tucher wägt noch ab. «Nehmen wir also an, dass Fritz Krämer auch den ersten Raubüberfall begangen hat. Mit dem erbeuteten Geld konnte er sich nobel ausstaffieren, dann hat er als Friedrich von Lauritz das Zimmer im Adlon gemietet. Dort hat er den zweiten, wesentlich lukrativeren Überfall vorbereitet und sich flugs nach Amerika abgesetzt.» Tucher hat inzwischen Erkundigungen über den britischen Reedereibesitzer Heartfield eingezogen und fügt hinzu: «Fragt sich nur, warum er ausgerechnet bei Mr. Heartfield war, als dieser den Boten empfing, und wie er ihn dann auf sein Apartment gelockt hat.»

Dr. Kniehase sieht plötzlich alles glasklar vor sich. Dass außer ihm noch niemand darauf gekommen ist! «Ich wette, dass beide unter einer Decke gesteckt haben – so und so, meine ich. Wir wissen ja jetzt, dass dieser Heartfield auch einer von der Sorte war. Er hatte ein Verhältnis mit dem Musiker, hat ihm den Job im Orchester der *Titanic* verschafft.» Er spricht immer schneller und lauter: «Mr. Heartfield hat die Postanweisung und den Boten ins Adlon bestellt und seinen jungen Freund die Dreckarbeit machen lassen. Dann haben sie das Geld unter sich aufgeteilt. Wir müssen Heartfield in England verhaften lassen – sofort!»

«Moment mal», geht von Canow dazwischen. «Ich habe mit Mr. Heartfield telefoniert. Er hat alles, was er weiß, zu Protokoll gegeben. Der Mann hat nichts mit der Sache zu tun!»

Kniehase merkt nicht, wie ernst es seinem Chef ist, und ereifert sich. «Sie haben doch selbst gesagt, diese Leute sind moralisch verkommen …»

Nun wird Inspektor von Canow laut und deutlich. «Mr. Heartfield ist kein kleiner Stricher wie unser Fritz Krämer. Er ist Mitinhaber einer internationalen Reederei, der braucht das Geld nicht. Die halbe Familie ist im diplomatischen Dienst. Kurz und gut: Wir lassen ihn aus dem Spiel.»

«Und warum führt Fritz Krämer», greift Tucher seine Frage noch einmal auf, «wenn er den Mord allein geplant hat, diesen in der Nähe seines Bekannten aus, nach einer gemeinsamen Begegnung mit dem Boten?»

«Jetzt weiß ich's», ruft Kniehase. «Krämer hat die Tat nicht geplant. Er hat es in dem Moment erst beschlossen!» Die anderen sehen ihn fragend an. Kniehases Stimme schraubt sich in die Höhe.

Hat er doch eben eine Lösung gefunden, die ihm erlaubt, weder das Wohlwollen seines Chefs, noch seinen Täter oder die Logik zu opfern. «Er hat den ersten Raub begangen, das Geld verjubelt, sich im Adlon bei seinem Gönner eingemietet. Da läuft ihm kurz vor der Abreise nach Amerika wieder ein Geldbote in die Arme. Er musste ihn dieses Mal nicht einmal bestellen. Bei der Auslieferung der Wertpapiere an Mr. Heartfield hat er gesehen oder geschlossen, welche Werte der Mann mit sich herumträgt. Also verlässt er kurz nach dem Boten das Apartment, folgt ihm, lockt ihn auf sein Zimmer …»

«Womit?», will Kappe wissen.

Kniehase ist nur einen winzigen Moment aus der Fassung gebracht. «Was weiß ich. Vielleicht war der Bote ebenfalls einer von denen, und Krämer hat ihm ein Angebot gemacht. Das erklärt auch die Weingläser. Ein kurzes, tödliches Rendezvous. Aber wir sollten doch Mr. Heartfield noch mal fragen …»

Von Canow klappt mit einem Knall den Aktendeckel zu. Alle fahren zusammen. «Wollen Sie einen Krieg mit England heraufbeschwören? Mr. Heartfield bleibt aus dem Spiel. Der Fall ist gelöst, der Täter steht fest.» Er blickt auf die Uhr und erhebt sich. «Meine Herren, Sie sind entlassen.» Und da sich niemand rührt, fügt er hinzu: «Für heute. In die Freiheit.»

Kappe ist immer noch in Rage, als er seinem Freund Lubosch am Abend im Adlon von diesem Ende der Ermittlungen erzählt. Sie sitzen wieder in ihrer ruhigen Ecke des Hotelrestaurants und essen «Reste» aus der Hotelküche. Heute bestehen diese aus Seezungenfilets in Weißwein, mit Scampi- und Trüffelscheiben sowie Champignons garniert. Kauend fragt Kappe seinen Freund: «Hat der Geldbote im April bei seiner Arbeit Handschuhe getragen?» Dann gibt er selbst die Antwort: «Nein. Warum sind dann nur auf einem Glas Fingerabdrücke? Und warum sollen die ausgerechnet vom Mörder stammen?»

Anstatt zu antworten, winkt Lubosch lächelnd einer jungen

Frau zu, die ein paar Tische entfernt allein vor einem Glas Wein sitzt, Sie steht auf und kommt zu ihnen herüber.

«Junge, Junge», zischt Kappe, «du hast auch nix als Weiber im Kopp. Du sollst mir doch helfen, den Mörder ...»

«Guten Abend», sagt die junge Frau und setzt sich an ihren Tisch. «Ich bin die Leni.»

«Oh», sagt Kappe erfreut. «Was möchten Sie trinken, essen?»

Er hat die Leni gleich richtig eingeschätzt. Erst hat sie schüchtern abgelehnt, ein Zimmermädchen ist es nicht gewohnt, bedient zu werden. Doch dann hat sie schnell Geschmack daran gefunden, an den Aufmerksamkeiten des jungen Kriminaloberwachtmeisters ebenso wie an den Trüffelscheiben.

«Er hat die Arme hinter dem Rücken verschränkt gehabt», erzählt sie beim Dessert, «aber da hab ich mir nichts dabei gedacht. Ein Herr reicht ja dem Zimmermädchen nicht die Hand.» Sie lacht, als sei das eine besonders komische Vorstellung. «Aber als ich schon fast wieder draußen war, hab ich mich noch einmal umgesehen. Und da ist was seltsam gewesen.»

«Ja?!» Kappe beugt sich vor, so dass Leni erschreckt zurückweicht.

«Ach, ich weiß nicht.»

Lubosch schenkt Leni Wein nach. «Komm schon, Leni, mir hast du's doch auch erzählt. Das hier ist ein Freund.»

«Da ist er sich mit der Hand in die Haare gefahren. Und er ist doch gar nicht von draußen gekommen, der Herr von Lausitz. Aber er hat Handschuhe angehabt.»

Kappe greift Lenis Hände und drückt einen Kuss auf beide Handrücken. Dann reißt er seinen Freund Lubosch an die Brust. «Ich hab's gewusst!» Als er sich ein wenig gefangen hat, fragt er das Zimmermädchen: «Mensch, warum haben Se das nich gleich der Polizei erzählt?»

«Hat mich ja keiner danach gefragt», sagt Leni und leckt den letzten Rest Mandel-Mousse vom Löffel.

Eugen läuft, noch bevor er sich ein neues Quartier in Berlin sucht, in den Tiergarten. Die Tulpen und Narzissen sind aufgeblüht in der letzten Woche, die Vögel zwitschern von allen Zweigen. Nach der glücklichen Nachricht in der Zeitung hat Eugen noch einige Tage in Allenstein abgewartet. Dann hat er in mehreren seriösen Blättern gelesen, dass der Geldboten-Mordfall aufgeklärt ist und der Täter, ein Orchestermusiker der *Titanic*, bereits *vor Gottes Gericht steht*. Er hat die Zeitungen weggelegt und eine Fahrkarte nach Berlin gekauft. Er musste zurück in die Hauptstadt, er wird hier gebraucht! Ein Lächeln liegt auf Eugens Lippen, während er über die Parkwege schlendert und vor den entgegenkommenden Spaziergängern grüßend den Hut zieht. Diesmal ist zu seiner, Eugen Hofmanns Rettung gleich ein ganzes Schiff untergegangen. Offenbar hat das Schicksal noch Großes mit ihm vor!

Bald findet er sich in dem Teil des Parks wieder, den die Obdachlosen ihre Heimat nennen. Eugen erkennt den Teich, an dessen Ufer er stand, bevor es zu regnen begann, bevor er in kalter Absicht zum Mörder wurde. Und da ist die Parkbank, auf der jener Mann lag, der ihm den letzten Anstoß zu seiner Tat geliefert hat: der Chevallier aus dem Größenwahn. Auch heute liegt eine eingemummte Gestalt auf der Bank. Eugen sieht beim Näherkommen die durchlöcherten Schuhe, eine Sohle hängt lose herab. Er beugt sich über den Chevallier und stopft dem vom Intendanten verbannten Schauspieler mehrere Hundertmarkscheine in die Tasche. Zu Eugens Überraschung öffnet dieser die Augen und rappelt sich fluchend auf. «Was machen Sie da?»

«Das schulde ich Ihnen», sagt Eugen. «Für Tee mit Honig.» Dann steht er auf und geht eilig davon. Der Mann hat ihn nicht wiedererkannt.

Später in der Dämmerung spaziert Eugen über den von Bäumen gesäumten Kurfürstendamm. Erste helle Blättchen flattern in der blauen Abendbrise. Er hat einen Strauß Narzissen im Arm, für Maxi. Wie sich doch alles zum Guten wendet, seitdem er ein freier

Mann ist. Gleich am ersten Tag seiner Rückkehr nach Berlin hat er eine Wohnung gefunden – sein erstes eigenes Zuhause. Die Wohnung liegt im Westen der Stadt, in der Nähe des Tiergartens. Eine elegante, aber keineswegs protzige Wohnung. Er hat sie als Georg Hartwig gemietet – schließlich immer noch ein unbescholtener Name, den er auf einem Schild an der Tür anbringen kann! Und wenn er erst mal eingerichtet und möbliert ist, wird er ein kleines Fest zur Einweihung geben und alle einladen, Maxi, Lotte, Fritz … Verdammt, Fritz wird wohl kaum kommen. Er wird ihnen allen fehlen, auch ihm. Aber er hat ihn schließlich nicht umgebracht.

Eugen kann schon die Aufschrift *Café des Westens* und die Terrasse vor dem Eckhaus erkennen. Der Mensch im karierten Jackett sitzt wieder dort und sticht den Stock in die Luft. Heute lüftet Eugen auch vor ihm den Hut, als er an George Grosz vorbei zum Eingang geht. Er denkt daran, wie er nachmittags im Pfandleihhaus dem Pfandleiher das Geld für die Schreibmaschine in die Hand gedrückt hat. Nun wartet sie im Hinterzimmer des Ladens auf ihn. Ja, Erika wird mit ihm einziehen in seine Junggesellenbude. Lächelnd zieht er die Tür auf und steht Maxi gegenüber.

«Georg!» Maxi ist ganz in Schwarz gekleidet und sehr blass. «Was für eine Ausrede hast du denn diesmal, dass du nicht da warst, als …?» Sie sieht auf die Blumen in seiner Hand. «Na, wenigstens zur Feier bist du gekommen. Allerdings trägst du das falsche Gesicht.»

Feier? Eugen sieht sich im Café um. Viele Gäste tragen schwarze Kleidung und halten Blumen in der Hand. Auf den Marmortischen brennen Kerzen. Die Fensterbilder mit Schiffen und Eisberg sind abgenommen. Es liegt etwas Drückendes in der Luft. Als die kleine Kapelle ein Lied anstimmt, beginnt Maxi zu schluchzen. Lotte nimmt sie in den Arm und zieht sie an sich. Eugen steht abseits. Sie beachten ihn nicht, schauen ihn kaum an, und wenn, werfen sie ihm vorwurfsvolle Blicke zu. Oder bildet er es sich ein?

Die Kapelle hört auf zu spielen. Einen Moment lang ist es vollkommen still im Café. Dann treten Maxi und Lotte nach vorne.

Lotte räuspert sich. «Fritz war ein ... *ist* ein wahrer Freund. Etwas Seltenes, janz Besonderes. Wir haben ihm heute hier jemeinsam Adjöh jesacht. Aber vajessen tun wa ihm nich.»

Dann ergreift Maxi das Wort. Ihre Augen glühen im blassen Gesicht. «Die Justiz hat beschlossen, dass Fritz ein Mörder sein soll. Keiner, der ihn kennt, wird das auch nur eine Sekunde für möglich halten.» Zustimmendes Gemurmel erklingt.

«Fritz kann sich nicht mehr wehren, weil er ...» Maxis Stimme bricht, und Lotte greift nach ihrer Hand. «... weil er tot ist. Aber wir, seine Freunde, werden es nicht zulassen, dass man seinen Namen in den Dreck zieht!» Sie befreit ihre Hand aus Lottes und ballt sie zur Faust. «Jeder hier im Raum, der sich rühmt, Fritz' Freund gewesen zu sein» – dabei schaut sie lange auf Eugen –, «hat die verdammte Pflicht, zur Polizei zu gehen und für ihn auszusagen!»

In den nächsten Tagen erscheinen ungewohnte Besucher im Präsidium am Alexanderplatz. Männer mit wallenden Mähnen, Frauen in bunten Gewändern, eine Dichterin mit Turban, ein buckliger Zeitungskellner ... Sie alle schwören bei ihrer Ehre, der Gerechtigkeit zwischen den Völkern, bei Mokka, Musen und Journalen oder was immer ihnen heilig ist, dass Fritz Krämer, den sie kennen wie ihren Bruder, nie und nimmer einen Mord begangen haben kann. Die Dichterin trägt ihre Sache in freien Versen vor, ein Maler mit Monokel fragt beim Hinausgehen den Kriminalinspektor nach einem Obolus von fünfzig Pfennig. Eugen hat sich nach dem Maler-Schnorrer in die Reihe gestellt. Die anderen aus dem Größenwahn haben ihn hier im Präsidium gesehen und werden es Maxi und Lotte bestätigen, wenn sie danach fragen.

«Wir machen Mittag», knurrt Kriminalinspektor von Canow und will Eugen die Tür vor der Nase schließen. Doch dann denkt er sich: Bringen wir's hinter uns. Das ist in Sachen Krämer der Letzte für heute. Der Letzte für immer, wenn es nach ihm geht. «Was haben Sie uns zu sagen?»

«Dass Fritz Krämer unschuldig ist.»

Von Canow verzieht das Gesicht. «Irgendwelche Beweise, ein paar winzige Fakten vielleicht?»

«Ich weiß es.»

Hermann Kappe schaut auf. Er merkt sich das Gesicht. Irgendetwas an der Art, wie der Mann gesprochen hat, lässt ihn annehmen, dass es die Wahrheit war. Doch von Canow winkt den Zeugen hinaus, der sich als ebenso unbrauchbar erwiesen hat wie alle anderen. Dann dreht er das Schild an der Tür auf *Geschlossen*.

Am Tag darauf, Anfang Mai, stellt Eugen in seiner neuen Wohnung frische Zweige in die Vase, bevor Maxi kommt. Flieder – der erste in diesem Jahr. Ob er richtig damit liegt, dass Maxi Flieder mag? Ihr Duft hat eine ähnliche Note, das ist ihm aufgefallen, als er an dem blühenden Fliederstrauch vorbeiging. Er beugt sich über die Zweige und saugt den Duft ein. Vielleicht hätte er ihr alles gestehen können, denkt er, und sie hätte zu ihm gehalten. Es ist ja nicht nur für Geld gewesen. Wenn man kein Vermögen hat, keine Familie, gar nichts, so wie er, dann bedeutet Geld mehr als Champagner und teure Kleider. Die waren zwar nicht zu verachten, aber darauf kam es nicht an. Auch das Spielen hat jeden Reiz für ihn verloren, seit er das Geld nicht mehr braucht.

Welche Musik soll er auflegen? Für Maxi ist ein Grammophon nichts Besonderes. Seit er bei ihren Eltern im Salon so ein Ding gesehen hat, wollte er auch eins besitzen. Behutsam streicht er über den Trichter. Ein Mord für ein Grammophon – so etwas zum Beispiel würde Maxi nie verstehen. Aber er muss ihr doch begreiflich machen können, dass Reichtum Freiheit bedeutet. Das Geld ist nur Mittel zum Zweck: über das eigene Leben verfügen, etwas machen aus seinen Talenten. Das ist die größte Verpflichtung eines jeden, hat Maxi selbst einmal zu ihm gesagt.

Er legt eine Schellackplatte von Erik Satie auf, vielleicht kennt Maxi die noch nicht, er hat Satie selbst erst vor kurzem entdeckt. Die Melodie erfüllt den Raum, verwandelt ihn ebenso wie der Duft des Flieders. Wie gerne würde er Maxi den Ring mit dem blauen Stein schenken, den er noch immer aufbewahrt von dem ersten Überfall. Schon mehrmals an diesem Tag hat er ihn aus dem Kästchen geholt, wieder weggeräumt. Vielleicht hätte sie ihm einen Mord verziehen. Aber sie würde ihm niemals verzeihen, dass er einen Freund verraten hat. Dadurch ist alles unmöglich geworden zwischen ihnen. Ehrlichkeit, Vertrauen, eine gemeinsame Zukunft. Er darf ihr den Ring nicht geben! Leichtsinnig genug, dass er sie in seine Wohnung einlädt.

Zum ersten Mal, seit Eugen eingezogen ist, läutet in der neuen Wohnung die Türglocke. Er springt auf. Gleich begegnet er der Frau, die er endlich küssen und umarmen wird. Ob ihre Liebe nun eine Zukunft hat oder nicht, heute ist dieser Tag. Die Schritte im Treppenhaus nähern sich. Eugen tritt leise auf den Absatz der Treppe und sieht Maxi die Stufen hinaufkommen. Ihre Hand streicht über das gewundene Treppengeländer. Sie trägt eine rote Mütze auf dem dunklen Haar. Im Arm hält sie einen Strauß Flieder.

«Warst du bei der Polizei wegen Fritz?», will Maxi wissen, noch bevor sie Mütze und Mantel ablegt.

Eugen nickt und zieht sie über die Schwelle. Im Augenblick, als ihre Lippen sich berühren, erklingt Saties Stück *Le Picadilly*.

Wenige Tage später trifft Maxi nach einem Theaterbesuch Mildred von Falkenfeld, die alte Freundin der Familie. «Wie wäre es mit einem Cocktail, mein Kind?», schlägt Mildred vor.

In der Jägerstraße sehen die beiden schon von weitem die rotglühenden Buchstaben der Bar Maxim. Sie finden zwei Plätze in einem kleinen Raum im Renaissancestil, mit Spiegel, Marmortischen und hohen, gepolsterten Stühlen.

«Wenn deine Eltern wüssten, dass wir uns hier unter die Lebedamen mischen», lacht Mildred. Frauen in tiefdekolletierten Abendkleidern nippen an ihren Sektgläsern und lassen die Blicke umherschweifen. Für die beiden Frauen am Marmortisch interessieren sie sich nicht. Mildred und Maxi plaudern über das eben gesehene Stück, *Frühlings Erwachen* von Wedekind. Unvermittelt sagt Mildred: «Ach übrigens, ich hab deinen geheimnisvollen Georg wiedergesehen. Diesmal aber nicht im Spielsalon.»

«Wo denn?», fragt Maxi, und eine leichte Röte steigt ihr in die Wangen. Sie nippt an ihrem Whisky mit Soda.

«Im Adlon.»

«Im Adlon?» Maxi schaut auf. «Wann?»

«Na, als der Otéro ihr Papagei ausgebüchst ist!» Mildred lächelt maliziös. «Geschieht ihr recht, der eingebildeten Ziege.»

Maxi beugt sich vor. «Und wann war das?»

«Die Katze sprang dem Papagei hinterher. Eine Aufregung war das, du meine Güte. Deshalb ist er mir aufgefallen, weil er sich als Einziger nicht dafür interessiert hat. Still und leise schlich er sich an allen vorbei ...» Mildred wedelt mit der Serviette in der Luft.

Maxi fasst sie am Handgelenk. «Wann war das?»

Mildreds Blick fällt auf einen Ring mit blauem Stein, den sie noch nicht an Maxi gesehen hat. Schlicht, aber sehr wertvoll, wenn sie nicht alles täuscht. «Woher hast du den?»

Maxi krallt die Finger um Mildreds Handgelenk und wiederholt sehr laut: «Wann war das?!»

Mildred schüttelt sie ab. «Schon gut. Lass mich überlegen. An Ostern. Kurz bevor die *Titanic* untergegangen ist. Ja, natürlich, am selben Tag, als man mich wegen des verschollenen Boten befragt hat. Den sie später ermordet im Zimmer gefunden haben. So ein Zu ... Maxi! Maxi, was ist denn?»

Maxi ist ohnmächtig im Sessel zusammengesunken. Eine Sekunde später öffnet sie die Augen und behauptet, es sei alles in Ordnung. Aber sie müsse auf der Stelle nach Hause. Mildred von Falkenfeld trinkt alleine ihren Bordeaux aus und wundert sich.

Mitten in der Nacht schrillt die Klingel. Eugen sitzt im Pyjama am Tisch und tippt an der neuen Fassung von *Geldboten*. Kurz nach der Tat hat er begonnen, das Stück umzuschreiben – jetzt, wo er endlich weiß, worüber er schreibt. Er war schon schlafen gegangen, doch dann ist er aufgewacht und hat genau gewusst, wie es weitergehen muss, an der Stelle, an der es gehakt hat. Eugen tippt weiter, er hat keine Lust, sich jetzt unterbrechen zu lassen. Es schrillt noch einmal. Offenbar meint es jemand ernst. Er öffnet die Wohnungstür einen Spaltbreit und hört Schritte auf der Treppe. Verdammt, die Concierge muss geöffnet haben.

Plötzlich beginnt Eugen zu zittern. Kommen sie nicht immer nachts, um einen abzuholen? Er hört schon die schweren Stiefel die Treppe heraufkommen, Stufe für Stufe. Hastig zieht er das Blatt aus der Schreibmaschine und legt es mit dem beschriebenen Stapel in eine Schublade. Nein, da sehen sie doch als Erstes nach. Wohin dann? Er öffnet die Ofentür, legt das Manuskript auf den kalten Rost und schließt den Ofen. Nicht jetzt, nicht gerade jetzt, denkt er, wo es mit Maxi … Da hört er ein Klopfen an der Wohnungstür und ihre Stimme. «Georg?»

Er ist so erleichtert, dass er sie gleich in die Arme ziehen möchte. Doch Maxi stürmt in Mantel und Hut an ihm vorbei ins Wohnzimmer. Es scheint sie nicht in Verlegenheit zu bringen, dass Eugen ihr im Pyjama gegenübersteht. «Was hast du am 9. April im Adlon zu suchen gehabt?»

Eugen will ins Bad gehen und seinen Morgenmantel holen, aber Maxis Augen sagen ihm deutlich: Keine Bewegung, bevor du meine Frage beantwortet hast. «Was war denn am 9. April?», fragt er zurück. «Und was ist daran so dringend mitten in der Nacht?»

«Am 9. April wurde vormittags im Adlon der Bote ermordet. Den Fritz umgebracht haben soll, bevor er nach England gereist ist. Warum hast du mir nicht erzählt, dass du zur selben Zeit da warst?»

Eugen antwortet nicht. Es hat keinen Sinn zu leugnen, dass er an dem Morgen im Adlon war. Woher auch immer Maxi es weiß, sie scheint sich sicher zu sein. Er bleibt starr sitzen, rührt sich nicht, hört auf zu atmen. Gleich wird sie die Schlinge werfen.

«Wenn du keine Antwort hast, kann ich nur einen Schluss ziehen.»

Er senkt den Kopf. Jetzt wird sie zuziehen. Mit einem Ruck. Einen Moment wird es Eugen schwarz vor Augen. Die Schlinge liegt um seinen Hals, doch noch hat Maxi nicht zugezogen. Sie hat nicht zugezogen, weil sie nicht zuziehen will. Das allein kann ihn retten. Zieh den Hals heraus!, hört er die Stimme im Kopf. Zieh ihn raus!

«Maxi», er schaut ihr in die Augen, «bitte zwing mich nicht, dir die Wahrheit zu sagen.» Als sie ihn weiter drohend ansieht, legt er nach: «Du weißt auch nicht alles über Fritz.»

«Was willst du damit sagen?!»

«Dass jeder Mensch seine Geheimnisse hat.»

Maxi steht auf. «Ganz einfach, wir gehen morgen zusammen zur Polizei. Da kannst du ja alles erklären. Ihnen und mir.»

«Maxi, ich war bei der Polizei. Ich habe geschworen, dass Fritz unschuldig ist. Das war mehr, als ich hätte tun dürfen.» Er legt eine Pause ein. «Aber ich werde nicht noch einmal hingehen. Und ich werde nicht sagen, dass ich am 9. April im Adlon gewesen bin.»

Sie tritt einen Schritt auf ihn zu. «Warum nicht, wenn du nichts zu verbergen hast?!»

«Ich werde nicht sagen, dass ich Fritz genau zur Tatzeit im Adlon gesehen habe, wie er aus einem Apartment kam.» Er sieht zu Boden. «Aus *dem* Apartment, wie ich später, weil ich es selbst nicht glauben konnte, herausgefunden habe.»

Maxi geht auf Eugen los. «Das glaube ich nicht! Fritz ist kein Mörder!» Sie schlägt mit Fäusten auf ihn ein. «Er konnte keinem was zuleide tun. Nicht mal die Zeche prellen, nicht mal lügen ...» Sie lässt von Eugen ab und beißt sich auf die Lippen.

«Hast du gewusst, dass er in Amerika bleiben wollte?», fragt Eugen.

«Nein!» Maxi bricht schluchzend zusammen. «Ich hab es von der Polizei erfahren.» Sie läuft zur Wohnungstür. «Ich will nach Hause!»

«Warte, ich bring dich zum Taxistand.» Er zieht einen Mantel an.

«Lass mich!» Sie schiebt Eugen von sich. In der Tür dreht sich Maxi noch einmal zu ihm um. «Wenn du lügst, wenn du lügst – dann bringe ich dich um!»

AUFS EIS

«BERLIN!»

Der Zug kommt mit kreischenden Bremsen in der Bahnhofshalle zum Stehen. Die Zugtüren werden geöffnet, Eugen Hofmann springt auf den Bahnsteig. Keine Sekunde länger kann er warten. Mehr als ein halbes Jahr ist er fort gewesen, abgeschnitten vom Kreislauf der Stadt. Einen ganzen Sommer und Herbst hat er die Berliner Luft nicht geatmet. Jetzt, Mitte Dezember, fallen schon wieder Schneeflocken auf Menschen, Häuserdächer und Bürgersteige. Wie eine Wanderung durch die Wüste kommen sie ihm vor, die endlosen Tage in der Provinz. Doch heute kehrt er zurück und weiß, dass hier etwas Großes auf ihn wartet.

Auf dem Weg zum Ausgang des Bahnhofs kommt Eugen an mehreren Schleppern und Bauernfängern vorbei. Er erkennt sie sofort, doch sie beachten ihn nicht. Sie betrachten ihn nicht als Provinzler und erkennen ihn auch nicht mehr als einen der ihren, der er kurze Zeit war. Da steht ja auch wieder Berthold Schmied, dessen Opfer er zuerst geworden ist und mit dem er sich später um das Revier gezankt hat. Eugen zieht spöttisch grüßend den Hut, als er an ihm vorübergeht. Berthold glotzt verständnislos. Kann er ihm nicht verübeln, auch er selbst hat sich kaum wiedererkannt, nachdem ihm der Barbier die Haare und den Bart braun gefärbt hat. Mit dem dunklen Haar und dem Vollbart sieht er viel älter aus. Abgerundet wird der Eindruck des soliden Dreißigers durch den Speck, den er sich angemästet hat. Geld genug dazu hat er ja. Der Magen ist auch nicht mehr so nervös, seit er gut und regelmäßig isst.

Am Bahnhofsvorplatz nimmt Eugen eine Pferdedroschke. «Hotel Bristol», nennt er dem Kutscher als Ziel. Vielleicht sollte er die Wiedererkennungsprobe noch bei anderen Leuten machen – beim Pfandleiher zum Beispiel, bei Direktor Schuster von Schuster & Söhne oder der Vermieterin Frau Mirwinski. Oder warum nicht gleich im Adlon Quartier nehmen? Soll er? Gerhart Hauptmann hat dort am 15. November seinen fünfzigsten Geburtstag gefeiert. Alle Zeitungen haben darüber berichtet. Eine pompöse Feier ist es gewesen. Man erwartete ein Kaisertelegramm, doch vergeblich.

Eugen gibt dem Droschkenkutscher eine neue Anweisung. Die Hufe klappern über das Pflaster. Schneeflocken schmelzen auf den dampfenden Pferderücken. «Warten Sie», ruft er plötzlich, «halten Sie dort am Theater!» Er springt aus der Kutsche und die Stufen zum Eingang empor. Oben steht Eugen vor dem Glaskasten mit dem Programm und liest:

«Geldboten». Drama in 3 Aufzügen. Von Lord Chamberlain. Premiere: Samstag, 14. Dezember, 20 Uhr.

Es ist also wahr. Er hat es nicht geträumt. Natürlich nicht, er hat ja den Brief bekommen, den Vertrag, vom Intendanten Johannes Ritter persönlich unterzeichnet. Ritter wollte das Stück unbedingt aufführen, er verspricht sich viel davon. Deshalb hat er schließlich auch eingewilligt, dass der Autor anonym bleibt, sein Pseudonym nicht gelüftet wird. Ja, denkt Eugen, als er zur Kutsche zurückgeht, das ist der einzige Wermutstropfen, dass nun niemand erfahren wird, wer der wahre Verfasser des Stückes ist: Eugen Hofmann, 21 Jahre alt, der noch vor einem Jahr mittellos und unbekannt in der schlesischen Provinz gelebt hat.

«Nun zum Bristol!», sagt er zum Kutscher. Nein, er geht nicht ins Adlon. Auch nicht ins Café Größenwahn. Er ist ja nicht lebensmüde. Jetzt, wo alles erst anfängt.

Im Café Größenwahn bleiben an diesem Abend, wie schon seit einigen Wochen, die meisten Künstler-Stammtische leer. Es ist nicht mehr notwendig, zur Dinner-Stunde die bevorzugten Tische für die zahlungskräftigen Gäste freizumachen. Gutgekleidete Bürger speisen nun dort, schauen sich um im Café, neugierig oder verstohlen zunächst und später enttäuscht. Wo sind denn die berauschten Dichterinnen und langmähnigen Revolutionäre, das Opium und die Orgien? Was soll man bloß beim nächsten *Jour* erzählen, wenn man so gar nichts Apartes mehr erlebt?

Der Exodus der Boheme aus dem Größenwahn hat an dem Tag begonnen, so erzählt es Zeitungskellner Richard, als der Besitzer des Cafés die Dichterin Else Lasker-Schüler des Lokals verwies, weil sie nicht genug verzehrte. *Man denke!*, hat sie dazu geschrieben. *Ist denn eine Dichterin, die viel verzehrt, überhaupt noch eine Dichterin?* Nach dieser Zumutung stand Else alias Prinz Jussuf von Theben auf und ging in ein anderes Café ins Exil. Ihr Hofstaat folgte ihr, und der Hofstaat erwies sich als zahlreich. Ab und zu kommt noch der eine oder die andere auf ein Glas vorbei, doch die guten Zeiten, seufzt der bucklige Richard, sind für immer dahin.

Maxi und Lotte sitzen sich an ihrem alten Tisch gegenüber und schweigen. Es ist leer geworden, ihr Café, ohne Fritz, ohne Georg, ohne die Dichter und Trinker, und selbst die Schnorrer und Einzelexemplare hätte man an so einem Abend gern zurück. Auch das Schwimmer-Bassin hat sich geleert, die Ritterrunde kommt nicht mehr, der Komponistentisch ist bedenklich gelichtet. Nur der schweigende Unbekannte sitzt weiter Abend für Abend allein in der Nische.

«Unser Kapitän», sagt Lotte mit einem Blick in seine Richtung, «hält aus auf dem sinkenden Schiff.»

Maxi schaut Lotte traurig an. «Weißt du was?», sagt sie leise. «Vielleicht suche ich mir doch eine gute Partie. Bevor mein lieber Bruder unser ganzes Vermögen verspielt hat. Einen Kommerzienrat oder so. Ist ja nun auch alles egal.»

«Aber Kindchen!» Lotte ist empört. «Wie haste damals so schön über unseren Georg jesacht? Zum Totsein fehlt ihm noch Lebenserfahrung. Würde mal meinen, det jilt ooch für dich!»

«Ach, Lotte!» Maxi nimmt Lottes Hand. «Wenn man doch nicht mehr weiß, wem man trauen kann.»

Lotte zieht ihre Hand aus Maxis und sieht sie ernst an. «Trauste mir?»

«Ja! Aber Fritz hab ich auch getraut.»

«Und, war das falsch?»

«Weiß ich nicht. Nein, ich glaube immer noch nicht, dass er jemand getötet hat. Auch wenn für die Polizei der Fall erledigt ist.»

«Fritz war's nicht», sagt Lotte. «Ich kann's nicht beweisen, aber ich weiß es.»

Maxi dreht an dem Ring mit dem blauen Stein. «Aber Georg hab ich auch getraut.»

«Warum isser dann abjehaun und hat dich sitzenlassen?», will Lotte wissen.

«Weil die politische Polizei hinter ihm her ist. Du ahnst ja nicht, was er alles schon mitgemacht hat. Er hat's mir erzählt, an dem Abend, bevor er Berlin verlassen hat. Ich hab ihm selbst gesagt, er soll keinen Tag länger bleiben.»

«Haste noch 'ne Karte für *Geldboten* jekricht?», fragt Lotte.

«Meine Familie hat Karten für eine Loge. Ich glaub nicht, dass ich gehe.» Maxi verzieht das Gesicht. «Die halbe Stadt wird da sein, pure Sensationslust. Vielleicht erhoffen sie sich, dass plötzlich der echte Mörder auf die Bühne springt oder so was.»

«Ja, das hoffe ich auch», sagt Lotte. «Ich gehe auf jeden Fall.» Dann winkt sie Oberkellner Hahn und bittet um die Rechnung.

Als die beiden draußen auf der Terrasse im Mondlicht stehen, fängt es heftig an zu schneien. «Weißt du noch», sagt Maxi, «als wir hier die Sonnenfinsternis betrachtet haben? Seitdem ist der dunkle Fleck nicht mehr weggegangen.»

«Schönet Mondlicht kann ooch entzücken», sagt Lotte und

steuert mit der Freundin den Admiralspalast an. Von der neuen Eisrevue schwärmt die ganze Stadt. Wie hat es in der *BZ am Mittag* geheißen? *Berlins kühlster Aufenthalt – abends halb neun: Im Tango-Klub. Moderne Tänze auf dem Eise und Eisballett «Die lustige Puppe».* Wenn das nicht hilft, weiß Lotte auch nicht weiter.

In einem Hinterzimmer im Hotel Adlon hat Kriminalwachtmeister Hermann Kappe eine kleine Runde um sich versammelt: seine Freundin Klara, Lubosch, den Freund und Kellner, Gustav Galgenberg, den Kollegen, der nicht in der Mordbereitschaft mitspielen durfte, und als einzigen aus der Bereitschaft Kommissar Tucher, der die offizielle Lösung des Falles «Geldbotenmorde» ebenfalls unbefriedigend findet.

«In Ordnung, ich mache mit», hat Tucher auf Kappes Frage geantwortet. «Aber in dieser Sache übernehmen Sie die Verantwortung. Und damit auch das Kommando.» Nun ist der Kommissar sehr gespannt, was der junge Kollege im Schilde führt.

Hermann Kappe muss sich mehrmals räuspern, er ist es noch nicht gewohnt, das Kommando zu führen. «Wer schreibt Protokoll?», bringt er schließlich heraus.

Alle lachen. Und schauen dann Klara an. Klara schaut auf das Kaiserporträt an der Wand. Sie denkt gar nicht daran. Endlich darf sie einmal in einer Mordsache dabei sein, und dann soll sie mitkritzeln, was die anderen sagen? Da kann sie ja gleich bei Rudolf Hertzog hinter dem Verkaufstisch stehen bleiben, dafür bekommt sie wenigstens Geld. Nach mehreren Schweigesekunden erklärt sich Lubosch bereit.

«Vielleicht ist ja alles falscher Alarm», setzt Kappe wieder an. «Aber ich glaube nicht an zu viele Zufälle. Warum kommt jetzt, so kurz nach den Botenmorden, ein Stück zu dem Thema heraus?»

«Da will jemand kräftig Kasse machen?», schlägt Galgenberg vor.

«Aber warum bleibt der Autor anonym? Lord Chamberlain, dass ich nicht lache. Ich habe im Theater angerufen als Reporter der *Berliner Morgenpost*. Hab einen großen Artikel versprochen und wollte Informationen über den Autor. Da hat mir die Sekretärin gesagt, dass niemand den Autor kennt. Nicht mal der Intendant Ritter.»

Kommissar Tucher hebt den Kopf. «Das ist tatsächlich interessant. Da verzichtet jemand auf Ruhm und Ehre ...»

«Wisst ihr was?», fällt Lubosch ein. «Vielleicht ist der Verfasser ja euer lieber Chef, Waldemar von Canow persönlich.»

«Kann der schreiben?», fragt Galgenberg.

Wieder erfüllt Gelächter den Raum, dann wird die Runde ernst. «Nehmen wir also an, der Autor ist tatsächlich der Mörder», sagt Kommissar Tucher. «Nehmen wir weiter an, er hat die Stirn und kommt zur Premiere. Wie wollen wir herausfinden, wer es ist?»

Alle blicken auf Kappe.

«Also», sagt Kappe, «ich habe da folgenden Plan ...»

14. Dezember 1912: Der Tag der Premiere ist gekommen. Eugen schaut im Hotel Bristol auf die Uhr. In einer halben Stunde muss er im Theater sein. Soll er wirklich gehen? Noch kann er das Ganze abblasen. Er betrachtet sich im Spiegel: Sein Gegenüber trägt einen guten, unauffälligen Anzug. Das braune Haar ist mit Pomade zurückgekämmt. So ein Vollbart, denkt Eugen, macht jede Eleganz zunichte, aber es hilft nichts, vorerst bleibt er dran. Die Premiere seines ersten Stückes hat er sich immer als rauschenden Triumph ausgemalt. Nun spürt er vor allem eines: Angst. Zum ersten Mal seit Monaten ist der bohrende Schmerz im Magen wieder da.

Im Bad spült Eugen zwei Tabletten mit einem Glas Wasser hinunter. Was kann schon passieren? Dass das Theater leer bleibt? Sein Stück durchfällt? Er lässt sich auf dem Rand der Badewanne nieder. Wieder hört er das Gelächter der Ritterrunde, sieht den Absatz des Intendanten, der seine Worte und Sätze zerfetzt. Aber derselbe Intendant hat nun dieses Stück auf den Spielplan gesetzt. In seinem großen Haus. Zur besten Spielzeit vor und nach Weihnachten. Mit seiner ersten Besetzung. Und das willst du dir entgehen lassen?! Er steht auf und prüft sich ein letztes Mal im Spiegel. Zupft die Fliege zurecht, setzt den Hut auf. Los geht's!

Eugen hat beschlossen, zu Fuß zu gehen und einen kleinen Umweg durch den Tiergarten zu nehmen. Er will noch einmal die eingeschneiten Bäume sehen, glitzernd im Licht der Bogenlampen. Als er die Stufen zum Haupteingang des Theaters hinaufsteigt, ist es endlich doch da, das Gefühl des Triumphs. Überall steigen elegante Menschen aus Droschken und Automobilen und eilen dem Eingang zu. Im Foyer schlägt sein Herz bis zum Hals – neben der Kasse hängt ein großes Schild: *Premiere «Geldboten» ausverkauft!* Ausverkauft! Tausend Plätze! Das Kassenpersonal hat Mühe, die Besucher nach Hause zu schicken, die leer ausgehen.

Eugen hat sich sein Billett schon vor Wochen bestellt. Dem Intendanten hat er aus seinem Provinzstädtchen geschrieben, er sei zu krank, um zur Aufführung nach Berlin zu kommen. Die Frage, welchen Platz er nehmen soll, hat ihn lange beschäftigt. Die teuren Plätze waren gefährlich, weil er dort Maxi und ihrer Familie begegnen könnte. Nun ja, warum sollte er nicht zu einem Theaterbesuch in Berlin sein? Aber sein verändertes Äußeres, die lange Abwesenheit ohne ein Lebenszeichen, das alles machte ihn doch verdächtig. Die billigen Plätze waren gefährlich, weil er dort Bekannte aus dem Größenwahn treffen könnte. Ob sie ihn wiedererkennen würden? Die meisten nicht. Lotte vielleicht. Und Zeitungskellner Richard. Also war ein mittlerer Platz das Vernünftigste. Aber dann ist es ihm doch zuwider gewesen, zu seiner eigenen Premiere auf einem mittelmäßigen Platz zu sitzen. *Faites vos jeux*, hat er sich gedacht und einen Platz im ersten Rang gekauft. Nun steigt er die Stufen hoch und nimmt im angewiesenen Sessel Platz, der mit rotem Samt überzogen ist.

In einer der Logen über Eugen sitzen drei Damen, flankiert von einem feisten Herrn im Frack und einem Jüngling, der tief im Sessel hängt. Herr und Frau Kommerzienrat Brückner sind mit Leo und der jüngeren Tochter Luise gekommen. Maxis Platz hat Mildred von Falkenfeld eingenommen. Maxi hat sich geweigert, ihre Familie zu begleiten. Nur weil Luise gequiekt hat: «Wir fangen den Mörder!» Worauf Leo antwortete: «Der ist schon gefangen. Ein guter Freund deiner Schwester.»

«Ein Freund war dieser Mann wohl kaum», hat die Mutter gemeint. «Ein entfernter Bekannter, nicht, Maxi?»

Daraufhin ist Maxi aus dem Haus gestürmt. Aber Frau Brückner könnte wetten, dass Maxi jetzt irgendwo hier im Theater sitzt. Und ausnahmsweise hat sie, was ihre ältere Tochter betrifft, einmal recht. Lotte und Maxi haben, außer Sichtweite der Familie Brückner, ihre Plätze im zweiten Rang eingenommen.

Auf einem der billigsten Plätze, der Galerie, sitzt der entlassene Geldbote Erich Schuster in einem zu großen Jackett, das er sich von einem Onkel für diesen Abend geliehen hat. Es ist sein erster Besuch in einem richtigen Theater. Mit Lisa ist er oft im Kientopp gewesen. Erich seufzt. Jetzt schaut die Lisa mit einem anderen Filme an. Sie ist es leid geworden, dass er ständig schwermütig war wegen des toten Kollegen Franz. Seitdem er allein ist, verbringt er fast jeden Abend im «Strammen Hund». Da ist das hier mal eine Abwechslung. So viele Menschen im Publikum. Und alle sind sie auf einen Schlag still, als der Vorhang sich öffnet.

Kappe, Klara, Kommissar Tucher und Kollege Galgenberg haben im Theater ihre Posten bezogen. Acht Augen auf tausend Besucher – da ist es Kappe schwergefallen, die Plätze auszusuchen. Wenn du der Mörder wärst, hat er sich gefragt, welchen Platz würdest du wählen? Einen der billigen Plätze, wo man in der Masse untertauchen kann. Ja, Hermann Kappe, hat er sich dann gesagt, du würdest einen der billigen Plätze wählen. Deshalb biste auch ein armer Kriminalwachtmeister und kein reicher Mörder. Aber wenn du der Mörder wärst und dreist genug, über dein Verbrechen ein Stück zu schreiben, größenwahnsinnig genug, dich bei der Premiere des Stückes ins Publikum zu mischen?

Nun sitzen die vier verteilt in Loge, Parkett und erstem Rang auf den teuren Plätzen. Freund Lubosch dagegen hat sich im Raum der Techniker in einem Schrank versteckt. «Da haste doch bestimmt Übung drin», hat Kappe ihn aufgezogen. Lubosch ist nicht darauf eingegangen. Stattdessen mussten ihm Tucher und Kappe noch einmal versprechen, ihn wieder herauszuhauen, wenn man ihn wegen Störung von Ruhe und Ordnung ins Gefängnis steckte.

Der zweite Akt hat begonnen. Eugen schließt einen Moment die Augen. Es ist berauschend, die eigenen Worte von der Bühne zu hören, getragen von den Stimmen der Schauspieler. Durch den riesigen Theatersaal schweben seine Worte, über das Parkett und hinauf in die obersten Logen, hinein in zweitausend Ohren. Sein Stück spielt in New York, die Darsteller bewegen sich zwischen den Kulissen gigantischer Wolkenkratzer. Besonders gefällt Eugen die Darstellerin der Sally, für deren Rolle Maxi Pate gestanden hat.

Nach dem zweiten Akt schließt sich der Vorhang zur Pause. Der Applaus ist großzügig, wenn auch nicht sensationell. Das Berliner Publikum ist verdorben, denkt Eugen. Schon strömen alle in die Pause, um am Büfett belegte Brote, Wein und Bier zu ergattern. Am besten, er tut es den anderen nach.

«Also, ich bin gespannt, ob wir nun endlich etwas Neues über die richtigen Morde erfahren», sagt neben Eugen ein Mann im Frack und beißt herzhaft in eine Bulette mit Senf «Sonst verlange ich mein Geld zurück!»

«Aber Herbert, das ist doch bloß Theater!», erwidert die Gattin, die ein Gurkensandwich mit Mayonnaise balanciert. «Die Kostüme sind jedenfalls zauberhaft. Und meinst du nicht, wir sollten auch einmal nach New York …»

Eugen will nach draußen flüchten, da sieht er Maxis Eltern, Bruder und Schwester auf sich zukommen. O Gott, und sie haben auch noch die alte von Falkenfeld im Schlepptau. Jetzt heißt es weitergehen, als ob nichts wäre. Niemand von ihnen beachtet Eugen, als er direkt an ihnen vorbei aus dem Saal spaziert. Wo soll er hin? Überall kann er jemandem in die Arme laufen. Wenn er alleine auf seinem Platz sitzt, wird er ebenfalls auffallen. Er bleibt längere Zeit im Waschraum, geht durch die Gänge. Es ist eine Erlösung, als endlich die Glocke zum Ende der Pause erklingt. Maxi ist nicht bei ihnen gewesen, denkt er, als er mit den anderen in den Theatersaal zurückströmt. Sie ist nicht gekommen, um sein Stück zu sehen. Sei doch froh, du Idiot!, sagt er sich. Aber er ist nicht froh.

Im dritten Akt hat Eugen Hofmann Maxi und alle anderen vergessen. Gebannt verfolgt er das Schicksal des Geldbotenmörders, das unabwendbar auf die Katastrophe zusteuert. Denn in seinem Stück wird der Mörder am Ende gehenkt. Und während sich das Netz um den Mörder auf der Bühne immer enger zusammenzieht, ohne dass dieser es bemerkt, wird auch Eugen immer beklommener zumute. Ist es möglich, dass er selbst hier in der Falle sitzt, während man an den Ausgängen schon auf ihn wartet? Aber auch wenn sie darauf gekommen sind, dass der Autor des Stücks zugleich der Mörder ist – woher sollen sie wissen, wer unter diesen tausend Menschen das Stück verfasst hat? Niemandem hat er je eine Zeile zu lesen gegeben, niemand weiß, dass er überhaupt schreibt. Nicht einmal Maxi, der er im Rausch der ersten Liebesnacht den Ring geschenkt hat. Ein Wahnsinn, der ihn immer wieder in kaltem Schweiß aus dem Schlaf fahren lässt. In seinem Stück ist es ein Ring, durch den der Mörder schließlich entlarvt wird. Und in Wirklichkeit? Nach vorn gebeugt, mit vorgerecktem Hals und zusammengepressten Händen, sitzt Eugen auf seinem Platz, während man um ihn herum nachlässig im Sessel hängt, miteinander tuschelt und die Garderoben der Nachbarinnen beäugt.

Kappe, der sich bei der Ankündigung des Stücks *Geldboten* sofort sicher gewesen ist, haben nun Zweifel beschlichen, ob der Autor tatsächlich der Mörder sein muss. Nicht, weil die Handlung nach New York verlegt ist und die Personen im Stück englische Namen tragen. Das eine oder andere am Tathergang ist geändert, vieles folgt dem realen Fall, aber es kommen keine Details der Tat vor, die niemand außer dem Täter kennen kann. Kappe faltet Eselsohren in das Programmheft. Entweder ist der Autor nicht der Täter, dann wird er, Hermann Kappe, sich mit diesem Einsatz furchtbar blamieren. Oder er ist der Täter und klug genug, sich nicht leichtfertig zu verraten. Dann wird es schwer sein, ihn zu entlarven, auch mit dem, was sie heute noch vorhaben.

Kappe schaut auf die Uhr. Es nützt nichts, das Räderwerk ist in Gang gesetzt und lässt sich nicht mehr stoppen. In einer Viertelstunde platzt hier die Bombe.

Mit einem Schlag erlischt das Licht auf der Bühne, die Schauspieler verstummen. Das ganze Theater liegt im Dunkeln. Klara erhebt sich von ihrem Sitz. Ihr Herz schlägt bis zum Hals, rote Flecken wandern über ihr Gesicht. Nie hätte sie gedacht, dass sie einmal so etwas tun könnte. Aber sie tut es für ihren Hermann. Und weil sie unbedingt dazu beitragen will, einen richtigen Mörder zu fangen! Es wird totenstill im Saal, als Klara schreit, so laut sie kann: «Dieses Stück ist eine Stümperei, eine Schande für das Theater! Ihr seid doch alle nur wegen der Morde hier, der wirklichen Morde! Sensationsmache ist das, aber keine Kunst! Keine Kunst!»

Plötzlich geht das helle Licht im Saal an. Kommissar Tucher, Galgenberg und Kappe sind aufgesprungen und haben sich umgedreht. Die drei und Klara fahren in diesen Sekunden mit den Augen über die Gesichter der Theaterbesucher hinweg. Sie sehen erschrockene, verärgerte und belustigte Gesichter. Aber nur ein Gesicht ist verzerrt von Wut und Entsetzen. Dieses Gesicht hat Kappe genau im Blick – und er hat es schon einmal gesehen. Er weiß nur nicht mehr, wann und wo. Er merkt sich den Platz des Mannes, nur vier Reihen hinter ihm, und lässt den Blick weiterwandern. Doch der Mann hat ihn ohnehin nicht wahrgenommen. Nur auf Klara gestarrt, als sähe er einen Geist.

Das Licht im Saal ist wieder erloschen, die Bühne erleuchtet.

«Weiterspielen!», ruft jemand aus dem Publikum. Andere schließen sich an. «Weiter, weiter!»

Applaus brandet auf, als die Schauspieler an der Stelle einsetzen, an der sie abrupt unterbrochen wurden.

Eugen kann dem Schauspiel nicht mehr folgen. Seine Gedanken rasen. Hat diese Furie das wirklich gemeint, dass sein Stück Stümperei ist? Wird es morgen in allen Zeitungen stehen? Sind die *Geldboten* durchgefallen? Mit gehetztem Blick schaut er sich um. Nein, das Publikum mag das Stück, will es sehen. Der Saal ist auch nach der Pause bis auf den letzten Platz gefüllt, da hat er schon anderes erlebt. Und der ganze Auftritt der Frau – da stimmt etwas nicht! Kalter Schweiß bricht ihm aus. Das ist eine Falle!

Kappe versucht, den Mörder, wie er ihn jetzt für sich nennt, unauffällig im Auge zu behalten. Nicht einfach, da dieser hinter ihm sitzt. Doch es entgeht ihm nicht, als ein paar Minuten nach dem Eklat in seinem Rücken eine Unruhe entsteht. Er dreht leicht den Kopf und sieht, dass der Mörder seinen Platz verlässt. Kappe wartet, bis er zur Tür hinaus ist, und bahnt sich so schnell wie möglich einen Weg durch die Reihe zum Ausgang. «Au!», tönt es hinter ihm her, «Unverschämtheit!» und «Rüpel!». Leider kann er weder Tucher noch Lubosch ein Zeichen geben, ihm zu folgen, da sie zu weit entfernt sitzen.

Eugen läuft die Treppe hinunter und aus dem Theater, ohne sich umzudrehen oder Schirm und Mantel von der Garderobe zu holen. Er hat nur einen Gedanken: Raus hier! Draußen wirbelt der Wind den Schnee durch die Straßen. Kaum ein Mensch ist im Dunkeln unterwegs. Ohne Ziel rennt Eugen die Straße entlang, dann über die Brücke auf die andere Seite der Spree und das Kronprinzenufer. Er blickt sich um und sieht in einiger Entfernung einen Radfahrer, der in seine Richtung fährt. Keuchend läuft er in den Tiergarten hinein, die Siegesallee zwischen den Gaslaternen entlang. Kurz hinter der Siegessäule bleibt Eugen zum ersten Mal stehen und ringt nach Luft. Noch ist die Falle nicht zugeschnappt, noch ist er frei. Kein Mensch weit und breit! Bestimmt hat er sich alles nur eingebildet. Nun geht seine Premiere ohne ihn weiter. Wenn er jetzt umkehrt, sich eine Droschke sucht, kommt er vielleicht noch rechtzeitig zum Ende der Aufführung. Zum Applaus.

Da taucht in der Siegesallee ein Lichtkegel auf und kommt näher. Der Lichtkegel einer Fahrradlampe! Eugen rennt zwischen den schneebedeckten Statuen der Hohenzollern hindurch, die wie Spukgestalten den Weg flankieren. Der Lichtkegel ist so nah gekommen, dass das Licht auf ihn fällt. Er muss runter vom Weg, schlägt sich in die Büsche. Hinter ihm fällt etwas zu Boden, jemand flucht. Der Mann hat sein Fahrrad weggeworfen und ist ihm auf den Fersen. Eugen läuft einen von Büschen gesäumten Pfad entlang und hört Schritte, die ihn verfolgen. Dann erreicht er wieder eine breitere Allee. Der Wind bläst ihm jetzt von vorne ins Gesicht, Flocken wehen ihm in die Augen. Raus aus dem Park! Er rennt die Bellevueallee entlang bis zum Potsdamer Platz. Zum Bahnhof! Ohne sich umzuwenden, nimmt er die Stufen auf das nächste Gleis und springt in die eben eingefahrene Wannseebahn.

Nach Luft ringend lässt sich Eugen auf einen Sitz fallen. Die anderen Fahrgäste, eingemummt in Mantel und Schal, mit Hut und Schirm, mustern ihn. Seine Schuhe und Hosenbeine sind nass und schmutzig. Wasser tropft ihm aus dem Haar, auf dem die Schneeflocken schmelzen. Er holt ein Taschentuch aus der Jackett-tasche, wischt damit über den Kopf. Kleine Zweige und Nadeln hängen darin. Ein älteres Paar ihm gegenüber steht auf und setzt sich ein paar Bänke weiter. Lass sie doch, er hat es geschafft. Er hat den Verfolger abgehängt!

Sie fahren aus der Stadt heraus und lange durch dunklen Wald. In der Station Wannsee fällt Eugen ein Mann auf, der in den Wagen eingestiegen ist und sich suchend umblickt, ein junger, bärtiger Mann mit rundem Gesicht. Kurzentschlossen springt Eugen heraus. Doch auch der andere springt in letzter Sekunde wieder aus der Bahn. Dann geht er, ohne Eugen zu beachten, zum gegenüberliegenden Bahnsteig, schaut auf die Uhr und mustert den Fahrplan. Eugen geht weiter, während die Bahn in Richtung Berlin ein- und wieder abfährt. Als er sich am Ende des Bahnsteigs umdreht, ist der Mann verschwunden. Ich sehe Gespenster, sagt er sich. Der ist bloß zu weit gefahren und fährt jetzt zurück in die Stadt. Und das solltest du auch tun. Stattdessen verlässt Eugen den Bahnhof, überquert die Straße und läuft hinunter zum See.

An der Dampferanlegestelle liegen die Schiffe im Eis fest. Das Eis um die Schiffe ist dünn, man hört Wasser gluckern. Eugen spaziert vom Anleger weg am Ufer entlang. Es hat aufgehört zu schneien, der Wind hat sich gelegt. Eugen schaut hinaus auf den gefrorenen See.

«Warum haben Sie sich den Applaus entgehen lassen», fragt hinter ihm eine Stimme, «den Ruhm und die Ehre?»

Eugen fährt herum. Vor ihm steht der Mann, der an der Station Wannsee mit ihm ausgestiegen und dann verschwunden ist. Er erkennt nun auch das Gesicht wieder: der Polizist, der dabei war, als er seine Zeugenaussage für Fritz gemacht hat! Er ist ihm also doch gefolgt, lautlos wie eine Katze. Eine Katze, wie er sie im Park gefangen hat. Hätte er doch eine Schlinge in der Tasche! Wut steigt in Eugen auf, als er an den Eklat auf der Bühne denkt. Wieder jemand, der versucht hat, ihm sein Werk kaputtzumachen.

«Und Sie?» Er tritt nach einem Stein, der auf den See und über das Eis schliddert. «Was hat Ihnen die ganze Scharade gebracht? Wenn etwas stümperhaft war, dann das.»

«Offenbar nicht», sagt Kappe. «Jetzt wissen wir, wer der Autor der *Geldboten* ist.»

Eugen verzieht das Gesicht. «Irgendwelche Beweise, ein paar winzige Fakten vielleicht?»

Kappe mustert ihn. Dann sagt er im selben Ton, wie Eugen es als Zeuge Georg Hartwig gesagt hat: «Ich weiß es.»

«Nur mal angenommen, ich wäre der Autor», sagt Eugen wieder ganz ruhig. «Ist es ein Verbrechen, über ein Verbrechen zu schreiben? Für die Zensur war es harmlos genug.»

Kappe fühlt, dass er jetzt pokern muss. Sonst glitscht ihm dieser Mann durch die Finger wie ein nasser Fisch. «Über das eigene Verbrechen zu schreiben, ist noch dümmer, als an den Tatort zurückzukehren. Man hinterlässt unweigerlich Spuren.»

Eugen denkt an all die schönen Details, die er weggelassen hat, weil sie ihm zu gefährlich schienen. Nur mit dem Ring hat er sich preisgegeben, im wirklichen Leben und im Stück. Ob Maxi ihn verraten hat? In arrogantem Ton fragt er: «Als da wären?»

Kappe kommt die Idee zu einem guten Bluff. «Nun, die Details besprechen wir im Präsidium, würde ich sagen. Wir haben das Stück vorab zum Lesen bekommen, vom Intendanten persönlich. Für einen Haftbefehl gegen den Autor hat es gereicht. Johannes Ritter hat eingewilligt in unseren Test heute Abend.»

Plötzlich fühlt Eugen in seinen nassen Kleidern die Kälte. Er beginnt zu zittern, seine Zähne schlagen aufeinander. Ritter hat ihn verraten. Wieder dieser Ritter! In ohnmächtiger Wut will er auf Kappe losgehen. Der zieht seine Waffe und richtet sie auf ihn. «Halt!»

Der Mann bleibt vor Kappe stehen und starrt auf den Lauf der Pistole. Im Mondlicht kann Kappe sein Gesicht aus der Nähe gut erkennen. Jung ist es noch, trotz des Barts, sehr jung, wie sein eigenes. Wieder steht Entsetzen darin, wie vorhin im Theater, Panik und – Schmerz.

«Ihr Stück ist wirklich gut», sagt Kappe langsam. «Legen Sie ein Geständnis ab, das wird Ihr Strafmaß verringern. Sie sind noch so jung, sicher lässt man Sie leben. Dann haben Sie alle Zeit der Welt, weitere Stücke zu schreiben.» Er lächelt. «Und Sie werden ja jetzt über Nacht berühmt.»

Vielleicht hat er recht, denkt Eugen. Wenn erst bekannt wird, dass der Autor des Stücks auch der Mörder ist, wird das Publikum Schlange stehen. Nicht nur zur Premiere, wochenlang, monatelang. Alle Zeitungen werden auf der Titelseite über ihn berichten. Über Nacht wird er einen Namen haben, den niemand vergisst. Sein Ruhm als Dramatiker wird grenzenlos sein. Er geht einen Schritt auf den Polizisten zu.

Kappe lässt den Mann näher kommen. Offenbar hat er die richtigen Worte gewählt! Er hat sogar Handschellen in der Tasche. Von Canow wird ihm das eigenmächtige Handeln schon nachsehen, wenn er ihm erst den Mörder samt Geständnis apportiert.

Mit einem Satz ist der Mörder auf dem Eis. Es kracht und ächzt, doch das Eis bricht nicht ein. Schon hat er einige Meter zurückgelegt. In der Bahn des Mondlichts ist er gut zu erkennen, ebenso wie die dicken Risse, die sich kreuz und quer über die riesige Eisfläche des Wannsees ziehen.

«Stehen bleiben!», schreit Kappe. «Oder ich schieße!»

Der Mörder geht, ohne eine Sekunde zu zögern, weiter hinaus auf den See. Auch Kappe betritt nun das Eis, vorsichtig macht er ein paar Schritte. Es knirscht unter seinen Schuhen. Er denkt an die offenen Stellen im Haveleis. Es ist immer lebensgefährlich, auf dem vereisten Wannsee zu spazieren, und so früh im Winter, mitten in der Nacht, kommt es einem Selbstmord gleich. Kappe erinnert sich an die Leiche, die Galgenberg und er aus dem Eisloch gezogen haben. Dann an den ins Eis eingebrochenen Dichter und seinen Freund. Er hält inne. Die Silhouette des Mannes ist schon weit entfernt. Soll er ihm in die Beine schießen? Noch hat er kein Geständnis, keinen Beweis, dass es wirklich der Mörder ist. Und wer holt den Mann vom Eis, wenn er mit zerschossenen Beinen dort draußen liegt?

Kappe kehrt um. Er atmet tief durch, als er wieder festen Boden unter den Füßen hat. Wolken haben sich vor den Mond geschoben. Die Gestalt des Mannes ist in der Dunkelheit verschwunden. Nur das Knirschen und Ächzen des Eises durchdringt die Stille.

NACHWORT

Das Café des Westens, im Volksmund als Café Größenwahn bekannt, existierte von 1893 bis 1915 am Kurfürstendamm, Ecke Joachimsthaler Straße. Viele Jahre genoss es einen legendären Ruf als Café der Künstler und der Boheme. Hier versammelten sich Maler, Dichterinnen, Komponisten und Schauspielerinnen, unter ihnen berühmte Zeitgenossen wie Max Liebermann, Frank Wedekind und Max Reinhardt, Bohemiens wie Else Lasker-Schüler und Herwarth Walden sowie aufsteigende Sterne wie George Grosz und Gottfried Benn. Zum «Stammpersonal» des Cafés gehörten auch der Zeitungskellner Richard und Oberkellner Hahn.

Im Roman *Café Größenwahn* treffen diese und andere Personen der Zeitgeschichte auf erfundene Personen. Auch wenn sich die Handlungen an den historischen Vorbildern orientieren, so ist doch alles hier Beschriebene Fiktion.

Die Krimihandlung ist ebenfalls durch einen authentischen Fall inspiriert: 1918/19 fanden zwei Raubmorde an Geldboten statt, der zweite im Hotel Adlon. Auch der historische Geldbotenmörder schrieb ein Drama über sein Verbrechen, das sogar zur Aufführung kam. Erst Jahre später wurde er durch Zufall entlarvt. Abgesehen von diesem «wahren Kern», sind jedoch auch die Person und Geschichte des Mörders im vorliegenden Buch frei erfunden.

Sybil Volks

Es geschah in Berlin ...

Horst Bosetzky: **Kappe und die verkohlte Leiche (1910)**
Sybil Volks: **Café Größenwahn (1912)**
Jan Eik: **Der Ehrenmord (1914)**
Horst Bosetzky/Jan Eik: **Nach Verdun (1916)**
Iris Leister: **Novembertod (1918)**
Horst Bosetzky: **Der Lustmörder (1920)**
Peter Brock: **Das schöne Fräulein Li (1922)**
Wolfgang Brenner: **Stinnes ist tot (1924)**
Petra A. Bauer: **Unschuldsengel (1926)**
Horst Bosetzky: **Bücherwahn (1928)**
Petra A. Bauer: **Kunstmord (1930)**
Jan Eik: **Goldmacher (1932)**
Klaus Vater: **Am Abgrund (1934)**
Horst Bosetzky: **Mit Feuereifer (1936)**
Jan Eik: **In der Falle (1938)**
Jan Eik: **Polnischer Tango (1940)**
Petra Gabriel: **Beutezug (1942)**
Horst Bosetzky: **Unterm Fallbeil (1944)**
Jan Eik: **Heimkehr (1946)**
Horst Bosetzky: **Razzia (1948)**
Petra Gabriel: **Operation Gold (1950)**
Jan Eik: **Heißes Geld (1952)**
Horst Bosetzky: **Auge um Auge (1954)**
Petra Gabriel: **Kaltfront (1956)**
Jan Eik: **Grenzgänge (1958)**
Petra Gabriel: **Tod eines Clowns (1960)**
Horst Bosetzky: **Berliner Filz (1962)**
Horst Bosetzky: **Auf leisen Sohlen (1964)**
Klaus Vater: **Brandt-Gefahr (1966)**
Horst Bosetzky/Uwe Schimunek: **Rotlicht (1968)**
Stephan Hähnel: **Geschwisterliebe (1970)**
Petra Gabriel: **Im Rausch (1972)**
Bettina Kerwien: **Au revoir, Tegel (1974)**
Bettina Kerwien: **Tot im Teufelssee (1976)**
Uwe Schimunek: **Rebellen (1978)**
Bettina Kerwien: **Tiergarten Blues (1980)**
Bettina Kerwien: **Agentenfieber (1982)**
Bettina Kerwien: **Hochgeboxt (1984)**
Bettina Kerwien: **Katzenkopp (1986)**

Alle Bände sind auch als E-Book erhältlich.